A SOCIEDADE DE PRESERVAÇÃO DOS KAIJU

A SOCIEDADE DE PRESERVAÇÃO DOS KAIJU

JOHN SCALZI

Tradução
Samir Machado de Machado

Aleph

A Sociedade de Preservação dos Kaiju

TÍTULO ORIGINAL:
The Kaiju Preservation Society

COPIDESQUE:
Isabela Talarico
Giu Alonso

REVISÃO:
Thaís Carvas
Emanoelle Veloso
Angélica Andrade

CAPA E ILUSTRAÇÃO DE CAPA:
Mateus Acioli

DADOS INTERNACIONAIS DE CATALOGAÇÃO NA PUBLICAÇÃO (CIP)
DE ACORDO COM ISBD

S282s   Scalzi, John
A Sociedade de Preservação dos Kaiju / John Scalzi ; traduzido por Samir Machado de Machado. –
São Paulo : Editora Aleph, 2024.
304 p. ; 16cm x 23cm.

Tradução de: The Kaiju Preservation Society
ISBN: 978-85-7657-642-6

1. Literatura americana. 2. Ficção científica. 3. Aventura. 4. Kaiju.
5. Cultura pop. I. Machado, Samir Machado de. II. Título.

	CDD 813.0876
2024-732	CDU 821.111(73)-3

ELABORADO POR VAGNER RODOLFO DA SILVA - CRB-8/9410

ÍNDICES PARA CATÁLOGO SISTEMÁTICO:
1. Literatura americana: ficção científica 813.0876
2. Literatura americana: ficção científica 821.111(73)-3

COPYRIGHT © JOHN SCALZI, 2022
COPYRIGHT © EDITORA ALEPH, 2024

TODOS OS DIREITOS RESERVADOS. PROIBIDA A REPRODUÇÃO,
NO TODO OU EM PARTE, ATRAVÉS DE QUAISQUER MEIOS
SEM A DEVIDA AUTORIZAÇÃO.

Rua Bento Freitas, 306 – Conj. 71 – São Paulo/SP
CEP 01220-000 • TEL 11 3743-3202
www.editoraaleph.com.br

 @editoraaleph
@editora_aleph

*Para Alexis Saarela, minha assessora de imprensa favorita,
e Matthew Ryan, que compõe as músicas.*

1

— Jamie Gray! — A cabeça de Rob Sanders brotou subitamente para fora de seu escritório, e ele acenou para mim, sorrindo. — Venha. Vamos lá resolver isso.

Eu me levantei da estação de trabalho e peguei o tablet com minhas anotações, também sorrindo. Dei uma olhadela para Qanisha Williams, que retribuiu o gesto trocando um rápido soquinho de mãos comigo.

— Acaba com ele — incentivou ela.

— Vai ser um nocaute — falei, indo para a sala do CEO. Estava na hora da minha análise de performance, e não vou mentir: eu ia tirar de letra.

Rob Sanders me deu as boas-vindas e me direcionou ao seu "cantinho da conversa", como ele gostava de chamar, composto por quatro enormes pufes em cores primárias ao redor de uma mesa baixa. Era uma daquelas mesas cinéticas em que uma bolinha de metal fica se arrastando infinitamente, por força magnética, pela superfície de areia, criando padrões geométricos sob um tampo de vidro. No momento, o movimento da bolinha desenhava um redemoinho. Escolhi o pufe vermelho e me joguei nele, um pouco sem jeito. O tablet escapou dos meus dedos, e eu o peguei antes que escorregasse do pufe para o chão. Ergui o olhar para Sanders, que ainda estava de pé, e sorri. Ele sorriu de volta, puxou uma cadeira comum de escritório e se sentou ao contrário, apoiando os braços no encosto e olhando para mim de cima.

Ah, entendi; é o típico joguinho de poder de CEO, *muito bem*, pensei. Aquilo não me preocupava. Entendia como funcionava o ego dos CEOs e havia me preparado para contornar o daquele ali. Eu estava ali para a minha avaliação semestral de performance com Rob — e iria, como já tinha declarado antes, nocauteá-lo.

— Confortável? — perguntou Rob.

— Completamente — respondi. Com tanta discrição quanto possível, ajustei meu centro de gravidade de modo a não ficar mais tão de lado.

— Que bom. Há quanto tempo você está aqui na füdmüd, Jamie?

— Seis meses.

— E como se sente quanto à sua jornada até aqui?

— Fico feliz que você tenha perguntado, Rob. Eu me sinto muito bem. — Agarrei meu tablet. — Na verdade, gostaria de usar o tempo desta sessão para falar sobre como acho que podemos melhorar não só o app da füdmüd, mas também nosso relacionamento com os restaurantes, entregadores e usuários. Estamos em 2020, e o mercado dos apps de delivery de comida amadureceu. Para nos destacar entre a concorrência, se quisermos competir de verdade com Grubhub, Uber Eats e todos os outros aqui em Nova York e arredores, precisamos ir além.

— Então acha que podemos melhorar?

— Acho. — Tentei me inclinar para a frente no pufe, mas só o que consegui foi afundar meu rabo ainda mais em suas reentrâncias. Ignorei isso e apenas apontei para o tablet. — Então, você ouviu falar dessa história de covid-19?

— Ouvi, sim. — Rob assentiu.

— Creio que está bastante claro que estamos caminhando para um lockdown. Aqui na cidade isso quer dizer que as pessoas vão pedir mais delivery de comida do que de costume, mas também que os restaurantes vão sair prejudicados, porque não poderão cobrar a taxa de serviço. Se a füdmüd se dispuser a baixar as taxas em troca de cardápios e serviços de entrega exclusivos, vamos cair nas graças dos donos de restaurantes e, *de quebra*, vamos sair na frente dos outros apps.

— Você quer que a gente reduza as taxas.

— Sim.

— Diminuir as receitas durante uma possível pandemia.

— Não! Veja bem, aí é que está. Se a gente agir depressa e *fechar*, com perdão do trocadilho, com os restaurantes mais populares, o faturamento vai subir, porque o volume de pedidos vai aumentar. E não apenas o nosso faturamento. O pessoal das entregas...

— Deliveradores.

Eu me remexi no pufe.

— O quê?

— Deliveradores. É assim que os chamamos agora. Bem sacado, né? Eu que bolei o termo.

— Achei que tinha sido o Neal Stephenson.

— Quem?

— Um escritor. Ele escreveu *Snow Crash*.

— E isso é o quê, uma continuação de *Frozen*?

— É um livro, na realidade.

Rob balançou a mão, desdenhoso.

— Se não é da Disney, não vamos ser processados por isso. O que estava dizendo?

— Nossos, ahn, deliveradores podem também ganhar um aumento. Podemos pagar uma taxa de entrega mais alta para eles. Não muito — acrescentei, pois vi que Rob começou a fechar a cara —, apenas o bastante para nos diferenciarmos dos outros apps. Numa economia uberizada, um pequeno aumento significa bastante. Na realidade, podemos desenvolver uma relação de lealdade, o que melhoraria o serviço e seria outro diferencial.

— Você quer competir em qualidade, basicamente.

— Exato! — Gesticulei apontando o dedo indicador, o que me fez afundar ainda mais no pufe. — Digo, nós já somos melhores que os outros apps. Só precisamos ressaltar isso.

— Vai nos custar mais, mas vai valer a pena, é aí que você está querendo chegar.

— Creio que sim. Eu sei, é ousado, certo? Mas essa é a questão. Nós estaremos onde todo mundo do mercado de apps de entrega de comida não está. E, quando eles perceberem o que estamos fazendo, nós já estaremos *dominando* Nova York. Só para começar.

— Você tem ideias ousadas, Jamie — disse Rob. — Não tem medo de assumir riscos e fazer a conversa avançar.

Sorri e larguei meu tablet.

— Agradeço, Rob. Acho que é isso mesmo. Eu corri um risco quando larguei meu doutorado para vir trabalhar na füdmüd, sabe? Meus amigos da Universidade de Chicago acharam que eu estava enlouquecendo quando fiz as malas e me mudei para Nova York para trabalhar numa startup. Mas me pareceu ser o certo. Acredito que estou realmente fazendo a diferença na maneira como as pessoas pedem comida.

— Fico feliz em ouvir você dizer isso, porque o motivo pelo qual estamos aqui é para falar do seu futuro com a füdmüd. De onde você vai poder utilizar melhor toda essa paixão que claramente tem.

— Bem, *eu* fico feliz em ouvir *você* dizendo isso, Rob. — Tentei me inclinar para a frente no pufe outra vez, não consegui, então resolvi correr o risco de me erguer um pouco. O movimento realinhou o pufe de modo a me deixar mais confortável nele, mas meu tablet escorregou para o vácuo que meu corpo havia criado. O aparelho estava embaixo da minha bunda agora. Decidi ignorar isso. — Diga-me como posso ser útil à empresa.

— Deliveração.

Eu pisquei.

— Quê?

— Deliveração — repetiu Rob. — É isso que nossos deliveradores fazem. Eles "deliveram". Então, "deliveração".

— Isso é muito diferente de "delivery"?

— Não, mas não podemos patentear "delivery".

Mudei de assunto.

— Então você quer que eu comande as estratégias de delive… ração da füdmüd?

Rob balançou a cabeça em sinal negativo.

— Acho que isso seria muito limitado para você, não acha?

— Não entendi.

— O que estou dizendo, Jamie, é que a füdmüd precisa de alguém como você no "chão de fábrica". Nas trincheiras. Nos trazendo informações das ruas. — Ele gesticulou na direção das janelas. — Verdadeiras. Cruas. Sem filtros. Como só *você* pode fazer.

Levei um momento para assimilar aquilo tudo.

— Você quer que eu faça entregas para a füdmüd.

— Deliveração.

— Não é exatamente um cargo dentro da empresa.

— Não significa que não seja importante *para* a empresa, Jamie.

Tentei me ajustar no pufe outra vez. Falhei outra vez.

— Espera… O que está acontecendo aqui, Rob?

— O que quer dizer?

— Pensei que essa seria minha avaliação de performance semestral.

Rob assentiu.

— De certo modo, é.

— Mas você está me dizendo que quer que eu faça entregas…

— Deliveração.

— … seja lá de *que merda* você chame, não é um cargo de verdade dentro da empresa. Você está me demitindo.

— Não estou demitindo você — garantiu Rob.

— Então o que está fazendo?

— Estou propondo uma oportunidade empolgante de enriquecer sua experiência de trabalho na füdmüd de um modo completamente diferente.

— De um modo que eu não receba benefícios *nem* plano de saúde *nem* um salário.

Rob fez pouco caso.

— Você sabe que não é verdade. A füdmüd tem um acordo de reciprocidade com as farmácias Duane Reade que dá aos nossos deliveradores dez por cento de desconto em produtos de saúde selecionados.

— É, certo, chega — falei. Tentei me levantar do pufe, escorreguei e me sentei em cima do tablet, quebrando a tela no processo. — Perfeito.

— Não se preocupe com isso — disse Rob. Quando finalmente consegui me levantar do pufe, ele indicou o tablet. — É propriedade da empresa. Pode deixar aí quando sair.

Joguei o tablet para Rob, que o pegou.

— Você é um grande pau no cu — falei. — Só para você saber.

— Vamos sentir sua falta como parte da família füdmüd, Jamie — disse Rob. — Mas lembre-se: sempre haverá uma vaga aberta para você na "deliveração". É uma promessa.

— Não, acho que não.

— A escolha é sua. — Ele apontou para a porta. — Qanisha já está com a papelada da demissão pronta. Se você ainda estiver aqui em quinze minutos, a segurança o ajudará a encontrar a saída.

Ele se levantou da cadeira, caminhou até a mesa, jogou o tablet na lixeira ao lado dela e puxou o celular para fazer uma ligação.

— Você *sabia* — falei para Qanisha, em tom acusatório, ao passar por ela. — Você sabia e me desejou boa sorte *mesmo assim*.

— Desculpe.

— Ergue o punho — pedi.

Ela fez isso, confusa. Dei um leve soquinho.

— Pronto — falei. — Estou pegando de volta aquele soquinho de solidariedade anterior.

— É justo — Ela me entregou a papelada da demissão. — Também me disseram para avisar que uma conta do tipo *deliverador* foi criada em seu nome. — Ela disse *deliverador* como se doesse pronunciar a palavra. — Você sabe, por via das dúvidas.

— Acho que eu preferiria a morte.

— Não tome decisões precipitadas, Jamie — alertou Qanisha. — A quarentena está vindo aí. E nosso desconto nas farmácias Duane Reade subiu para quinze por cento agora.

— E esse foi o meu dia — contei para meu colega de quarto, Brent.

Estávamos no apartamento pateticamente pequeno no quarto andar de um prédio sem elevadores na Henry Street que eu dividia com Brent, seu namorado Laertes e uma conveniente desconhecida chamada Reba que quase nunca víamos — e que, não fosse pelos longos fios de cabelo deixados diariamente na parede do banheiro, poderíamos nem acreditar que existia de verdade.

— Que dureza — disse Brent.

— Taca fogo naquele lugar — gritou Laertes do quarto que dividia com Brent, onde estava jogando videogame.

— Ninguém vai tacar fogo em lugar nenhum — gritou Brent de volta para Laertes.

— Por enquanto — retrucou Laertes.

— Você não pode resolver todos seus problemas tacando fogo nas coisas — disse Brent.

— *Você* não pode — revidou Laertes.

— Não coloque fogo no lugar — disse Brent para mim, baixando a voz para que Laertes não o escutasse.

— Pode deixar — prometi. — Mas é *tentador*.

— Então você está procurando outro emprego agora?

— Estou, mas as coisas não parecem muito favoráveis. O estado inteiro está em situação de emergência. Tudo está fechando. Ninguém está contratando para nada, e os trabalhos que aparecerem não vão pagar por *isso*. — Acenei indicando nosso apartamentinho no quarto andar. — Mas a boa notícia, se quiser chamar assim, é que o dinheiro da demissão da füdmüd vai cobrir minha parte do aluguel aqui por alguns meses. Talvez eu passe fome, mas não ficarei sem teto até agosto.

Brent pareceu desconfortável ao ouvir isso.

— Que foi? — perguntei.

Ele vasculhou a pilha de correspondência na mesa da cozinha, onde estávamos, e pegou um envelope comum.

— Presumo que você não tenha visto isso, então.

Peguei o envelope e o abri. Dentro havia dez notas de cem dólares e um bilhete que dizia simplesmente: "Foda-se essa cidade doente, tô fora — R.".

Olhei na direção do quarto de Reba.

— Ela foi embora?

— Partindo do princípio de que ela sequer esteve aqui, sim.

— Ela era um fantasma com um cartão de crédito — berrou Laertes, do outro quarto.

— Bem, isso é ótimo — falei. — Ao menos ela deixou a parte dela do aluguel do último mês. — Larguei o envelope, o bilhete e o dinheiro sobre a mesa e apoiei a cabeça nas mãos. — Isso é o que eu ganho por não ter colocado nenhum de vocês no contrato. Não vão inventar de ir embora também, viu?

— Então, quanto a isso... — disse Brent.

Eu olhei para ele por entre os dedos.

— Não.

— Olha só, Jai...

— *Não.*

Brent ergueu as mãos.

— Olha só, a situação é que...

— Nãããããããoooo — choraminguei, deixando a cabeça cair e bater com força no tampo da mesa.

— Fazer drama não vai ajudar — disse Laertes, do quarto.

— É você quem quer *tacar fogo* em tudo — gritei de volta para ele.

— Isso não é fazer drama, é fazer a revolução — respondeu ele.

Olhei para Brent.

— Por favor, me digam que não estão me abandonando — falei.

— Nós trabalhamos com teatro — disse Brent. — É como você disse, tudo está fechando. Eu não tenho nenhum dinheiro guardado, e você sabe que Laertes também não tem.

— Eu estou *ridiculamente* falido — confirmou Laertes.

Brent assentiu e continuou:

— Se as coisas ficarem ruins, e elas vão ficar, não vamos ter como pagar a nossa parte.

— Para onde vocês vão? — perguntei. Até onde eu sabia, Brent não tinha família.

— Podemos ficar com os pais de Laertes em Boulder.

— Meu antigo quarto está do jeito que deixei — avisou Laertes. — Até que eu taque fogo nele.

— Nada de tacar fogo — disse Brent, sem muita convicção.

Os pais de Laertes eram aquele tipo de gente conservadora aparentemente muito simpática, mas que não perderia uma oportunidade de chamar Laertes pelo nome morto, e esse tipo de merda cansa com o tempo.

— Vocês ficam — falei.

— Vamos ficar por enquanto, sim — concordou Brent. — Mas se acabar o nosso...

— Vocês ficam — repeti, com mais firmeza.

— Jamie, eu não posso pedir para que você faça isso — argumentou Brent.

— Eu posso — disse Laertes, do quarto. — Foda-se Boulder.

— Então está decidido. — Eu me levantei da mesa.

— Jamie...

— Vamos dar um jeito.

Sorri para Brent e fui para o meu quarto, que era do tamanho de um ovo, mas pelo lado positivo também tinha várias infiltrações e um piso que rangia sem parar.

Sentei-me em minha cama de solteiro de quinta categoria e suspirei, depois me deitei e encarei o teto por uma boa hora. Então suspirei de novo, voltei a me sentar e peguei o celular. Liguei o aparelho.

O app da füdmüd estava esperando por mim na tela.

Suspirei pela terceira vez e o abri.

Como prometido, minha conta na equipe de "deliveração" estava logada e pronta para ser usada.

2

— Olá! Agradeço por fazer seu pedido com a füdmüd — falei para o cara que abriu a porta do apartamento ridiculamente bonito no edifício novinho em folha onde o porteiro tinha me deixado entrar porque sabia que eu ia fazer uma entrega e não, provavelmente, assaltar o morador. — Você chamou nossos deliveradores. Meu nome é Jamie. Minha paixão é trazer para você a sua porção de... — Chequei meu celular. — Frango apimentado com rolinhos primavera veganos!

Estendi a sacola na direção do cara.

— Eles te fazem dizer isso? — perguntou o cliente, pegando a sacola.

— Pior que sim — confirmei.

— Delivery não é realmente a sua paixão, não é?

— Não é *mesmo*.

— Entendo. Vai ficar só entre nós.

— Eu agradeço. — Comecei a me virar para ir embora.

— Espero que você encontre sua espada samurai.

Parei de me virar.

— Quê?

— Desculpe, piada interna — falou o cara. — Você sabe que essa coisa de "deliverador" é do *Snow Crash*, certo? O livro do Neal Stephenson?

Enfim, o protagonista do livro é um entregador que tem espadas samurai. Esqueci o nome do herói.

Eu me virei de volta para ele.

— *Valeu*. Eu já entrego comida há seis meses e você é a primeira pessoa a pegar a referência. Sério.

— Bem, é bastante óbvia.

— É o que *se imagina*, não é? É simplesmente um clássico moderno do gênero. Mas *ninguém* percebe. Primeiro que ninguém *se importa*. — Acenei com os braços ao redor, apontando para todo aquele povo xucro do Lower East Side e, possivelmente, de todas as cinco regiões de Nova York. — Segundo que, quando alguém comenta algo, é porque pensa que é um trocadilho com o *Exterminador do Futuro*.

— Para ser honesto, é *mesmo* um trocadilho com *Exterminador do Futuro*.

— Bem, sim — falei. — Mas acho que tem seu mérito próprio.

— Tenho certeza de que acabamos de encontrar sua paixão — comentou o cara.

De súbito me dei conta de minha linguagem corporal enfática — que talvez parecesse ainda mais enfática pelo fato de que eu, assim como o cara, estava usando uma máscara, já que Nova York era uma cidade doente em um país doente e qualquer vacina em potencial ainda estava em fase de testes em algum lugar bem longe dali.

— Desculpe — falei. — A certa altura da minha vida, minha tese ia ser sobre literatura utópica e distópica. Como você pode imaginar, *Snow Crash* se incluía no segundo caso.

Assenti e me virei para ir embora.

— Espere. Jamie... *Gray?*

Ai, meu Deus, meu cérebro disse. *Apenas continue andando. Vá embora e nunca admita que alguém sabe de sua vergonha deliveradora.* O fato é que, enquanto meu cérebro dizia isso, meu corpo estava se virando de volta para o cara, porque somos condicionados feito filhotinhos a nos virar quando ouvimos nosso nome.

— Sou eu — falei, cuspindo as palavras; a última soava como se minha língua estivesse tentando se lembrar desesperadamente da frase inteira.

O cara sorriu, baixou sua sacola, afastou-se um passo para sair da área imediata de respingos e tirou a máscara por um segundo, de modo que eu pudesse ver seu rosto. Depois colocou a máscara de volta.

— Sou eu, o Tom Stevens.

Meu cérebro percorreu o LinkedIn primordial da minha memória, tentando descobrir de onde eu conhecia esse cara. Ele não estava ajudando; claramente esperava ser tão memorável que surgiria em minha cabeça instantaneamente. Ele não era, e *ainda assim...*

— Tom Stevens, que namorou Iris Banks, que era a melhor amiga do meu colega de quarto Diego quando eu morava naquele apartamento em South Kimbark logo acima da rua 53 e que às vezes vinha nas nossas festas — declarei.

— Isso foi bastante preciso — disse Tom.

— Você fazia Administração.

— Isso. Espero que não se importe. Não é superacadêmico.

— Bem... — Indiquei o apartamento incrível no prédio novo em folha. — Você parece ter se dado bem.

Ele olhou para o apartamento como se o percebesse pela primeira vez, o desgraçado.

— Imagino que sim. De qualquer modo, eu me lembro de você falando da sua dissertação em uma dessas festas.

— Foi mal — falei. — Eu fazia muito isso em festas, na época.

— Tudo bem — garantiu Tom. — Digo, me fez ler *Snow Crash*, certo? Você mudou vidas.

Sorri ao ouvir isso.

— Então, por que você largou seu doutorado? — perguntou Tom na segunda vez que entreguei comida para ele; agora, um combo etíope de carne com injera.

— Eu tive a crise dos vinte e poucos anos. Ou a crise dos 28 anos, que é a mesma coisa, só que um pouco mais tarde.

— Entendi.

— Eu via toda essa gente que eu conhecia, pessoas como *você*, sem ofensa...

Tom sorriu por debaixo da máscara; vi pelas rugas nos olhos.

— Sem problema.

— ... saindo e tendo vidas e carreiras e tirando férias e conhecendo gente bonita, e eu ficava lá pelo Hyde Park com as mesmas dezesseis pessoas, num apartamento de merda, lendo livros e discutindo com alunos de graduação porque eles precisavam, *sim*, entregar seus ensaios dentro do prazo.

— Pensei que você gostasse de ler livros.

— Eu gosto, mas se você só lê livros porque *precisa* é bem menos divertido.

— Mas quando alguém termina um doutorado pode virar professor.

Bufei.

— Você tem uma visão bem mais otimista do cenário acadêmico do que eu. Eu estava encarando o fundo do poço dos professores adjuntos pelo resto da vida.

— É tão ruim assim?

Apontei para a comida.

— Eu ganharia ainda menos do que ganho entregando a sua injera.

— Então você largou tudo para deliverar comida — disse Tom, quando entreguei seu combo etíope de carne com injera.

— Não — retruquei. — Na real, consegui um trabalho na füdmüd. Um emprego de verdade, com benefícios e opção de compra de ações. E então o CEO babaca me demitiu logo que a pandemia piorou.

— Que merda.

— Sabe o que é a merda maior? — falei. — Depois que me botou na rua, ele pegou as ideias que eu tinha de fidelizar restaurantes e pagar mais para os deliveradores. Bem, *alguns* dos deliveradores, na verdade. Você só ganha extra se tiver mais de quatro estrelas. Então lembre-se de me dar cinco estrelas, por favor. Eu estou quase lá. Cada estrelinha conta, meu caro deliverado.

— "Deliverado"?

Revirei os olhos.

— Nem me pergunte.

Tom sorriu de novo, apertando os olhos.

— Suponho que não tenha sido você quem inventou o termo "deliveradores".

— Ah, não mesmo.

— Aliás, já que trabalha lá, você pode me responder uma coisa — disse Tom, quando fui entregar sua pizza ao estilo *deep-dish* de Chicago; aliás, me surpreendeu aquilo ser permitido dentro das fronteiras de Nova York, ainda mais tão perto de Little Italy. — Qual é a dos tremas?

— Você está perguntando por que se chama füdmüd, em vez de "Food-Mood", que seria mais lógico?

— Sim, isso.

— Porque "FoodMood" já estava sendo usado por um app de entrega de comida em Bangladesh, e eles não queriam vender o nome — expliquei. —

Então, se algum dia você estiver pela região de Mymensingh, certifique-se de usar o app com o nome que realmente faz sentido.

— Já estive em Bangladesh — comentou Tom. — Bem, mais ou menos.

— Mais ou menos.

— Por conta do trabalho. É complicado.

— Você é espião?

— Não.

— Mercenário? Isso explicaria esse apartamento tão legal num edifício novinho em folha.

— Tenho bastante certeza de que mercenários vivem em casas pré--moldadas nas florestas da Carolina do Norte — disse Tom.

— É claro que você iria dizer isso — falei. — É o que eles mandam os mercenários dizerem.

— Eu trabalho para uma ONG, na verdade.

— *Definitivamente* mercenário.

— Eu não sou mercenário.

— Vou lembrar de você dizendo isso quando te vir na CNN por ter aplicado um golpe em Bangladesh.

— Esta será a última vez que você vai deixar uma entrega aqui comigo por algum tempo, infelizmente — comentou Tom, quando lhe entreguei seu shawarma. — Meu trabalho vai me levar de volta a campo e ficarei lá por vários meses.

— Na verdade, esta é a última vez que você vai receber uma entrega minha — falei.

— Você está se demitindo?

Eu ri.

— Não exatamente.

— Não estou entendendo.

— Ah, você não *soube*, então — falei. — A füdmüd está sendo comprada pela Uber por, tipo, uns quatro bilhões de dólares e integrada à Uber Eats. Aparentemente, tivemos tanto sucesso em fidelizar os melhores restaurantes e os melhores delivered que a Uber decidiu que era mais barato comprar a empresa inteira, junto com todos os nossos contratos de exclusividade.

— Então o CEO que roubou suas ideias...

— Rob Sacodemerda Sanders, sim.

— ... está se tornando um bilionário.

— É um acordo de oitenta por cento a ser pago em dinheiro, então, sim, é bem isso.

— E você não quer ter que entregar para a Uber?

— Então, essa é a *melhor* parte — falei. — A Uber já tem entregadores e não quer ter que incorporar *todos* os deliveradores. Isso deixaria os entregadores que já trabalham pra Uber muito insatisfeitos. Então vai manter só aqueles que têm notas acima de quatro estrelas. — Abri meu aplicativo da füdmüd e mostrei a ele minha nota. — Três vírgula noventa e sete estrelas, *baby*.

— Eu sempre te dei cinco estrelas — disse Tom.

— Bem, eu agradeço, Tom, por me fazer sentir um pouco melhor agora.

— O que você vai fazer?

— No longo prazo? Não faço a menor ideia. Eu mal conseguia dar conta do jeito que estava. Dos meus colegas de quarto, só eu tenho alguma coisa parecida com um trabalho fixo, então vinha bancando o aluguel, as contas e a maior parte da comida. Estamos no meio de uma pandemia e ninguém está contratando para nada. Não tenho nada na poupança e nenhum lugar para onde ir. Então, pois é. Sem ideia, no longo prazo. Mas…
— Ergui o dedo. — No curto prazo? Vou comprar uma garrafa de vodca barata e beber aquela merda toda debaixo do chuveiro. Assim, quando eu me emporcalhar, vai ser mais fácil para os meus amigos me limparem.

— Sinto muito, Jamie.

— Não é sua culpa. E, de todo modo, desculpe por ficar me abrindo com você.

— Não tem problema. Bem, nós somos amigos.

Isso me fez rir.

— O que temos é mais uma relação profissional de troca de serviços com uma tênue história pessoal. Mas agradeço, Tom. Na verdade, realmente gostei de "deliverar" para você. Aproveite o seu shawarma. — Eu comecei a me virar para ir embora.

— Espere um pouco — disse Tom. Ele colocou de lado o shawarma e desapareceu nos recônditos de seu belo apartamento. Um minuto depois, voltou e colocou a mão sobre a minha. — Fique com isso.

Eu encarei sua mão. Havia um cartão de visitas nela. Fiz uma careta.

Tom percebeu, mesmo sob a máscara.

— O que foi?

— Sinceramente?

— Sim.

— Pensei que você ia me dar uma gorjeta.

— Isso é melhor. É um trabalho.

Eu o encarei.

— Quê?

Tom suspirou.

— A ong para a qual que eu trabalho. É uma organização de direitos dos animais. Animais de grande porte. Nós passamos um bocado de tempo em campo. Sou membro de uma equipe. Devemos partir na próxima semana. Um dos membros do meu time pegou covid e no momento está em um hospital em Houston, preso a um respirador. — Tom viu outra careta surgir em meu rosto e ergueu a mão. — Ele está fora de perigo e vai se recuperar; pelo menos foi o que me disseram. Mas não antes de minha equipe partir, semana que vem. Nós precisamos de alguém para substituí-lo. Você pode fazer isso. Esse cartão é da responsável pelo nosso departamento de recrutamento. Vá falar com ela. Vou avisar que você está a caminho.

Encarei o cartão de visitas por mais um tempo.

— O que foi agora? — perguntou Tom.

— Eu realmente pensei que você fosse mercenário.

Foi a vez dele de rir.

— Eu não sou mercenário. Meu trabalho é muito, muito mais legal. E muito mais interessante.

— Eu, ahn… eu não tenho nenhum treinamento. Para seja lá o que você faça. Que envolva animais de grande porte.

— Você vai se sair bem. Além disso, se não se importa que eu seja direto, a essa altura tudo o que preciso é de um ser vivo capaz de carregar coisas. — Ele apontou para o shawarma. — E sei que você consegue fazer isso.

— E o pagamento? — perguntei, e me arrependi imediatamente, porque parecia que eu estava querendo olhar os dentes de um cavalo dado.

Tom apontou para o belo apartamento, como se dissesse: "Olha só". E estendeu o cartão de visitas para mim de novo.

Dessa vez, aceitei.

— Vou avisar Gracia que você vai aparecer — disse Tom, e olhou para o relógio. — É uma da tarde agora. Você pode se encontrar com ela ainda hoje, provavelmente. Ou amanhã bem cedo. Mas aí ficaria mais apertado, em termos de tempo.

— Você precisa de uma resposta tão rápido assim?

Tom assentiu.

— Sim, esse é o lance, na verdade. Assim que Gracia aprovar, o trabalho é seu, mas você meio que precisa decidir *agora* se vai querer ou não. Sei que isso não é legal da minha parte, só que eu estou sob pressão e, se você não aceitar, vou ter que encontrar outra pessoa. E rápido.

— Bem, eu estou livre — falei. — Você é literalmente meu último "deliverado".

— Certo, que bom.

— Tom...?

— Sim?

— Por quê? Digo, eu agradeço, de coração, mesmo. Agradeço muito. Você está salvando minha vida neste exato instante. Mas por quê?

— Primeiro, porque você precisa de um trabalho, e eu tenho um trabalho disponível — disse Tom. — Segundo, porque de um ponto de vista totalmente oportunista você está salvando o *meu* rabo, porque não podemos ir a campo sem um time completo e eu não quero viajar com uma pessoa aleatória que a gente mal conheça. Você tem razão, nós *não* somos amigos. Ainda. Mas eu *conheço* você. E terceiro... — Tom sorriu outra vez. — Digamos apenas que você ter me feito ler *Snow Crash* uns anos atrás me colocou no caminho em que estou agora. Então, de certo modo, estou só retribuindo o favor. Agora... — Ele apontou para o cartão. — Esse endereço é em Midtown. Vou avisar Gracia para esperar você lá pelas duas e meia. Vai indo.

— Vamos direto ao ponto — disse Gracia Avella. — O que Tom lhe contou sobre a SPK?

Os escritórios da SPK — nome da organização no cartão que Tom me deu — ficavam na rua 37, no quinto andar do mesmo edifício que o consulado da Costa Rica. O escritório aparentemente compartilhava uma sala de espera com um pequeno consultório médico. Eu estava na sala de espera havia menos de um minuto quando Avella veio me levar à sua sala particular. Não havia mais ninguém no escritório da SPK. Supus que, como quase todo mundo, estivessem trabalhando de casa.

— Ele me disse que vocês eram uma organização de direitos dos animais — respondi. — E que faziam trabalho de campo. E que precisavam de gente que carregasse objetos pesados.

— Tudo isso é verdade — concordou Avella. — Ele te contou que tipo de animais?

— Ahn, animais de grande porte?

— Isso foi uma pergunta?

— Não, tipo, ele falou em animais de grande porte, mas não foi muito específico.

Avella assentiu.

— Quando pensa em animais de grande porte, em que você pensa?

— Elefantes, imagino? Hipopótamos. Girafas. Talvez rinocerontes.

— Algo mais?

— Talvez baleias — falei. — Mas não me pareceu que Tom estivesse falando delas. Ele disse "em campo", não "em alto-mar".

— Tecnicamente, "em campo" poderia significar ambos — disse Avella. — Mas, sim, a maior parte do nosso trabalho se dá em terra firme.

— Eu gosto de terra firme — comentei. — Lá eu não me afogo.

— Jamie... posso te chamar pelo seu primeiro nome?

— Por favor.

— Jamie, essas são as boas notícias. Tom estava certo: nós precisamos de alguém para a próxima operação de campo, e precisamos de alguém agora. Tom recomendou você e, entre a ligação dele e a sua chegada, fiz uma verificação dos seus antecedentes. Nenhuma prisão, nenhum alerta do FBI ou da CIA ou da Interpol, nenhuma postagem problemática nas redes sociais. Até mesmo sua pontuação de crédito é boa. Bem, tão boa quanto possível para alguém que tenha feito empréstimos estudantis.

— Ótimo. Eu amo ter que pagar eternamente por um doutorado que nunca, nunca vou usar.

— Falando nisso, sua tese de doutorado é muito boa.

Eu pisquei com surpresa.

— Você leu minha tese de doutorado?

— Passei os olhos.

— Como você a *conseguiu*?

— Tenho amigos em Chicago.

— Certo, *uau*.

— Meu ponto é que você não representa um perigo óbvio ou um problema em potencial para seus futuros colegas de equipe. E para nós, neste momento, isso é o suficiente. Então, parabéns, o trabalho é seu se quiser.

— Isso é ótimo — falei. — Certo.

Um imenso rochedo de estresse que eu nem percebia estar carregando sobre os ombros subitamente se dissipou. Eu não iria ficar sem teto nem morrer de fome no meio de uma pandemia.

Avella ergueu o dedo.

— Não me agradeça ainda. O trabalho é seu, mas preciso me certificar de que você compreenda em que consiste o trabalho para que decida se vai aceitar ou não.

— Tudo bem.

— Primeiro, entenda que, quando dizemos que a SPK é uma organização de direitos dos animais, queremos dizer que estamos *engajados ativamente* com esses animais... Animais muito grandes, muito selvagens, muito perigosos. Nós vamos treinar você para interagir com eles e mantemos severos protocolos de segurança o tempo todo. Mas você pode sofrer ferimentos graves e, se não tiver cuidado, pode até mesmo morrer. Se tiver qualquer receio quanto a isso ou algum problema em seguir à risca as orientações e instruções que lhe serão dadas, esse trabalho não é o ideal para você. Eu preciso que me confirme verbalmente que compreende.

— Eu compreendo.

— Bom. A segunda coisa é que, quando dizemos que nosso trabalho de campo é longe, queremos dizer *longe mesmo*. Do tipo "longe de toda a civilização por meses sem fim". Do tipo "sem internet". Do tipo "comunicação extremamente limitada com o mundo exterior". Quase nenhuma notícia entra ou sai. O que você levar na bagagem é o que vai ter. Vivemos de forma simples, confiamos nos outros e permitimos que outros confiem na gente. Se não consegue viver sem Netflix, Spotify ou Twitter, esse trabalho não é para você. Você estará em campo. Esteja ciente disso, por favor.

— Pode me tirar uma dúvida?

— É claro.

— Quando você diz "em campo", quão *em campo* quer dizer? — perguntei. — É tipo "nós estamos longe do resto do mundo, mas ainda temos paredes" ou tipo "vivemos em barracas apertadas e fazemos cocô em buracos que nós mesmos cavamos"?

— Você tem algum problema com fazer cocô num buraco que você mesmo cavou?

— Nunca me aconteceu, mas tenho disposição para aprender.

Avella sorriu ao ouvir isso, acho; a máscara tornava o gesto mais ambíguo do que eu gostaria.

— É possível que você precise fazer cocô num buraco de tempos em tempos. Dito isso, nossa base de campo tem, sim, estruturas básicas. E saneamento.

— Certo — falei. — Eu compreendo e estou ciente disso, então.

— A terceira coisa é que o que fazemos é confidencial. Isso significa que você não pode falar para ninguém de fora da SPK sobre o que você faz ou para onde vai. Preciso enfatizar *fortemente* que a segurança e o sigilo são de extrema importância no que fazemos e em como operamos. Por isso, se descobrirmos que você vazou *qualquer* informação para qualquer pessoa, incluindo seus entes queridos, nós podemos e *vamos* processar você de todas as formas que a lei nos permitir. Essa não é uma ameaça vazia; já fizemos isso antes.

— Isso significa que preciso assinar um termo de sigilo e confidencialidade?

— Essa conversa é o termo de sigilo e confidencialidade.

— Mas eu já sei o que vocês fazem.

— Você sabe que somos uma organização de direitos dos animais.

— Certo.

— É um pouco como dizer que a CIA é uma empresa de serviços de informação.

— Então vocês *são* espiões! Ou mercenários.

Avella balançou a cabeça.

— Nenhum dos dois. Operamos desse modo pela segurança dos animais de que cuidamos. Coisas ruins aconteceriam se não o fizéssemos.

Pensei nas histórias que havia lido sobre caçadores ilegais e esportivos matando animais de espécies ameaçadas após acessarem informações de geolocalização nas fotos que turistas postavam na internet. Entendi.

— Uma pergunta — falei. — Não vão me pedir para infringir contra nenhuma lei, vão?

— Não — respondeu Avella. — Isso eu posso prometer.

— Está bem. Eu entendo e aceito, então.

— Ótimo. — Avella pegou uma folhinha de papel. — Sendo assim, tenho algumas perguntas rápidas para você. Primeiro, tem um passaporte válido?

— Sim.

Eu tinha planos de viajar para a Islândia no verão, até a pandemia acontecer e eu perder meu emprego e precisar passar o tempo inteiro entregando comida para nova-iorquinos em quarentena.

— Nenhuma deficiência física relevante? — Avella ergueu o olhar. — Preciso deixar claro que você vai passar por um exame médico completo com a dra. Lee no consultório em frente, então aqui estamos só checando algumas coisas de modo geral.

— Nenhuma deficiência, e sou saudável.

— Alguma alergia?

— Nenhuma ainda.

— Como você lida com calor e umidade?

— Eu fiz um estágio durante o verão em Washington e não morri — falei.

Avella começou a fazer a pergunta seguinte, mas parou.

— A próxima pergunta seria o que você pensa sobre ficção científica e fantasia, mas eu li sua tese de doutorado, então podemos pular essa. Presumo que você dirá que tem bastante familiaridade com o gênero.

Minha tese de doutorado era sobre bioengenharia na ficção científica desde *Frankenstein* até os livros da série do Robô-assassino, de Martha Wells.

— Sim, embora essa seja uma pergunta meio aleatória.

— Não é — garantiu Avella. — Você tem um testamento preparado ou algum outro planejamento de espólio?

— Ahn, não.

Ela estalou a língua e fez outra pergunta.

— Alguma restrição alimentar?

— Tentei adotar o veganismo uma época, mas não consegui viver sem queijo.

— Mas existe queijo vegano.

— Não, não existe. O que chamam de queijo vegano são fatias de tristeza com corante amarelo que zombam dos laticínios e de tudo o que eles representam.

— Sensato — disse Avella. — Seria difícil manter uma alimentação vegana no lugar aonde você está indo, de todo modo. Última pergunta. Você tem problema com agulhas?

— Não adoro, mas também não tenho nenhuma fobia — falei. — Por quê?

— Porque você está prestes a encontrar um bocado delas.

— Vamos fazer isso primeiro e nos livrar logo — disse a dra. Lee, antes de enfiar um cotonete das minhas narinas até meu cérebro. Na verdade aquela era a última parte do meu exame médico, no qual me informaram que eu havia passado, mas apenas o início da rodada de vacinas.

— Bem, isso é divertido — falei quando acabou.

— Se você acha isso divertido, espero que nunca nos encontremos socialmente — disse a dra. Lee, embalando o cotonete para ser testado. —

Você não parece estar doente, mas é claro que ninguém parece no começo, então é melhor garantir. Enquanto isso, vamos fazer sua dose.

Ela enfiou a mão numa gaveta e pegou uma bandeja com várias seringas.

— Para que são essas vacinas? — perguntei.

— Essas são as vacinas básicas — disse ela. — Só o de praxe, as novas e os reforços. Sarampo, caxumba, rubéola, gripe, catapora, varíola.

— Varíola?

— Sim, por quê?

— Foi erradicada.

— É o que a gente acha, não é? — Ela ergueu uma das seringas. — Essa é nova, a vacina da covid.

— Já saiu?

— Tecnicamente, é experimental. Não conte a seus amigos. Eles vão ficar com inveja. Agora. Quantas viagens internacionais você já fez?

— Não muitas. Fui ao Canadá para uma conferência no ano passado. E de férias para o México quando estava na faculdade.

— Ásia? África?

Neguei com a cabeça. A dra. Lee pigarreou e pegou outra bandeja de seringas. Eu comecei a contá-las e tremi na base. A dra. Lee percebeu.

— Juro que você vai querer tomar as vacinas mais do que iria querer pegar as doenças de que elas vão te proteger — disse ela.

— Acredito em você — falei. — É que são muitas.

Ela deu um tapinha no meu ombro.

— Isso não é muito — Ela enfiou a mão na gaveta outra vez e pegou a última bandeja, que tinha ao menos dez seringas. — Aqui. *Agora, sim,* são muitas.

— Meu Deus do céu! — Eu me afastei um pouco da mesa com a bandeja. — Para que diabos são essas?

— Eles te disseram que você vai trabalhar com animais de grande porte, certo?

— Sim, e aí?

— Pois é, então… — A dra. Lee apontou para as seringas mais próximas na bandeja. — Essas são para as doenças que os animais podem te passar. — Ela apontou para as do meio. — Essas são para as doenças que os *parasitas* deles podem te passar. — Ela apontou para as últimas. — E essas são para as doenças que você pode pegar apenas por estar a céu aberto.

— Puta merda.

— Veja de outro modo — disse ela. — Não estamos apenas protegendo você dos animais. Estamos protegendo os animais de você.

— Você não pode simplesmente me dar todas de uma vez direto na veia ou algo assim?

— Ah, não, isso seria ruim. Algumas dessas vacinas não reagem bem com outras.

— E mesmo assim você vai injetar todas elas no meu corpo.

— Bem, temos uma ordem específica para aplicá-las — explicou ela —, de modo que a sua corrente sanguínea já terá diluído a primeira quando injetarmos a próxima e assim por diante.

— Você está de sacanagem comigo, né.

— Bom, essa é uma maneira de ver as coisas. Vamos adiante — disse a dra. Lee. — E, bem rapidinho, vamos falar também dos efeitos colaterais. Pelos próximos dois dias talvez você sinta o corpo um pouco dolorido e tenha um pouco de febre. Se isso acontecer, não entre em pânico, é perfeitamente normal. Significa apenas que seu corpo está aprendendo sobre as doenças que queremos que ele combata.

— Está bem.

— Além disso, pelo menos duas das vacinas vão fazer com que você sinta muita fome. Vá em frente e coma tudo o que quiser, mas evite comidas excessivamente gordurosas, já que uma dessas vacinas vai dizer ao seu corpo para eliminar gorduras de um modo que altera *completamente* o controle normal do esfíncter.

— Isso... não é bom.

— É um caos. Sério, nem pense em tentar peidar pelas próximas dezoito horas. *Não* será um peido. Você *vai* se arrepender.

— Não gosto de você.

— Escuto muito isso. Aliás, você vai perceber que a cor azul lhe dará dor de cabeça pelos próximos dois dias.

— Azul.

— É. Não sabemos por que isso acontece, só sabemos que acontece. Quando acontecer, apenas olhe para algo que não seja azul por algum tempo.

— Você sabe que o *céu* é azul, certo?

— Sim. Fique dentro de casa e não olhe para cima.

— Inacreditável.

— Olha, eu não faço isso acontecer, eu só aplico as vacinas que fazem. Por fim, esta aqui. — A dra. Lee apontou para uma das últimas seringas na longa bandeja. — Em uma a cada 250 injeções o paciente sente um ímpeto de, digamos, intensa violência homicida. Do tipo "matar todo mundo no prédio e construir uma pirâmide com seus crânios".

— Isso consigo entender — garanti a ela.

— Não, não consegue — assegurou ela de volta. — Por sorte, isso vem acompanhado de um efeito colateral direto de preguiça extrema, que evita que a maioria das pessoas ceda ao impulso.

— Então, tipo, até quero matar, mas teria que me levantar do sofá para isso.

— Exato — disse a dra. Lee. — Nós chamamos de "Síndrome do Assassino Chapado".

— Não tem como isso ser real.

— É muito real. Nós descobrimos que certos alimentos ajudam a conter o impulso assassino. Se acabar acontecendo e você tiver energia o bastante para se levantar e se mover, frite um bacon, tome um litro de sorvete ou coma duas fatias de pão com manteiga.

— Então, comidas gordurosas.

— Basicamente.

— Você se lembra da parte em que me disse para *evitar* comidas gordurosas, certo?

— Lembro.

— Então, só para ficar claro, as opções são "maníaco homicida" ou "furação de merda".

— Eu não colocaria desse modo, mas sim. Contudo, há boas chances de que você não venha a experimentar nenhum efeito colateral, muito menos ambos ao mesmo tempo.

— E se eu vier a experimentar?

— Sente na privada e coma furiosamente seu bacon. É o meu conselho. — A dra. Lee ergueu a última seringa. — Vamos lá?

— Correu tudo bem com suas vacinas? — perguntou Avella quando retornei ao seu escritório.

— Eu não matei a dra. Lee — falei. — Mas isso pode ter a ver com o fato de eu mal conseguir mover meu braço agora.

— Obrigada por não matar nossa médica — disse ela, e retirou a máscara. — Fui vacinada semanas atrás — explicou, ao perceber meu olhar. —

Agora que você tomou suas vacinas, não preciso fingir que não tomei também. Mas posso colocar a máscara de volta, se isso te deixar desconfortável.

— Não, tudo bem

Pensei em tirar a minha máscara também, mas não o fiz.

Avella tocou de leve uma pasta que estava sobre sua mesa.

— Temos alguns documentos para você preencher. Precisamos de informações para que possamos depositar seu salário e fazer a sua inscrição em nossos planos de benefícios e de saúde. Temos aqui também uma papelada opcional que nos dá poderes limitados de representação, para que possamos lidar com coisas como seu aluguel e débitos estudantis.

— Quê?

Avella sorriu.

— Tom não te falou disso, pelo que vejo. Como adicional ao seu salário, a SPK cobre seu aluguel mensal e qualquer débito estudantil que você tenha. Se tiver faturas de cartão de crédito em aberto ou outro parcelamento, vai precisar pagar por eles, mas nós podemos fazer esses pagamentos e deduzir do seu salário ou te ajudar a programar um débito automático, caso ainda não tenha feito isso.

— Isso é maravilhoso — falei.

— Nós vamos exigir bastante de você, Jamie. E vamos manter você longe do resto do mundo. O mínimo que podemos fazer é nos certificar de que tenha um lugar para onde voltar. Falando em salário, percebi que não discutimos valores ainda. Se estiver de acordo, seu salário inicial é de 125 mil dólares.

— Puxa, isso é ótimo — falei, sem acreditar.

— Esse valor não inclui o bônus de dez mil dólares de adiantamento do seu primeiro contracheque.

— É claro que não — gaguejei estupidamente.

Avella vasculhou sua mesa, puxou um envelope de papel pardo e o entregou para mim.

Eu o encarei.

— Isso é… — comecei a falar.

— Dois mil em dinheiro e um cheque ao portador para o resto — explicou ela. — Mas, se preferir, podemos fazer uma transferência para os oito mil.

— Será que eu poderia… — comecei a falar, mas me interrompi.

— Sim?

— Eu ia perguntar se posso transferir isso para os meus colegas de quarto, para ajudá-los a cobrir as despesas enquanto eu estiver longe.

— É um cheque ao portador, Jamie. Você pode fazer o que quiser com ele. E, se ainda tiver alguma preocupação com seus amigos, podemos organizar para que parte do seu salário seja depositada para eles durante sua estadia fora. Nós fazemos bastante isso. Somos uma organização internacional, e vários dos nossos empregados enviam dinheiro para casa. O seu caso é basicamente o mesmo.

— Isso é ótimo — falei, me empolgando. Era ridiculamente perfeito como todos meus problemas podiam ser resolvidos de repente com a aplicação estratégica de dinheiro.

— Ficamos felizes que pense assim — disse Avella, e tamborilou sobre a pasta outra vez. — Aqui tem uma passagem da Amtrak para daqui a dois dias, o que deve lhe dar tempo suficiente para ajeitar tudo que for necessário em Nova York. Envie o resto da papelada de volta para mim antes disso e prepare as malas para uma longa viagem. Não se preocupe com roupas, exceto com o que vai usar durante o percurso. Mas separe aquilo que gostaria de manter com você em uma viagem de vários meses. E não esqueça seu passaporte.

Peguei a pasta.

— Para onde estou indo?

— Para o aeroporto internacional de Baltimore-Washington, para começar — respondeu Avella. — Quanto ao resto… você vai descobrir.

Tom Stevens estava me esperando na estação quando desci do trem. Ele olhou para minha bagagem de mão e a mochila.

— Isso é tudo o que você está trazendo? — perguntou.

— Me disseram que eu só precisava trazer roupas para vestir durante a viagem — falei. — Além disso, estou levando bastante coisa. — Indiquei a mala de mão. — Produtos de higiene pessoal e lanchinhos. — Virei-me para indicar a mochila. — Todos os meus eletrônicos e vários terabytes de filmes, músicas e livros. Óculos de sol e um boné. Sei lá, eu achei que iria precisar de óculos de sol e de um boné. Fiz mal?

— Não, tudo certo — disse Tom. — Vamos fornecer o restante. É bom ver você, Jamie. Obrigado por aceitar o trabalho. Você realmente está salvando nossos rabos nessa.

— Bem, você realmente salvou o *meu* rabo, então estamos quites.

— Ficamos quites, então. — Ele entregou minha passagem. — Seus documentos de viagem.

Dei uma olhada na passagem.

— Onde diabos fica a base aérea de Thule? — perguntei.

— Groenlândia.

— Estamos indo para a *Groenlândia*? — gaguejei. — Vamos andar com ursos polares?

Pude ver Tom sorrindo por baixo da máscara, que agora eu sabia que ele só usava como disfarce, assim como eu.

— Vamos lá, temos que pegar o trem até o aeroporto. Vamos fazer o seu check-in. Nosso voo só sai depois das duas da manhã. Nós temos um lounge.

— *Groenlândia?* — questionou Brent pela chamada de vídeo.

— Né?

Eu estava no lounge do Clube Chesapeake, que em tempos normais, pelo que entendi, era o salão onde os passageiros da British Airways esperavam antes de embarcar para Londres. Naquele dia, porém, estava populado de uma dúzia de funcionários da SPK, muitos dos quais, como eu, estavam no telefone, presumidamente com seus amigos e familiares, enquanto ainda podiam.

— Suponho que tenha ursos polares por lá — disse Brent.

— E focas — lembrei. — Elas podem ficar bem grandes.

— Suponho que sim. Não sei. Mas pensei na África quando disseram que você iria trabalhar com animais de grande porte. Até onde sei, é lá que eles ficam.

— Isso são seus preconceitos culturais colonialistas falando — gritou Laertes, fora da tela.

— Não são, *não* — gritou Brent em resposta, e voltou-se para mim. — Bom, provavelmente é verdade.

— Só o que me preocupa é que eu praticamente não trouxe roupas de frio — falei.

— Mate um urso polar e se enfie dentro dele — tornou a gritar Laertes fora da tela. — Como se fosse um tauntaun.

— Pare de gritar — gritou Brent. — Tenho certeza de que eles não vão deixar você congelar — falou para mim.

— Era isso que Luke pensava — gritou Laertes.

— Não dê ouvidos a ele — sugeriu Brent.

Eu sorri e mudei de assunto.

— Vocês dois vão ficar bem enquanto eu estiver longe? — perguntei.

— Está brincando? Jamie, você salvou nossos rabos. Não precisaremos nos mudar e não vamos morrer de fome. Eu poderia beijar você.

— Que sexy — gritou Laertes.

— Não esse tipo de beijo — esclareceu Brent.

— Não, eu entendi — falei. — Aparentemente estou salvando vários rabos hoje.

— Sexy também — acrescentou Laertes.

— Você vai sentir falta das intromissões dele nas nossas conversas — prometeu Brent. — E das nossas conversas em si, se parar para pensar.

— Eu sei. Mandarei atualizações quando puder.

"*Se puder*" teria sido mais adequado, mas não quis dizer isso naquele momento.

— Está ótimo. Não deixe ninguém cagar na sua cabeça só por ter chegado agora. E, se cagarem, nos avise.

— Nós temos coquetéis molotov! — gritou Laertes.

— Não temos coquetéis molotov — emendou Brent. — Mas você sabe que podemos conseguir alguns.

Eu ri e desliguei, provavelmente pela última vez por algum tempo. Olhei para cima e vi uma mulher jovem olhando para mim.

— Desculpe — falei. — Eu devia ter usado fones.

— Não, tudo bem — disse ela. — É bom ouvir pessoas tendo uma vida além disso. — Ela indicou o salão e a equipe da SPK. — Seja lá o que *isso* venha a se tornar.

— Ah — falei, num tom compreensivo. — Esse é o seu primeiro dia de trabalho também.

— É — admitiu. — Há mais alguns novatos como nós lá daquele lado. — Ela apontou para uma dupla com ares de alunos de pós-graduação que conversavam animadamente, e então se voltou para mim. — Meu nome é Aparna Chowdhury. Biologia.

— Jamie Gray. Carrego coisas.

Ela sorriu com isso.

— Você gostaria de vir se sentar conosco?

Coloquei meu telefone de lado.

— Gostaria, sim.

Nós nos aproximamos, e a dupla com ares de alunos de pós-graduação ergueu o olhar.

— Encontrei mais gente nova — disse Aparna, empolgada, e apontou para mim: — Jamie carrega coisas!

— É isso aí — confessei.

— Bem, então ao menos algum de nós é útil — disse o rapaz que estava mais próximo de mim, com um aceno. — Sou Kahurangi. E aqui é Niamh.

Elu estuda astronomia e física, e eu faço química orgânica e um pouco de geologia. Somos nerds.

— Oi — disse Niamh, acenando.

Acenei de volta.

— A minha tese era sobre romances de ficção científica, então acho que me qualifico como nerd também.

— Uau, com certeza, sim — disse Kahurangi. — E eu aqui pensando que você estava aqui somente pela força bruta.

— Ah, mas estou. A tese de doutorado fracassada é só um bônus.

— Conte para Jamie do que estávamos falando mais cedo — pediu Aparna.

— Ah, sim — disse Niamh, e virou-se para mim. — Groenlândia. Que porra é essa?

Eu ia responder, mas alguém começou a bater palmas pedindo atenção. Nós todos erguemos o olhar para ver uma mulher de pé com ares de muita autoridade. Todo mundo parou de conversar, pôs os telefones de lado e voltou a atenção a ela. Algumas pessoas começaram a vaiá-la de brincadeira.

— Ah, calem a boca — disse ela, fingindo irritação, e ouviram-se risos. — Para aqueles de vocês que estão de volta, é bom vê-los outra vez. Para aqueles de vocês que são novos… Quem é novo por aqui?

Nós quatro levantamos as mãos.

— Ah, já se agruparam, muito bom — comentou ela, e os risos soaram novamente. — Para quem é novo aqui, meu nome Brynn MacDonald e eu sou a comandante da Equipe Ouro da base Tanaka da SPK, que é isto aqui. — Ela gesticulou ao redor da sala, que respondeu com leves ovações e aplausos. — Não fiquem muito animados — alertou, séria, despertando mais risos na plateia. — Agora, tenho certeza de que vocês, novatos, têm um monte de perguntas, incluindo…

Ela apontou para a multidão.

— "Por que a Groenlândia?" — Ouvi todos, exceto o pessoal novo, gritarem de volta.

— E nós poderíamos contar agora, mas *não vamos* fazer isso — prosseguiu MacDonald. — Não porque somos cruéis…

— Embora isso seja verdade — soltou alguém, provocando risos.

— … mas porque é uma tradição não estragar a surpresa. Confiem em nós, vai valer a pena. Por enquanto, saibam apenas que nenhum nós sabia até que víssemos com nossos próprios olhos. Dito isso, vamos em frente.

Como de costume, o voo até a base aérea de Thule parte às duas da manhã e leva seis horas e meia. E, como de costume novamente, teremos uma mistura de civis e militares conosco na viagem. Isso significa que, pela duração do voo, vocês terão que usar máscaras. — Ouviram-se resmungos. — E eu *não quero* ouvir reclamações a respeito disso. Só porque vocês estão imunes, não significa que outras pessoas estejam ou que vocês não possam transmitir a elas, então não sejam cuzões.

Novamente surgiram resmungos entre a multidão, mas as pessoas se acalmaram.

— Agora, nós supostamente deveríamos nos sentar todos juntos, mas alguns de vocês ainda poderão encontrar gente de fora da SPK puxando conversa. Então, se alguém perguntar por que vocês estão indo para a base aérea de Thule, usem nossa história de sempre: que são funcionários do Departamento do Interior fazendo um levantamento geofísico da glaciação da Groenlândia. Para os novatos, nós usamos essa história porque ela é tão tediosa que durante toda a história da SPK ninguém jamais quis saber mais a respeito.

Risos.

— Caso contrário, aplicam-se as regras habituais: não falem sobre negócios da SPK durante o voo nem quando pousarmos, nem com qualquer um que não seja da SPK. Quando chegarmos, o pessoal de admissão da SPK estará lá para nos orientar, e assim por diante. Vocês sabem o que fazer. Os novatos só precisam ficar de olho nos demais e nos seguir. Não se percam, ou ficarão na base aérea de Thule durante o inverno, e vocês *não* querem que isso aconteça.

Mais risos. MacDonald concluiu:

— A previsão do tempo para Thule é céu nublado e encoberto, mas a temperatura deve se manter acima de zero... — Houve uma ligeira reação de alegria aqui. — ... com ventos leves vindos do leste. Descansem e relaxem, telefonem para quem precisarem telefonar, e disparem aqueles últimos e-mails e posts de Facebook, porque darão adeus a tudo isso em breve. É isso!

MacDonald voltou a sentar-se. O burburinho da conversa geral elevou-se outra vez, e as pessoas começaram a pegar seus telefones. Niamh foi uma delas.

— Certo, então, ter uma base nomeada "Tanaka" não ajuda *em nada* — disse elu, após um minuto. — A primeira referência no Google é de um jogador de beisebol.

— Estou na Wikipédia — disse Kahurangi. — Aqui fala que "Tanaka" é o quarto sobrenome mais comum no Japão. Tem um *monte* de japoneses famosos com esse nome.

— Então não temos nenhuma pista sobre nada, além de que estamos indo para a Groenlândia — disse Aparna.

— E de que provavelmente vamos fazer algo com ursos polares — observei.

— Ou focas — acrescentou Aparna.

— Então, eu queria perguntar uma coisa — falei. — Eu sei por que *eu* estou aqui. Eu estava numa situação de desespero e precisava de um trabalho, ou iria virar sem-teto e morrer de fome. E quanto a vocês todos?

Os novatos olharam uns para os outros.

— Praticamente o mesmo? — disse Kahurangi.

— Tem uma porra de uma pandemia lá fora, cara — disse Niamh.

— Eu estou aqui por causa de um término ruim — disse Aparna. — E, bem, pelo dinheiro.

— É como a legião estrangeira dos nerds — falei, dando risada. — Com ursos polares.

— Ou focas — acrescentou Aparna.

Algumas horas depois, nós, novatos, assim como todos os outros funcionários da SPK, saímos do Clube Chesapeake e embarcamos num avião fretado. Como prometido, nos sentamos todos juntos, mas eu estava em uma fileira com uma poltrona vaga, que logo foi ocupada por um jovem da Aeronáutica, que me perguntou por que eu estava indo para Thule. Então contei a tal história sobre trabalhar no Departamento do Interior. Nunca antes tinha visto o olhar de alguém morrer de desinteresse tão rápido. Ele colocou os fones de ouvido; eu fui dormir.

Seis horas e meia mais tarde, estávamos na base aérea de Thule. Eu me perguntei por quanto tempo ficaríamos ali, e a resposta veio em seguida: somente pelo tempo necessário para que fôssemos tirados do avião, reunidos pela equipe da SPK e metidos dentro de dois helicópteros — os quais, depois, descobri serem Chinooks adaptados para o frio —, que imediatamente levantaram voo e partiram rumo ao interior.

— Para onde estamos indo? — perguntei a Tom Stevens, que havia acenado para que eu me sentasse perto dele assim que subi no helicóptero.

Precisávamos nos inclinar na direção um do outro para conversar. — Eu não sei muita coisa sobre a Groenlândia, mas sei que não tem nada lá além de geleiras e frio.

— Então, olha só, isso é bacana — disse Tom. — Há uma base dos Estados Unidos chamada Camp Century que foi oficialmente fechada na década de 1960. Era uma base de pesquisa militar, com seu próprio reator de energia nuclear que foi desligado quando a base foi fechada. Certo?

— Certo.

— É mentira. Foi acobertado. A Camp Century nunca foi fechada, e o reator nuclear nunca foi desligado. A SPK a usa agora. É para lá que estamos indo.

— Estamos indo para uma base nuclear secreta na Groenlândia? — perguntei.

— Te falei que era bacana.

— Certo, mas como se mantém uma base nuclear secreta? — perguntei. Apontei para cima. — Não sei muito de física, mas sei que os russos e os chineses têm satélites espiões. Tenho certeza de que eles notariam, não sei, *nêutrons* ou sei lá o quê.

— Você vai ver — disse Tom. De repente senti uma onda de irritação com o sigilo presunçoso da SPK.

Pouco mais de uma hora depois, estávamos pousando na Camp Century. Fomos transferidos às pressas dos helicópteros para ônibus de transporte e dos ônibus para um tipo de garagem, que se fechou às nossas costas. Um funcionário da SPK nos disse para colocar todas as malas de mão, mochilas e objetos pessoais em uma esteira rolante, semelhante a uma esteira de bagagem. Olhei para Tom.

— Está tudo bem — encorajou ele. — Esterilização. Você vai receber tudo de volta.

Dei de ombros e coloquei minhas coisas na esteira.

Então ficamos em fila em frente às mesas de registro. Quando chegou minha vez, recebi um embrulho com roupas e sapatos selados em uma bolsa, e apontaram para uma área com chuveiro.

— Roupas velhas e sapatos na sacola, incluindo joias removíveis e tudo o que estiver nos bolsos, e insiram na lata de coleta — orientou o funcionário da SPK. — Lavem-se bem usando o sabonete fornecido. Esfreguem todas as áreas do corpo, incluindo o cabelo e o couro cabeludo. Quando terminarem, lavem-se de novo, com a mesma intensidade. Caso fiquem em dúvida se estão limpos o suficiente, lavem-se mais uma vez. Então vistam as roupas novas e direcionem-se à área de espera depois dos chuveiros.

Tirei a roupa, entrei debaixo do chuveiro e tomei um banho. O sabonete cheirava a uma mistura de cloro e framboesa — uma combinação que realmente espero nunca mais sentir. A nova roupa era uma espécie de macacão cinza com elásticos de fechamento no pescoço, nos punhos e nos tornozelos, e os sapatos eram um tipo esquisito de botina leve. Foram providenciadas meias e roupas de baixo básicas. Vesti tudo e segui as placas até a área de espera. Depois de um tempo, Aparna saiu, seguida por Niamh e Kahurangi.

— Não tenho um espelho, então me diga você — disse Kahurangi, fazendo uma pose. — Fiquei bem?

— Com certeza — falei.

— Que estranho, porque em você ficou uma merda.

Sorri.

Escutei meu nome, me virei e vi Tom acenando para mim. Pedi licença aos novatos e fui até ele.

— Venha comigo — indicou ele.

— Certo — falei. — Por quê?

— Porque eu quero ver a sua cara quando acontecer.

Olhei torto para ele.

— Essa merda de segredo, eu juro…

— Eu sei, eu sei — disse ele. — Você acreditaria em mim se eu dissesse que vale a pena?

— É melhor valer mesmo.

No lado mais distante da sala acendeu-se uma luz acima de uma porta. A porta se abriu, enrolando-se como um portão de garagem.

— Vamos — disse Tom.

Ele nos guiou por outra porta, que também parecia um portão de garagem, do lado oposto dessa segunda sala. Outros entraram atrás de nós, e de repente a sala estava cheia de pessoas em macacões cinzentos ridículos. A porta às nossas costas se fechou.

— Eu me sinto como se alguém estivesse prestes a me pregar uma peça — falei para Tom.

— Não é uma brincadeira — garantiu ele.

As luzes se apagaram.

— O que estava dizendo? — respondi para ele, na escuridão.

— Você se lembra do que falei do reator nuclear aqui?

— O que tem ele?

— Nós o estamos usando agora.

— Para quê?

Houve um baque estrondoso e lancinante. Instintivamente me encolhi na escuridão. Atrás de mim, ao menos duas pessoas gritaram de surpresa.

— Para isso — disse Tom.

Eu estava prestes a comentar que ia bater nele assim que as luzes voltassem quando a porta à nossa frente começou a subir. Enquanto ela se abria, o ar vindo de fora entrou — um ar quente, pesado, úmido e tão denso que eu podia ver a luz sendo difratada nele conforme entrava.

A porta se abriu por completo.

Do lado de fora havia uma selva.

Fiquei de queixo caído.

— Era *isso* que eu queria ver — disse Tom.

Eu o ignorei, dei um passo e saí num grande pavilhão, obviamente desenhado para acomodar chegadas. Fui até a borda. A área de chegada tinha uma elevação de uns dez metros pelo menos. Abaixo dela havia um tipo de base, atravessada por uma vegetação obviamente indomável, que poderia ser limpa por um tempo, mas voltaria mais rápido e mais verde. Aquele verdor erguia-se na direção do perímetro de nossa base até um imenso paredão de plantas que crescia mais alto e vigoroso do que qualquer outra coisa que eu já tinha visto na vida, fosse em pessoa ou em documentários. Fazia a floresta amazônica parecer um estacionamento.

Eu respirei fundo. Era como mastigar oxigênio puro.

Olhei para o lado e vi outros novatos de pé ao meu lado, igualmente boquiabertos.

— Certo, onde diabos nós estamos? — perguntou Niamh.

— Na Groenlândia — disse Tom atrás de nós.

Niamh se virou.

— Cara, isso *não é* a Groenlândia. Isso é… verde.

— Juro para você que é a Groenlândia. — Tom ergueu a mão para evitar objeções. — Só não é aquela com que vocês estão acostumados. Prometo que há uma boa explicação. Temos uma sessão de orientação que aborda isso.

— Ou você pode explicar agora — falei.

— Certo. Essa é a Groenlândia. Ela apenas fica em uma Terra levemente diferente.

Niamh apontou de modo enfático para toda a vegetação.

— *Levemente* diferente?

— Preciso concordar com a observação de Niamh quanto ao seu uso da palavra "levemente" — disse Kahurangi.

— Está bem, *muito* diferente — consentiu Tom.

— Quão diferente? — perguntou Aparna.

Tom apontou para a vegetação.

— Bem, essa não é a parte mais selvagem.

— O que você quer dizer? — perguntei, e então percebi uma sombra nos cobrindo: a mim, aos outros novatos e à entrada do pavilhão.

Olhei para cima, assim como todos os demais, para observar o que parecia um Boeing 747 preguiçosamente batendo as asas no céu.

— Aquilo é... um *dragão*? — perguntou Aparna, após um longo minuto.

— Tecnicamente não é um dragão — disse Tom.

— *Tecnicamente*? — exasperou-se Niamh.

Kahurangi concordou e apontou:

— Mais uma vez, Niamh fala por mim.

— Se não é um dragão, é o quê? — perguntei.

— É um kaiju.

— Um *kaiju*.

— Sim.

— Uma porra de um kaiju de verdade — repeti. — Que nem nos filmes japoneses de monstros.

— Quase exatamente isso — disse Tom. — Ei, eu disse que trabalhávamos com animais de grande porte.

— Caramba, eu pensei que você estava falando de ursos polares.

Tom riu e balançou a cabeça.

— Não. É uma porra de um kaiju de verdade, como você disse. Está no nome, afinal de contas.

— Quê? — perguntei.

— spk — disse Tom. — Significa "Sociedade de Preservação dos Kaiju". É o que nós somos, Jamie. É por isso que estamos aqui. É isso que fazemos.

De longe, um rugido baixo e retumbante soou acima de nós. Eu me virei e observei quando uma pequena montanha no horizonte se ergueu e olhou na nossa direção.

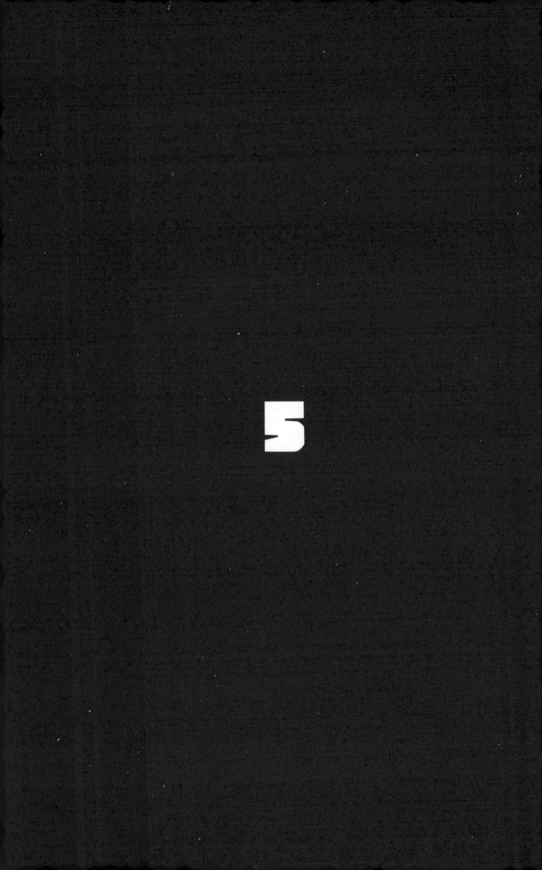

— Então essa é a base Tanaka — falei para Tom, depois de ter recolhido meu queixo do chão da passarela do pavilhão.

Ele balançou a cabeça.

— Essa é a base Honda — corrigiu. Ao perceber meu olhar, completou:
— Não tem a ver com a fabricante de carros, juro. Foi uma homenagem a Ishiro Honda, que dirigiu o filme original de *Godzilla* em 1954. Todas as bases norte-americanas foram batizadas com nomes de pessoas que trabalharam no filme. Base Tanaka, base Chuko-Kita, base Nakajima e assim por diante. "Tanaka" é em homenagem ao produtor. Embora houvesse outros Tanaka envolvidos com o filme. É um nome comum.

— O quarto mais comum no Japão — disse Kahurangi.

— Alguém andou olhando a Wikipédia antes de partir — observou Tom.

— Batizar suas bases com nomes de pessoas que trabalharam em *Godzilla* é meio óbvio — comentou Niamh.

— É, sim — admitiu ele. — Aqui nós meio que aceitamos e abraçamos a maluquice. Foi preciso, porque qual a alternativa, sabe? Não dá para fingir que não *sabemos*. E não é só com filmes de kaiju. Vocês não fazem ideia de como foi difícil para mim *não* dizer "bem-vindos ao Jurassic Park!" a todos vocês agora há pouco.

— *Jurassic Park* não terminou bem para ninguém — lembrei. — Nem no filme nem no livro.

— Bem, eles foram desleixados — disse Tom. — Nós não somos desleixados. E eles eram fictícios. *Isso* aqui é real.

— Mas *como* isso é real? — perguntei. — Como você entra numa sala na gelada Groenlândia e sai em outra que é uma selva?

— E onde existem dragões — acrescentou Aparna.

— Tecnicamente, não são dragões — refutou Tom, e então encarou a todos nós, dirigindo-se ao grupo completo dos novatos. — Venham, vamos almoçar e eu explico tudo.

O refeitório da base Honda era do tamanho de um mercado de cidade pequena e oferecia um bufê de pratos quentes e saladas. Todos nós, novatos, olhávamos para aquilo com cara de desconfiança.

— O que foi? — perguntou Tom, com o prato pronto para se servir. — Vocês estão segurando a fila.

— Acabamos de vir de um mundo onde os bufês não existem mais — lembrei a ele.

— Não tem problema. Olha só.

Ele me passou na fila e começou a pescar a comida.

— Todos esses pratos parecem tão… sem graça — comentou Niamh. — Você come isso em qualquer país desenvolvido.

— Você está se perguntando onde estão os vegetais nativos — disse Tom.

— Pois é.

— Você não iria gostar da maior parte das coisas daqui.

— Por que não?

— Porque nossos alimentos foram desenvolvidos durante séculos para serem coisas que nós gostamos de comer — respondeu Aparna. — Nada aqui foi cultivado com base nas nossas preferências. — Ela se voltou para Tom. — Certo?

Tom assentiu.

— Nós plantamos nossa comida aqui, em estufas. Ela só não é *daqui*. Se quiser se aventurar, pode experimentar alguma *daquelas*. — Ele apontou para o final do bufê de saladas.

Nós todos olhamos.

— Caramba, aquilo parece um cagalhão fossilizado — comentou Kahurangi.

— Sim, é por isso que chamamos de "fruta-bosta" — disse Tom.

— Vocês precisam conversar com o seu pessoal de marketing — sugeri.

— O gosto é melhor do que se imaginaria.

— Não daria para ser pior, não é?

Alguns minutos depois estávamos todos sentados em mesas de piquenique de madeira dentro do refeitório, porque passar mesmo que poucos instantes lá fora, na selva da Groenlândia, era cansativo. O plano, Tom nos disse, era almoçar e partir rumo à base Tanaka, nós e todos os outros membros da Equipe Ouro.

Mas, antes, algumas explicações.

— Não sou cientista — falou Tom para nós enquanto comíamos. Nenhum de nós se aventurou com a fruta-bosta. — E eu sei que vocês são... Bem, a maioria de vocês. — Ele olhou para mim. — E a pessoa que não é cientista é especialista em ficção científica. Então, vou deixar os detalhes científicos para outra pessoa. Vou contar apenas o que me contaram quando eu estava no lugar de vocês.

— Tipo, como esse lugar existe? — perguntei.

— Certo. Bem, para começar, *obviamente* Terras alternativas existem. — Tom gesticulou ao redor, indicando todo o planeta. — Pelo que me disseram, na teoria existe um número infinito delas, mas esta é a única que conseguimos encontrar. Ao menos até agora.

— E é a mesma que a nossa? — perguntei.

— Bem, acho que você percebeu que há diferenças.

— Você disse antes "bases norte-americanas". Isso pressupõe uma América do Norte.

— Ah, certo, entendi aonde você quer chegar. Sim, de um modo geral. Esta Terra tem os mesmos continentes básicos que a nossa, mas há algumas diferenças significativas, porque esta versão é muito mais quente. Não há calotas polares aqui, portanto também não há Flórida aqui, nem grande parte do que seria a costa leste dos Estados Unidos. Tudo, de Boston a Savannah, está debaixo d'água. Ou estaria se esses lugares existissem aqui, o que não é o caso. Também sabemos que esta Terra existe mais ou menos no mesmo tempo-espaço que a nossa.

— Como vocês sabem disso? — perguntou Kahurangi.

Tom apontou para Niamh.

— Aposto que você sabe.

— As estrelas são as mesmas, aposto — respondeu Niamh, e voltou-se para o restante de nós. — Se olharmos para o céu e virmos as mesmas constelações que vemos em casa, sem distorções, estamos no mesmo lugar do universo. *Neste* universo, de todo modo. — Elu se virou para Tom. — E você diz então que elas se parecem com o que se espera que pareçam.

— Bem, conheço o Grande Carro e Órion, e só — disse Tom. — Mas estão lá, onde eu achei que estariam. Outros astrônomos que estiveram aqui confirmaram o resto.

— Então, o que explica a diferença de clima? — perguntou Aparna para Tom.

— Muitas teorias diferentes, mas uma das principais é que achamos que não houve o impacto do Chicxulub nessa Terra. Vocês sabem, o meteoro que matou os dinossauros.

Todos nós o encaramos com impaciência.

— Táááá, é claro que *vocês todos* sabem o que foi o impacto do Chicxulub, e eu que fico parecendo um panaca sem cultura por não saber o que era isso quando cheguei aqui — disse Tom, um pouquinho amargo.

— Mas você acabou de dizer que estamos no mesmo lugar no espaço--tempo — disse Aparna para Niamh. — Por que o asteroide não teria caído aqui?

— Não é porque as estrelas estão no lugar certo que todas as interações no espaço sejam exatamente as mesmas — explicou Niamh. — Nosso sistema solar tem oito grandes planetas, dúzias de planetas menores e luas, e cerca de uma centena de objetos maiores que um quilômetro. Todos eles interagem uns com os outros. Isso sem nem levar em conta a nuvem de Oort.

— Não se esqueça de levar em conta a nuvem de Oort — falei, com falsa seriedade.

— Há muito caos no sistema solar para que as coisas atuem de modo perfeitamente previsível na escala de asteroides e planetas — disse Niamh, me ignorando. — Então, é bem possível que o asteroide que atingiu nossa Terra 65 milhões de anos atrás tenha passado longe desta Terra... ou, o que é mais provável, nunca tenha sequer existido.

— E que também coisas que desviaram de nós no nosso universo tenham acertado a Terra aqui — disse Kahurangi. Ele se voltou para Tom. — O que as rochas dizem? Onde estão as linhas divisórias?

— Você teria que ver com os cientistas de verdade — respondeu Tom. — Mas, sim, essa é a ideia. Nós não tivemos alguns eventos de extinção aqui e podemos ter tido outros.

— Então você acredita que esses monstros evoluíram a partir dos dinossauros? — perguntou Aparna, franzindo a testa de um modo que suspeitei ser o mesmo de quando, como bióloga, ela ouvia algo de que discordava num nível visceral.

— Não — observou Tom. — Isso eu sei. Os kaiju têm uma biologia bem diferente. Tecnicamente, nem sequer são animais.

— Então são o quê? — perguntei. — Plantas muito ferozes? Fungos vingativos?

— Nenhuma dessas coisas — disse Tom. — Sua biologia é diferente de qualquer coisa que temos na nossa Terra. Muito diferente. Não pense neles em termos de reinos biológicos. Pense neles como sistemas biológicos. Como ecossistemas em si mesmos. — Ele se virou para Aparna. — Não consigo explicar mais do que isso, infelizmente. Não é o que eu faço aqui.

Aparna pareceu muito insatisfeita com sua resposta.

— O que você faz aqui? — perguntou Kahurangi.

— Meu cargo oficial é executivo de base de operações — disse Tom. — Meu título informal é "aquele cara que faz cronogramas e tem que consertar as merdas quando dão errado". — Ele apontou para mim. — Jamie aqui vai fazer todo o meu trabalho pesado.

— Eu carrego coisas — confirmei.

— Há quanto tempo isso está rolando? — perguntou Niamh.

— Eu comecei na SPK há três anos.

— Não, não *você* — disse Niamh, e gesticulou. — *Isso.*

— Certo, desculpe. Bem, se você quer começar do começo, foi quando Godzilla apareceu na nossa Terra.

— *O quê?* — exclamou Aparna primeiro, mas todos nós chegamos lá.

— Então, de novo, não sou cientista — avisou Tom.

— Isso já ficou claro — falei, impaciente.

— A fissão e a fusão nuclear fazem mais do que produzir energia. Elas também afinam a barreira entre universos. — Todos os cientistas imediatamente se prepararam para levantar objeções. Tom ergueu a mão. — *Eu sei.* Parece palhaçada, mesmo para mim. *Existe* ciência por trás disso; eu só não sei explicar de cabeça. O ponto é que nós começamos a detonar bombas nucleares no nosso planeta, e os kaiju *deste* planeta sentiram as detonações daqui e começaram a ir na direção delas.

— Por que eles fariam isso? — perguntou Aparna.

— Para eles é como comida.

— Que...? — Aparna se segurou quando subitamente lembrou que Tom não era cientista. — Continue — pediu, com severidade.

Tom assentiu.

— Em maio de 1951, os EUA detonaram um protótipo de bomba de hidrogênio em um lugar chamado atol de Enewetak. Fica nas Ilhas Marshall. Dois dias depois, um dos kaiju cruzou o local de detonação.

— A porra de um Godzilla de verdade — disse Kahurangi.

— Que, para deixar claro, não se parece nem se comporta em nada como o Godzilla dos filmes — disse Tom. — Era apenas enorme e faminto, e andou um pouco por aí à procura de algo para comer antes que a marinha dos EUA o espantasse e ele fugisse em direção ao oceano.

— E aí, o que aconteceu?

— Ele ficou nadando, fugindo da marinha, por três dias e então afundou nas rotas de navegação japonesas. É por isso que temos *Godzilla*. Marinheiros japoneses viram a marinha americana perseguindo algo grande, comentaram sobre isso ao voltarem para o Japão e a história chegou até os cineastas.

— Sinceramente, não sei se acredito que essa seja a história de origem de *Godzilla* — falei.

— Tudo bem — disse Tom. — A questão é que isso continuou acontecendo. Aconteceu com os EUA mais quatro vezes, uma delas no deserto de Nevada. Com os soviéticos aconteceu ao menos três vezes. Com a França e o Reino Unido, ao menos uma vez cada um. Virou um problema grande o suficiente para que em 1955 houvesse um encontro secreto entre as potências nucleares para tentarem descobrir como impedir a questão. A solução foi financiarem um projeto que atravessasse até aqui para impedir que as criaturas tentassem cruzar para o nosso mundo.

— A Sociedade de Preservação dos Kaiju — falei.

— Nossa organização predecessora, sim. Menos preocupada com a conservação dos kaiju do que em mantê-los deste lado do muro universal até que os buracos que abrimos nele com nossas bombas se fechassem de novo.

— E como eles fariam isso?

— Muitas e muitas bombas "corta-margaridas", pelo que sei — disse Tom.

— Contudo, nós não fazemos mais testes nucleares — lembrei.

— Não, não fazemos — concordou Tom. — E uma das razões, que obviamente não está em nenhum tratado, é que manter os kaiju longe era um incômodo maior do que as potências nucleares gostariam de enfrentar. Havia também a preocupação de que a consequência de um troca-troca nuclear incluísse monstros do tamanho de edifícios atravessando uma fenda multidimensional para espalhar o caos sobre qualquer sobrevivente dos mísseis ICBM.

— Que legal — disse Niamh. — Tudo bem transformar cidades inteiras cheias de gente em poeira nuclear, mas a ideia de monstros fazendo um lanchinho, *aí*, já seria demais.

— Meu ponto é: se não há nenhum risco de os kaiju atravessarem hoje em dia — falei, apontando ao redor —, para que *isso*?

— Por que ainda estamos aqui, você quer dizer? — perguntou Tom.

— Isso.

— Bem, há um interesse científico, é claro. — Tom apontou para os demais novatos. — Seus novos amigos aqui vão fazer um trabalho inédito. É literalmente um mundo novo, e nós estamos apenas começando a explorá-lo. Estamos fazendo coisas aqui que ninguém mais consegue fazer... e nunca conseguirá. Isso é incrível.

— Mas não poderemos compartilhar o que fazemos — disse Aparna. — Vamos fazer ciência no vácuo.

— Você poderá compartilhar — argumentou Tom. — Apenas com um número muito restrito de colegas cientistas, por enquanto. No futuro, isso pode mudar. Nesse caso, cada um de vocês se tornará um astro em seu respectivo campo. Isso não vai ser nada mau. — Ele se voltou para mim. — A propósito, é de onde vem muito do nosso financiamento hoje em dia. Ainda recebemos financiamento de governos, embora menos do que no passado. Mas os mesmos bilionários que estão correndo uns contra os outros para conquistar Marte estão nos bancando também, na esperança de que alguma coisa que a gente aprenda aqui seja aplicável lá em casa, bem ao estilo isso-meio-que-parece-ter-vindo-de-outro-planeta.

— Ou estão nos financiando para terem para onde ir caso dê merda lá em casa — sugeriu Niamh.

— Tenho certeza de que alguns deles podem ter pensado nisso — disse Tom. — Não tenho certeza de que vai funcionar do modo como planejam. Eles estariam melhores em Marte.

— Por quê?

— Porque em Marte há bem menos predadores, para começar.

— Porém, não é só a ciência, não é? — falei, voltando para o assunto.

— Não — disse Tom. — Nós não nos chamamos Sociedade de Preservação dos Kaiju só porque é um nome que soa bem. Acontece que os kaiju podem realmente precisar de uma mãozinha.

— Como uma criatura do tamanho de uma pequena montanha precisa de humanos? — perguntou Kahurangi.

— Prometo que vocês vão descobrir — disse Tom. — Mas o que fazemos é mais do que manter os kaiju deste lado do muro. Nós também mantemos outros *fora*.

— O que você quer dizer? — perguntei.

— É como eu disse antes: a energia nuclear afina a barreira dimensional. — Tom gesticulou para indicar toda a base Honda. — Nós mantemos a Camp Century funcionando porque a base está posicionada, por vários motivos que não compreendo, de uma maneira que torna mais fácil abrir as portas entre nossos mundos e fechá-las de novo, sempre de maneira previsível. Em alguns outros lugares no planeta, geridos pelos outros signatários do Tratado de Proteção e Defesa dos Kaiju, estão os únicos meios oficiais de entrar e sair da Terra Kaiju. Eles são firmemente controlados e protegidos. Há motivos pelos quais zelamos por manter tudo isso em segredo há tanto tempo. Mas nada mais é *tão* secreto assim. Governos e empresas sabem que a Terra Kaiju existe. Eles precisam saber, para que nós possamos fazer nosso trabalho e conseguir financiamento. Nós controlamos as portas para este mundo. Mas, se for ambicioso, você consegue passar pela vigilância. Ou, se for ambicioso o bastante, você pode abrir um buraco no muro se quiser. Só precisa saber *como*. E, quando isso acontece, e *já* aconteceu antes, ambos os nossos mundos correm perigo. Os kaiju são um perigo para os humanos, com certeza. Mas o contrário também é verdadeiro.

— Eles podem pisar na gente sem nem perceberem — disse Kahurangi.

— Mosquitos matam mais humanos todo ano do que qualquer outro tipo de animal — argumentou Tom —, incluindo outros humanos. E, para inverter as coisas, os humanos mataram quase todos os outros animais maiores do que nós da nossa Terra. Nós os caçamos até a extinção e invadimos seu hábitat. Tamanho não é o problema. Nunca foi.

— Então nós somos também a polícia dos monstros — falei para Tom.

— Correto — retrucou ele. — A única pergunta verdadeira é: quem são os monstros?

— Fazem essa pergunta em todo filme de monstros, você sabe. É um clichê.

— Eu sei. E o que diz sobre nós o fato de essa pergunta ser tão relevante a ponto de ser feita toda santa vez?

Todos os novatos estavam pensando a mesma coisa, mas dessa vez foi Niamh quem falou primeiro.

— Nós vamos voar *nisso*?

Isso, no caso, era um imenso dirigível que parecia ter sido desenhado pela versão kaiju do Leonardo da Vinci no século 15 e recebido o mínimo de manutenção desde então. Todos os demais membros da Equipe Ouro da base Tanaka subiam pelas passarelas como se não fosse nada de especial.

— O que você estava esperando? — perguntou Tom para Niamh enquanto nos levava para o campo de pouso.

— Algo bem menos frágil.

— É um dirigível robusto.

— Isso parece um anúncio de tétano do mundo alternativo.

— Nós tomamos vacinas — disse Kahurangi.

— Não existe vacina para *isso* — contrapôs Niamh.

— A *Shobijin* é totalmente segura — disse Tom. — Na real, é o dirigível mais seguro em que você andará em toda a sua vida.

— Me *convença* — disse Niamh. — Parece que vai explodir ao estilo *Hindemburg* se eu olhar para ela por tempo demais.

— Primeiro que usa hélio, não hidrogênio — disse Tom. — Um dirigível de hidrogênio seria uma má ideia aqui. Então, não vai *explodir*. E segundo

— continuou apontando para a estrutura do dirigível — que é feita de dois elementos locais que temos em abundância aqui, madeira de pau-sino e couro de kaiju. O pau-sino cresce rápido feito bambu, é ao mesmo tempo incrivelmente leve e resistente, e é à prova de fogo.

— À prova de fogo, como?

— Se você colocar uma tora numa fogueira, o fogo se apaga. Quanto ao couro de kaiju... bem, não existe muita coisa capaz de atravessá-lo. Ele não deixa o hélio escapar. Evita que coisas entrem também. Então, sim, a *Shobijin* parece tosca; mas por aqui, se você for atravessar longas distâncias, é dentro dela que vai querer estar.

— Ainda não me convenceu — disse Niamh, e começou a caminhar na direção do dirigível mesmo assim.

— Como vocês conseguem o hélio? — perguntou Kahurangi para Tom, enquanto caminhava. — Extraindo do gás natural?

— Usamos principalmente um processo de destilação do ar.

— Isso não é muito eficiente.

Tom gesticulou para o ar denso.

— É mais eficiente aqui. A atmosfera é maior, e há maior ocorrência de hélio do que lá em casa.

— E o couro de kaiju? — perguntou Aparna. — Como conseguem *isso*?

— Você está perguntando se nós caçamos os kaiju?

— Eu estava pensando nisso, sim.

— Caçar um kaiju seria uma empreitada muito ambiciosa — disse Tom —, para usar o eufemismo mais leve possível. Então, não. Os kaiju morrem como qualquer outra coisa. Quando isso acontece, nós aproveitamos o corpo.

— Como se faz isso?

— Com *muito* cuidado.

Caminhamos pela passarela para a área de passageiros do dirigível.

Por mais que o exterior da *Shobijin* parecesse saído de um *steampunk* de quinta categoria, a cabine de passageiros estava bem decorada. Poltronas modernas estilo lounge estavam dispostas em largas fileiras voltadas umas para as outras, com espaço o bastante entre elas para as pessoas darem a volta e olharem pelos janelões. Havia pequenas áreas de lounge à frente e atrás, com banheiros e lanchinhos, não no mesmo lugar. Dei uma olhada para Niamh, que parecia ligeiramente mais contente com o interior do que ficara com o exterior. Escolhemos poltronas, colocamos nossas coisas sobre os assentos e fomos guardar nossas bagagens de mão em cubículos nos rodapés.

— Bem-vindos de volta, caros membros da Equipe Ouro da base Tanaka — disse uma voz nos alto-falantes da *Shobijin*. — Aqui é o seu piloto, Roderigo Perez-Schmidt, e comigo como sempre está meu copiloto, Mattias Perez-Schmidt. Não somos parentes, apenas casados. — O anúncio foi recebido com um burburinho baixo de familiaridade; tive a sensação de que Roderigo dizia isso todas as vezes. — Hoje é um belo dia para voar, e estamos muito felizes em viajar com vocês. Nosso destino é a encantadora base Tanaka, localizada na pitoresca e agradável Península Labrador, quase uma linha reta ao sul de onde estamos, a apenas 2.650 quilômetros de distância. Para vocês, americanos, isso equivale a cerca de 1.650 milhas, e esta será a última vez que escutarão unidades de medida imperiais sendo usadas, porque, como o restante do universo civilizado, a Terra Kaiju usa medidas que fazem sentido lógico.

Houve mais um burburinho, mas agora bem baixo, já que o número de americanos parecia ser relativamente pequeno — além disso, eles eram cientistas e já usavam o sistema métrico de qualquer modo.

— Uma vez no ar e a salvo de qualquer mau tempo ou ataque de kaiju… — Nós, novatos, olhamos uns para os outros com preocupação, mas ninguém mais pareceu interromper seus afazeres — … viajaremos a confortáveis 120 quilômetros por hora. A base Honda me avisa que Betsy está a nordeste, então voaremos à altura de duzentos a trezentos metros até chegarmos ao mar. Para vocês que são novos, sejam bem-vindos, e aviso também que a maior parte da nossa viagem será sobrevoando a Baía de Baffin e o Mar de Labrador, então não haverá nada tão pitoresco como vocês gostariam. Contudo, espero que aproveitem seu tempo a bordo da *Shobijin*. Chegaremos na base Tanaka em cerca de 22 horas.

Perez-Schmidt fez mais alguns comentários sobre a tripulação da *Shobijin* e então desligou.

— Betsy? — perguntou Kahurangi para Tom, que havia se sentado conosco.

— É a kaiju local — disse Tom. — Vocês a viram quando chegaram aqui. Era aquela que parecia uma pequena montanha.

— Você batizou uma kaiju de *Betsy*? — perguntei.

— Eu, não, foi alguma outra pessoa. Você tem algum problema com *Betsy*?

— Não sei, eu esperava algo japonês, ou um nome como Punho de Martelo, algo assim.

— Formalmente, os adultos possuem números. Mas aqueles que vivem perto das bases ganham apelidos. E são nomeados de uma forma fácil de lembrar. Como Betsy.

— Punho de Martelo é fácil de lembrar — disse Niamh.

— Quando for sua vez de nomear um kaiju local, você pode escolher o nome que quiser.

— E se alguém já tiver esse nome? — perguntou Kahurangi.

— Punho de Martelo?

— Também, mas eu me referia a Betsy nesse caso.

— Estamos no século 21, ninguém mais se chama Betsy — disse Tom. — Mas, mesmo que se chame, geralmente existe um contexto. Se você diz: "Betsy tem os resultados do laboratório", provavelmente se refere a um humano. Se diz: "Betsy acaba de ficar irritada e queimou vinte mil acres de selva", provavelmente está falando de um kaiju.

— Achei que não estivéssemos mais usando medidas imperialistas — disse Niamh.

— Não sei quanto dá vinte mil acres no sistema métrico.

— Cerca de dezoito mil hectares — disse Aparna.

Tom a encarou.

— Sério, rápido *assim*?

Aparna deu de ombros.

— É só matemática.

Tom virou-se para mim.

— Você sabia disso?

— Eu não — garanti.

— Obrigado.

— Eu carrego coisas.

— Ei, onde vai dar aquela estrada? — Niamh, que se sentava perto da janela, apontou para um caminho largo e sinuoso que se tornava visível conforme calma e tranquilamente viajávamos pelo ar.

— Não é uma estrada — disse Tom. — É uma trilha de kaiju. Eles as fazem quando caminham.

Todos nos inclinamos para olhar.

— Cruzes, é imensa — comentou Kahurangi.

— Eles usam essas trilhas sempre? — perguntou Aparna.

— Em geral, sim — respondeu Tom. — Pelo mesmo motivo que nós caminhamos pela calçada e não entre os arbustos. E tem uma coisa interessante: nos lugares daqui que correspondem aos locais onde os humanos vivem na nossa Terra, o trajeto dos kaiju muitas vezes é igual ao das nossas principais estradas.

— Eles estão seguindo o caminho topográfico de menor dificuldade — disse Kahurangi.

— Isso aí.

— Então, onde vão dar? — perguntei. — As trilhas?

— Os kaiju adultos têm seus próprios territórios. Eles limpam a vegetação dos seus lugares preferidos.

— E esses lugares correspondem às nossas cidades?

Tom sorriu.

— Sim, às vezes. — Ele apontou para o caminho. — No caso de Betsy, porém, sua trilha meio que dá uma volta ao redor da base Honda. Ela parece curiosa sobre o que fazemos aqui. Ou é isso, ou ela está tentando encontrar o reator nuclear. Mas ela quase não nos incomoda.

— Quase? — perguntou Niamh.

— Ela é conhecida por perseguir os dirigíveis.

— *Quê?*

— Calma, ela ainda não alcançou nenhum — acrescentou Tom. — Bem, nenhum com pessoas dentro. Ela já pegou alguns drones.

Niamh encarou Tom e afivelou o cinto de segurança enfaticamente.

Já tínhamos sobrevoado a Península de Labrador e não estávamos muito longe da base Tanaka quando um barulho reverberou na cabine da *Shobijin*. Todos ficaram em silêncio.

O barulho veio de novo, muito mais perto.

— Me diga que isso não é o que penso que é — disse Niamh.

A voz de Roderigo Perez-Schmidt soou nos alto-falantes.

— Atenção, Equipe Ouro. Temos um kaiju fora do lugar. Kaiju fora do lugar. Aguarde.

Todos continuaram em silêncio. Então Perez-Schmidt voltou aos alto-falantes.

— Atenção, Equipe Ouro. Correção, dois kaiju fora do lugar. Preparar para subir.

A cabine rimbombou com o barulho, e todos se apressaram para olhar as janelas.

— O que isso significa? — perguntei a Tom, e percebi que ele olhava pela janela com uma expressão nada tranquilizadora no rosto. Eu me virei para olhar pela janela também.

Havia uma criatura muito grande encarando o dirigível. Estava muito próxima, e nosso caminho nos levava para ainda mais perto.

— Ah, *merda* — falei, me encolhendo na poltrona.

— Lá está o outro — apontou Kahurangi, da janela do outro lado da cabine. Fui até ele e olhei para aquela direção.

O outro kaiju era tão incompreensivelmente grande quanto o primeiro. Ele nos encarou por um segundo, então voltou sua atenção para o primeiro kaiju. Também estava muito perto, e nós também estávamos nos aproximando dele.

Na verdade, nosso caminho estava nos conduzindo a um ponto exatamente entre os dois. Bem no meio do que quer que estivessem fazendo, ou do que estavam prestes a fazer conosco.

— Bem, isso me parece *ruim* — falei para Kahurangi, então me virei e gritei para Tom: — Achei que deveríamos estar subindo!

— Nós estamos subindo!

Não rápido o bastante, eu estava prestes a dizer, quando um dos kaiju berrou como milhares de turbinas a jato ligando ao mesmo tempo, o que abafou a possibilidade de se ouvir qualquer outra coisa.

Isso até a resposta do kaiju que estava do outro lado do dirigível, tão alta quanto o berro do primeiro. Eu não sabia que era possível perder completamente a audição em estéreo.

Os berros cessaram — ou ao menos pensei que tivessem cessado; era possível que meus tímpanos tivessem simplesmente derretido. Então veio outro estrondo, novamente em estéreo. Alguém gritou de dentro da cabine. Voltei a olhar para fora e vi o kaiju daquele lado avançando pesadamente na direção do dirigível, devagar, mas ganhando velocidade de um modo que deveria ser impossível para um ser daquele tamanho.

Eu me virei para alertar o pessoal no outro lado da cabine e percebi por aquelas janelas que o segundo kaiju estava correndo na nossa direção, tão depressa quanto o primeiro.

Ridiculamente, me atirei ao chão.

Houve um som trovejante e um solavanco, e tive certeza de que a cabine logo iria se despedaçar, mas não. O barulho vinha de baixo de nós: o som de dois kaiju colidindo. De fato havíamos subido o bastante para que desviássemos deles.

Levei alguns segundos para me dar conta de que eles não estavam tentando nos matar. Estavam tentando matar um ao outro.

A *Shobijin* virou levemente para sudoeste, e o estibordo do dirigível foi brindado com o espetáculo de duas criaturas do tamanho de arranha-céus tentando arrancar o couro uma da outra. Kahurangi e eu observamos, junto dos outros novatos e de Tom.

— Que diabos acabou de acontecer? — perguntei para Tom. Indiquei a luta dos kaiju. — Como os pilotos não viram *isso*?

— Nós temos rastreadores nos kaiju adultos — disse Tom. — Às vezes perdemos o sinal. Isso significa que as vezes eles aparecem onde não esperamos que estejam.

— É, como ao lado da *porra do nosso dirigível* — disse Niamh.

— Eles se misturam com a paisagem, até não se misturarem mais. — Tom apontou um deles. — Aquele é Kevin.

— Porra, sério isso? — questionou Niamh. — *Kevin?*

— Ele é local. Não sei quem é o outro. Pode ser um adulto novo, querendo reivindicar território.

— Então, essa é uma guerra territorial — avaliou Kahurangi.

Tom ergueu os ombros da maneira mais tensa que já vi.

— Talvez. Pode ser uma coisa de acasalamento.

Um pedaço enorme de kaiju voou pelos ares, espalhando vísceras no seu rastro. Um grito ensurdecedor inundou a cabine.

— Talvez não — emendou Tom, quando já podíamos ouvir de novo.

O kaiju que não era Kevin estava se afastando, tropeçando em árvores mais ou menos na direção da *Shobijin*.

— Ai, não, não, não, corra para o outro lado, seu monte de pedras imbecil — disse Niamh.

— Tudo bem — disse Tom. — Kevin não vai sair atrás do outro.

— Certo, mas e quanto *àquilo*? — disse Aparna, apontando para algo.

Nós todos olhamos. Kevin havia arrancado um pedaço de terra do tamanho de um pequeno parque com seu punho de imensas garras e erguido um braço mastodôntico.

— Ele usa ferramentas — murmurou Aparna, quase para si mesma. Eu olhei para ela, me surpreendendo por ela conseguir pensar em ciências numa hora daquelas.

Os alto-falantes estalaram.

— Ahn... eu recomendaria que colocassem os cintos agora mesmo — disse Roderigo Perez-Schmidt.

Corremos para as nossas poltronas.

Assim que prendi o cinto, vi Kevin atirar o pequeno parque na direção do outro kaiju — ou seja, na nossa direção. O torrão gigantesco se despedaçou no ar, e um pedaço considerável voou direto para nós.

Tem árvores em cima daquilo, meu cérebro disse; então a cabine inteira chacoalhou e oscilou violentamente quando o jorro de terra e pedras e árvores atingiu a *Shobijin* num ângulo oblíquo, esmurrando o dirigível antes de cair vitimado pela gravidade.

Nós não caímos vitimados pela gravidade. Nós permanecemos no ar. E avançando.

— Como é possível que estejamos vivos? — perguntou Niamh, outra vez falando em nome de todos nós. — Nós fomos atingidos por árvores.

— Eu disse que essa coisa era forte — respondeu Tom.

Olhei ao redor da cabine. As janelas estavam trincadas, mas continuavam nas suas molduras. Bagagens de mão haviam se deslocado dos cubículos. Uma mulher não conseguira chegar à poltrona a tempo e agora apertava a lateral da cabeça, de onde escorria um filete de sangue. Tirando isso, todos pareciam a salvo. Tom estava certo. A *Shobijin* sofrera um sacode, mas sobrevivera ao ataque.

Bem, sobrevivera ao dano colateral de dois kaiju atacando um ao outro — o que, acho eu, é o mais próximo que quero chegar de realmente sofrer um ataque de kaiju.

— Me diga que não será sempre assim — falei para Tom. — Tipo, com árvores sendo jogadas contra nós por um kaiju.

— Primeira vez que acontece comigo — prometeu Tom.

Os alto-falantes estalaram outra vez.

— Equipe Ouro, acabo de contatar a base Tanaka. Vocês ficarão felizes em saber que o rastreador de Kevin está são e salvo e reportando a oitenta quilômetros de distância — disse Perez-Schmidt. — O mais provável é que algum de seus parasitas o tenha deslocado de algum modo. Enfim, agora alguns de nós terão uma nova missão no cronograma: instalar um novo rastreador nele. Perdão pela surpresa. Se soubéssemos, teríamos corrigido o problema antes de pousar em terra firme. A boa notícia é que ainda estamos dentro do previsto, e não prevemos mais nenhuma surpresa daqui até a base.

Ele desligou.

— Ninguém prevê surpresas — disse Kahurangi. — É o que as faz serem surpresas.

À distância, ouvia-se o choro pesaroso de uma montanha sentindo dor.

7

Cerca de quinze minutos antes da chegada, um membro da Equipe Ouro atravessou a cabine distribuindo chapéus e luvas. Todo mundo aceitou as peças, então nós fizemos o mesmo. As luvas eram estranhamente pequenas, assim como o chapéu, que mais parecia um boné com um véu que cobria toda a volta da cabeça.

— Isso parece uma água-viva — falei. — Uma pequena.

— Ele estica — disse Tom. — Assim como as luvas. Coloque-o. O véu se prende ao seu uniforme como velcro. Veda bem. — Ele acenou para Aparna e Kahurangi, que tinham cabelo comprido. — É melhor vocês prenderem os cabelos dentro do chapéu.

— Bem, é a nova moda — comentou Niamh, quando todos já tínhamos vestido nossos assessórios.

— Eu apostaria que tem a ver com insetos — disse Aparna. — Dos que mordem.

— Você não está errada — disse Tom.

— É muito ruim?

Tom sorriu.

— A boa notícia é que será só até chegarmos à base propriamente dita. A má notícia é que são duzentos metros.

— Vejam. — Niamh apontou para as janelas. — Acho que chegamos.

Em meio às árvores havia uma clareira, não sabíamos se natural ou feita pelo homem. Em um lado dela, sobre pilotis, havia um imenso hangar de madeira, acompanhado por hangares menores de cada lado. Presumi que o maior fosse para a *Shobijin*, e os menores para coisas como helicópteros ou dirigíveis pequenos. Essa suspeita foi confirmada quando vi o que parecia um helicóptero para duas pessoas sendo rebocado para uma plataforma adjacente. Afastada a uma pequena distância, havia outra plataforma que parecia abrigar, surpreendentemente, uma refinaria. Mais adiante, outra plataforma continha uma série de painéis solares e três turbinas eólicas verticais girando devagar.

A alguma distância de tudo isso estava o posto de atracação da *Shobijin*, ao longo do qual havia passarelas móveis que conduziam a uma plataforma elevada do chão gramado. Da plataforma, uma passarela se estendia para cima em meio a um bosque de árvores do tamanho de sequoias. Entre as árvores havia plataformas de madeira e passarelas e construções, a coisa toda envolta no que pareciam ser excelentes coberturas e redes.

— Essa é a base Tanaka? — perguntei.

— É, sim.

— Vocês tinham a intenção de fazê-la parecer uma vila dos Ewoks, ou foi sem querer?

— Bem, tecnicamente, Tanaka precede a vila dos Ewoks em algumas décadas. Então é ela que se parece conosco.

— Será que o George Lucas sabe disso?

— É possível.

A *Shobijin* manobrou até seu atracadouro e as passarelas foram estendidas. Nós havíamos oficialmente pousado. As pessoas se levantaram e pegaram suas coisas.

— Prontos? — perguntou Tom.

As portas se abriram. Saímos arrastando os pés, atravessamos a porta até a passarela e fomos enxameados de imediato pelo que aparentemente eram todos os insetos voadores que já existiram na história do universo.

— Cruzes — disse Kahurangi, estapeando os insetos.

— Não faça isso — repreendeu Tom. — Apenas os encoraja.

— Eles já estão bem cheios de coragem para me devorar.

— Não é pessoal, eles querem devorar todo mundo. Só continue andando.

— Isso é comum? — perguntei.

— Isso não é nada — disse Tom. Ele apontou para a base Tanaka, à qual todos se dirigiam às pressas. — Agora você sabe por que o lugar é inteiro telado.

— Você poderia ter me avisado do perigo de perder todo o meu sangue nos primeiros cinco minutos aqui — falei.

— Vai melhorar — garantiu ele. — Observe.

Tom apontou para a longa passarela até a base, que era coberta e protegida por telas. Conforme nos aproximamos, escutei o som de ventiladores soprando o ar com força para longe da entrada da passarela coberta e, com isso, levando embora o enxame. Dez passos da passarela coberta e o número de insetos voando havia baixado de perigoso para apenas incômodo. Vinte e cinto passos adentro e eles já quase haviam desaparecido.

Apreciei a ausência de criaturas sedentas por sangue.

— Ótimo.

— Os grandes ventiladores são ativados quando os sensores percebem algo se aproximando — disse Tom. — Mas os ventiladores estão sempre soprando uma leve brisa pela passarela, para longe da base Tanaka. Precisa ser um inseto muito determinado para chegar ao fim dela.

— E se ele chegar?

— Bem, é por isso que mantemos sapos por perto, claro.

— Quê?

Tom ignorou a pergunta e apontou para meu conjunto de chapéu com véu.

— No mundo exterior, isso vai manter a maioria dos insetos pequenos longe de você. É com os grandões, os que ficam perto d'água, que é preciso tomar cuidado. Eles farejam seu hálito e vêm direto para o rosto.

— Quão grandes eles são? — perguntou Aparna.

— Grandes a ponto de não dar para afastar com tapas. Você tem que dar *um soco.*

— Não sei dizer se você está brincando — disse Aparna, após um instante.

— O ar aqui é mais denso, com maior concentração de oxigênio do que quando havia insetos com um metro de envergadura na nossa Terra — disse Tom. — Você é a bióloga, você me diz.

Aparna suspirou.

— Insetos socáveis; certo, entendi.

À nossa frente, o primeiro membro da Equipe Ouro entrou na base Tanaka, e haviam começado a soar as palmas. Nós todos olhamos para Tom.

— Essa é a Equipe Vermelha — explicou ele. — As pessoas que estamos substituindo. Eles estão bastante felizes em nos ver.

Saímos da passarela e fomos imediatamente confrontados por dúzias de pessoas nos aplaudindo, vestindo camisas festivas por cima de seus macacões e chapéus de palha de vários tipos, tocando ukulele e violão, com drinques nas mãos. Presumidamente, a Equipe Vermelha.

Quando toda a Equipe Ouro havia saído da passarela e tirado seus chapéus de insetos, houve um silêncio dramático. Então Brynn MacDonald deu um passo à frente e parou diante de um homem com uma camisa particularmente chamativa, usando um chapéu de palha particularmente surrado e segurando um drinque particularmente grande.

— Brynn MacDonald, comandante da Equipe Ouro da base Tanaka da SPK, aqui oficialmente com minha equipe para render a Equipe Vermelha da base Tanaka da SPK — apresentou-se.

— João Silva, comandante da Equipe Vermelha da base Tanaka da SPK — disse o homem de camiseta berrante e chapéu horrível. — Me declaro oficialmente rendido e aliviado por vocês estarem aqui!

Silva ergueu a mão e pôs seu chapéu surrado em MacDonald. Veio uma grande aclamação de ambos os lados. Silva e MacDonald se abraçaram; então Silva tirou a camiseta horrível e a entregou para MacDonald, que a vestiu, aparentemente sinalizando a transferência de autoridade.

Com isso, membros da Equipe Vermelha avançaram e recepcionaram seus colegas, entregando chapéus, camisas e instrumentos musicais, mas não as bebidas. Um simpático camarada me recebeu entregando um ukulele, um chapéu de palha e uma camisa de poliéster estampada com papagaios.

— É para você — explicou ele, depois me deu um abraço e se afastou.

— Você sabe como tocar essa coisa? — perguntou Kahurangi para mim. Ele vestia uma camiseta laranja com estampa de cavalos brancos rampantes e usava um chapéu panamá de palha.

— Não tenho ideia — afirmei.

— Posso?

Entreguei o ukulele a Kahurangi, e ele começou a tocá-lo como se tivesse feito aquilo a vida toda, o que talvez fosse o caso. Ele sorriu ao me ver olhando-o tocar.

— Eu fiquei na dúvida se devia ou não trazer o meu. Decidi pelo não e me arrependi quase na mesma hora que partimos.

— Fico feliz que tenham um aqui.

— Mais de um, ao que parece. Posso te ensinar a tocar, se você quiser. No enorme tempo livre que tenho certeza de que teremos.

— Eu iria adorar — falei. Kahurangi sorriu e então se afastou, tocando enquanto caminhava.

Eu me voltei para Tom, que havia recebido um *sombrero* e uma camisa chamativa de gatinhos.

— Então, há duas equipes na base Tanaka e nós nos revezamos?

Tom negou com a cabeça.

— Três equipes. Cada equipe tem uma permanência de seis meses, alternando a cada três meses com outras equipes. — Ele apontou para a agora deschapelada Equipe Vermelha. — A Equipe Vermelha esteve aqui por seis meses, e eles estão prestes a receber três meses de licença em casa. — Ele apontou para os confins da base, onde pude ver outros funcionários da spk. — A Equipe Azul chegou três meses atrás para nos render, de modo que tivéssemos nossa folga de três meses, e ficará aqui por mais três meses. Então, eles serão rendidos pela Equipe Vermelha, que vai estar de retorno. Cada equipe trabalha com cada outra equipe por três meses. Assim, Tanaka está sempre com uma equipe completa e há sempre continuidade.

Apontei para a camisa de gatinhos de Tom.

— E quanto a isso? Fazemos isso a cada três meses?

— Você tem alguma coisa contra camisas chamativas e chapéus feios?

— Os seus são chamativos e feios. Os meus, por outro lado, são bem elegantes.

— Só fazemos isso quando chegamos e partimos. Na transferência intermediária, nós mantemos as coisas em andamento enquanto as outras duas equipes fazem a transferência. Como a Equipe Azul está fazendo agora.

Ajeitei minha camisa.

— E, ahn, nós ficamos com as camisas e os chapéus?

Tom sorriu.

— Você pode ficar com essas coisas, se quiser. Mas em geral elas voltam para o depósito. Os instrumentos musicais são propriedade comunitária também. Normalmente nós pegamos emprestados por um período e depois devolvemos. Aqui somos fortemente encorajados a compartilhar as coisas com a comunidade. Aliás, você comentou que trouxe livros e filmes em hds externos. Você devia avisar à nossa equipe de ti para adicioná-los no servidor de mídia comunitário.

— Certo.

— Você tem a licença de todas essas coisas, certo?

— Er…

— É brincadeira. O tratado sob o qual trabalhamos cria uma brecha especial para nós em termos de copyright.

— Sério?

— Sim. Aparentemente eles acham que, já que fomos enviados a uma Terra alternativa governada por criaturas de 150 metros que podem nos pisotear a qualquer momento, devemos ter o direito de emprestar e-books uns aos outros e assistir a *Stranger Things*.

— Parece justo.

— Ajuda a nos manter sãos, de todo modo. Mais do que só ukuleles.

Alguém chamou Tom; ele olhou ao redor, viu a pessoa e acenou.

— Você não precisa ser minha babá — falei para ele. — Se precisa se despedir de alguém, vá em frente.

— Certo, obrigado. Ah, daqui a pouco Brynn MacDonald vai chamar você e seus amigos para ajudá-los a se situar. Aí amanhã ela começa a dar as orientações de fato. Sabe, para começar seu trabalho de verdade.

— Eu carrego coisas — confirmei.

— Você vai mesmo carregar coisas — concordou Tom. — Mas haverá mais do que isso.

— *Dun-dun-dunnnnnnn* — falei, imitando uma música dramática.

Tom riu e se afastou. Eu me virei e vi dois grupos de amigos, um chegando e outro partindo, que tentavam se atualizar sobre os três últimos meses da vida de cada um em duas horas muito curtas.

— Vou começar informando a vocês que estou um pouco bêbada agora, então serei rápida — disse Brynn MacDonald. Ela segurava um copo cheio de alguma bebida, presumivelmente alcóolica.

Nós, novatos, que ela havia reunido no corredor principal da base Tanaka, aguardamos educadamente. Alguns de nós talvez estivessem um pouco bêbados também; a festa de despedida da Equipe Vermelha tinha sido um pouco mais intensa do que esperávamos.

— Em primeiro lugar, eu sou Brynn, mas vocês já sabem disso. Eu sei quem cada um de vocês é porque tenho seus arquivos, mas, como devem se lembrar, estou um pouco bêbada agora, então não vou fingir que lembro quem é quem. Vou saber tudo isso amanhã, prometo. E, falando em amanhã... — Brynn apontou uma modesta estrutura de madeira um pouco mais à frente. — Vejo vocês todos no edifício da administração às nove, após o café da manhã, para o início das orientações. Vou tentar fazer com que seja rápido para que vocês possam começar a trabalhar assim que possível. Sei que são todos cientistas. — Ela parou e olhou para mim. — Exceto você, que vai cuidar do trabalho pesado.

Eu mostrei o muque.

— Enfim, vocês todos têm trabalhos e são pessoas inteligentes, então vamos logo com isso. — Ela apontou para outra direção. — Quanto a esta noite, vocês foram designados para a mesma suíte nos alojamentos, que ficam naquela direção. Não se preocupem, seus sobrenomes estão nas portas e as chaves estão lá dentro, junto de um novo conjunto de macacões. Vocês ficarão bem, são espertos, vão tirar tudo de letra, mas se não conseguirem é só perguntar a absolutamente *qualquer um* de nós que vamos ajudar vocês, porque ninguém aqui é cuzão. Bem, algumas pessoas *são*, mas até os cuzões vão ajudar vocês. Se não ajudarem, vão virar comida de insetinhos sanguinários. Vocês viram esses bichos hoje mais cedo. Aliás, vocês viram os sapos?

Nós assentimos. Tínhamos visto os sapos, que viviam em laguinhos decorativos espalhados ao redor da base. Além de serem a coisa mais próxima de animais de estimação que havia na base Tanaka, eles também serviam ao propósito de comer qualquer inseto voador que conseguisse atravessar as telas. Os insetos iriam sentir a água, iriam bebê-la, e então os sapos os pegariam. Inseticidas naturais, além de fofos. Aparna, nossa bióloga, se perguntou se eles seriam daqui ou se teriam sido importados da nossa Terra, mas estávamos numa festa e aquela pergunta ficaria sem resposta por ora. Ademais, era provável que Aparna estivesse um pouquinho mais bêbada que o resto de nós e, portanto, num estado mental inadequado para receber uma resposta.

— Nós amamos os sapos — disse MacDonald. — Sei que vocês sabem onde fica o centro comunitário, porque está literalmente *bem ali.* — Ela apontou para a construção ao lado da passarela que levava ao campo de pouso. — E vocês precisam voltar hoje depois de se acomodarem, porque é uma tradição da Equipe Ouro assistir a filmes juntos na primeira noite. Esta noite vamos ver, olha só, *Godzilla* e, depois, *Círculo de Fogo*. Porque, né, vocês sabem... — Ela gesticulou com os braços ao redor, indicando aquele mundo.

— E é a versão original, sem cortes, do *Godzilla* japonês, e não a porcaria americana remontada com Aaron Burr.

— Raymond Burr — falei.

— Ah, caceta, certo. — MacDonald bateu de leve na própria cabeça. — Desculpe. Tem um monte de músicas de *Hamilton* tocando aqui dentro. E eu estou um pouco bêbada. Perguntas?

Não tínhamos nenhuma. MacDonald nos dispensou, e com isso quero dizer que ela se despediu de nós acenando vagamente com seu drinque e foi embora.

— Eu realmente não sei o que pensar desse lugar — disse Aparna, observando Brynn partir.

— Eu gosto — comentou Kahurangi. Ele ainda estava com o ukulele e ficava dedilhando uma das cordas distraidamente.

— Vamos procurar nossa *suíte* — disse Niamh. — Mal posso esperar para ver como são os alojamentos. E, seja lá como forem, eu fico com a beliche do alto.

Não havia beliches. A suíte de alojamentos com nosso nome na porta era um pequeno chalé independente em uma fileira de pequenos chalés independentes que se estendiam ao longo de um corredor de madeira que fora claramente feito para ser a área residencial da base. A suíte consistia em uma pequena sala comunal com sofá, mesa com cadeiras e prateleiras. Um monitor estava posicionado entre as prateleiras e no momento exibia uma proteção de tela. Nas prateleiras havia pacotes etiquetados individualmente — nossos macacões adicionais, imaginei.

Dois corredores curtos e estreitos de cada lado da sala comunal revelavam os quartos individuais, cada um já com nossos nomes nas portas e grandes o bastante para acomodar uma cama de solteiro, um guarda-roupa e uma pequena escrivaninha com uma cadeira. Havia uma prateleira acima da escrivaninha e uma janelinha acima da cama. Na cama, um colchão, um travesseiro e dois conjuntos de lençóis e fronhas. Havia uma pasta sobre a escrivaninha, que dizia "Manual de instruções da base Tanaka". Na prateleira havia um envelope, onde se lia "Novo ocupante", e uma planta em um vasinho pequeno. Entrei no meu quarto, caminhei até a escrivaninha e peguei o envelope.

— Onde fica a cozinha? — escutei Aparna perguntar.

— Esqueça a cozinha. Onde fica a droga do *banheiro*? — retrucou Niamh.

— Verifiquem o manual da base — gritei de volta.

— O quê?

— Está no seu quarto — falei, e abri o envelope. Havia uma carta dentro.

Caro novo ocupante,

É uma tradição aqui que, ao trocarmos de alojamento, deixemos um bilhete e um pequeno presente para o novo ocupante, para recepcioná-lo e desejar-lhe boa sorte em seu circuito. Desta vez será agridoce para mim, porque decidi que este será meu último circuito. Ninguém mais sabe disso ainda; você é a primeira pessoa para quem conto além de mim mesma.

Fiz uma pausa aqui, e então continuei lendo.

É agridoce também porque, quando abandonamos este mundo, deixamos tudo sobre ele para trás. Não podemos levar nada dele nem contar nada a respeito dele. Três anos da minha vida — quatro expedições! —, e tudo o que tenho são lembranças. É um dos motivos pelos quais preciso abandoná-lo. Por mais maravilhoso que tenha sido, parece que muito da minha tem sido irreal. Imaginário. Talvez eu seja a única pessoa que se sinta assim, mas mesmo que seja, é o bastante. Está na hora de voltar para o mundo real e ter uma vida real.

Fiz uma coisa tola no meu último circuito: decidi que meu quarto ficaria mais agradável se tivesse alguma planta, então trouxe uma muda e a plantei em um vaso na minha janela. Quando chegou a hora de partir, percebi que não poderia levá-la comigo. Então eu a deixo para você, como um presente. Espero que você cuide dela como eu cuidei, e que ela traga alegria para você como trouxe para mim. E talvez, quando partir outra vez daqui a seis meses, você a deixe para o próximo ocupante deste quarto, que pode até mesmo ser a pessoa que vai me substituir.

Boa sorte e tudo de bom para você. Pense em mim de tempos em tempos; em mim, que voltei para o nosso outro mundo. Eu pensarei em você também, quem quer que seja, com carinho.

Atenciosamente,
Sylvia Braithwhite

Eu larguei a carta, pequei o vasinho com a planta e o coloquei de volta no parapeito da janela.

— Quem quer que esteve no meu quarto por último deixou uma grande pilha de fruta-bosta na minha mesa — berrou Niamh de seu quarto. — Sério, que porra é essa?

Brynn MacDonald apontou para Aparna.

— Está bem — disse ela. — Você é a nova bióloga. Diga.

— Dizer o quê? — perguntou Aparna.

— A coisa que está te incomodando desde o momento em que você viu um kaiju pela primeira vez.

Estávamos todos em uma (bem) pequena sala de reuniões no edifício administrativo; mal passava das nove da manhã e já estávamos tendo, como prometido, nossa sessão de orientações. Brynn MacDonald, que da última vez havíamos visto bêbada, estava decididamente sóbria agora; como prometido, lembrava o nome de todo mundo e o que cada um tinha ido fazer na base. Nós nos sentamos ao redor da (bem) pequena mesa de madeira, em cadeiras de madeira (de tamanho normal), e me perguntei se elas teriam sido fabricadas na base. MacDonald ficou de pé, perto de uma estante de livros. Naquele exato momento ela encarava Aparna em especial, esperando por uma resposta.

— Tudo bem, certo — disse Aparna. — Esses kaiju são grandes demais. Eles não deveriam existir.

— Por causa da lei do quadrado-cubo — acrescentou MacDonald.

— Para começo de conversa.

— Todo mundo está a par da lei do quadrado-cubo? — perguntou a comandante. Acenos ao redor da mesa. Niamh e Kahurangi eram cientistas e eu era nerd; todos nós sabíamos que, conforme as coisas vão ficando maiores, seu volume aumenta multiplicado ao cubo, enquanto a área de superfície aumenta ao quadrado. MacDonald voltou sua atenção para Aparna. — Então, como os kaiju têm volume demais, seus músculos iriam se romper, seus pulmões não seriam capazes de lhes dar oxigênio o suficiente, eles não teriam como se alimentar com energia o bastante, seu sistema nervoso funcionaria muito devagar para que pudessem se mover por aí, seus ossos seriam arrancados do corpo e, segundo todas as leis conhecidas da física, eles acabariam pilhas de carne caídas no chão, gemendo até a morte.

— Eles não iriam gemer porque não conseguiriam inflar os pulmões. Mas, sim, acho que é basicamente isso — completou Aparna.

MacDonald assentiu, virou-se, puxou um enorme fichário da estante e o largou diante de Aparna com um baque.

— O que é isso? — perguntou Aparna.

— Sua lição de casa — disse MacDonald. — É um resumo de tudo que entendemos sobre a biologia dos kaiju até agora.

Aparna encarou o fichário enorme.

— Isso é um *resumo*?

— A versão curta, sim — disse MacDonald, e olhou para os outros três de nós. — Vocês não precisam ler isso, mas deveriam, porque é fascinante. Se não forem dar uma olhada, tudo o que peço a vocês é que se lembrem de que a biologia dos kaiju é totalmente diferente de tudo o que temos na nossa Terra. Não há nada análogo. Os kaiju não rompem as leis da física porque não se rompe a física. A lei do quadrado-cubo se aplica a eles, assim como a qualquer criatura. Mas sua biologia única permite seu tamanho e movimento. Única para nós, digo. É uma biologia relativamente comum aqui.

— Tom Stevens nos disse ontem que não deveríamos pensar neles como animais. Que eles são sistemas ou ecossistemas — falei para MacDonald.

MacDonald apontou para o fichário.

— Ele está citando isso — disse ela. — Que bom para ele. Pensei que ele houvesse apenas passado os olhos quando lhe entreguei o material. Mas mesmo isso é muito limitante. — Ela apontou para mim. — *Você* é um sistema e um ecossistema; afinal, em simples termos numéricos, há tantas células não humanas dentro e em torno do seu corpo quanto células humanas. Bactérias, fungos, protistas, até pequenos ácaros parasitas que vivem no seu rosto.

— Eu ficaria feliz em nunca mais falar sobre minúsculos ácaros de pele — comentei.

— Eles saem quando você dorme, sabia?

— Agora eu sei, valeu mesmo.

— Espere só até ver os parasitas dos kaiju, são uma viagem — disse MacDonald. — Meu ponto aqui é que qualquer uma das metáforas que usamos para entender os animais ou qualquer outra criatura lá em casa não transmite exatamente com o que estamos lidando quando falamos sobre o que são os kaiju.

— Nos dê um exemplo — pediu Niamh.

MacDonald encarou Niamh, semicerrando os olhos.

— Física, correto?

— Física e astronomia, sim.

MacDonald pegou outro fichário da estante e o largou com um baque diante de Niamh.

— Os kaiju obtêm energia de reatores nucleares.

Niamh encarou o enorme fichário e voltou a olhar para MacDonald.

— Perdão, como?

— Reatores nucleares — repetiu MacDonald.

— Onde... eles arrumam um reator nuclear?

— Eles desenvolvem um.

— Como caralhos eles fazem isso?

Aparna empurrou seu fichário de biologia para Niamh.

— Você vai querer este aqui — disse ela.

MacDonald empurrou o fichário de volta para Aparna e voltou sua atenção para Niamh.

— Como você desenvolve um cérebro? Ou, se você for uma pessoa com útero, um outro ser humano completo?

— Tem uma *diferença* — disse Niamh.

— Tem?

— Você está dizendo que eles *evoluíram* para desenvolver reatores nucleares? — perguntou Kahurangi para MacDonald.

— Acreditamos que sim.

— Para não repetir o que Niamh disse, como diabos isso faz sentido? Qual é o registro fóssil disso? Temos alguma evidência de protokaiju com estruturas intermediárias que de algum modo levaram a reatores nucleares funcionais?

— Ah, o geólogo. — MacDonald voltou-se para a estante.

— Ih, merda — disse Kahurangi, antecipando outro fichário pesadão; mas o que MacDonald tirou dessa vez era fino o bastante para que ela pudesse simplesmente entregar a ele. Kahurangi o pegou, parecendo quase desapontado com o tamanho.

— Só isso? — disse ele. — Sério?

MacDonald assentiu e apontou para Aparna e Niamh.

— Ao contrário desses dois, você tem menos trabalho pregresso nas frentes de geologia e paleontologia porque, na prática, é mais difícil fazer o trabalho no local.

— Ah — disse Kahurangi. — E por quê?

— Há uma chance proporcionalmente maior de ser morto e devorado.

— Sim, compreendo como isso pode atrapalhar a pesquisa.

— O último geólogo da Equipe Ouro decidiu se aposentar depois que basicamente tivemos que recosturar um membro dele. Pela segunda vez.

— Ah.

— Bem, isso não é muito preciso. Não foi o mesmo membro duas vezes. Foram membros diferentes.

— Eu... não tinha sido informado disso — comentou Kahurangi.

— Há uma razão pela qual a base Tanaka fica nas árvores — disse MacDonald. — O chão da selva não é muito amigável. Isso me lembra de perguntar: qual de vocês teve treinamento com armamentos?

Ficamos todos a encarando, atônitos.

— Hmmmm — disse MacDonald, e pareceu refletir sobre algo. Ela voltou sua atenção para Kahurangi. — Para responder à sua pergunta de forma breve, não temos muitas evidências de estruturas intermediárias, porque temos limitações em relação ao que podemos fazer e como podemos pesquisar. Tem muito terreno para você explorar aqui, literalmente.

— Contanto que eu não seja devorado, saquei — disse Kahurangi.

— Podemos dizer que, em geral, a evolução da vida aqui é muito diferente, por causa de diferentes fatores que são representados nas amostras geológicas que temos. Como algumas condições iniciais eram diferentes, a vida aqui evoluiu de maneira muito diferente.

— Diferente, como? — perguntou Aparna.

— Somos os únicos mamíferos neste planeta, para começar — disse MacDonald. — Na prática, eles nem sequer evoluíram. O mesmo com os pássaros. Existem répteis aqui, mas eles não são tão bem-sucedidos como classe biológica quanto em casa. Temos análogos aqui para cada um, é claro. A vida evolui para preencher nichos. Mas eles não são biologicamente os mesmos.

— Mas vocês têm sapos — apontei.

— Sim. Não as mesmas espécies de sapos da nossa Terra, mas temos sapos e outros anfíbios. Muitos peixes, insetos e invertebrados.

— Então, o que de diferente aconteceu aqui na época em que anfíbios e répteis se ramificaram?

MacDonald apontou para o fichário fino.

— Bem, diga-nos você — disse ela. — Mas vale a pena notar que não é tão simples. Temos plantas com flores aqui, por exemplo. Até onde sabemos, elas evoluíram quase exatamente como em casa. É complicado.

— Sempre é — comentou Kahurangi.

— O que me lembra que você também é químico — disse MacDonald, e jogou um enorme fichário diante de Kahurangi antes que ele pudesse reagir. — Tem muito mais aí.

— Evidentemente. — Kahurangi olhou para o novo fichário.

— Uma grande diferença aqui é que há uma porcentagem relativamente maior de actinídeos presentes nesta versão da Terra do que na nossa, incluindo urânio e tório. Eles são absorvidos e usados pelas formas de vida aqui de uma maneira que não acontece lá em casa.

Algo se encaixou no meu cérebro.

— Então, tudo aqui faz refinamento do urânio. E os kaiju evoluíram para usá-lo.

— Isso é loucura — disse Niamh.

— Isso é evolução — corrigiu Aparna.

— Talvez — emendou Kahurangi.

MacDonald me analisou de olhos semicerrados.

— Você é da equipe de carga.

— Eu carrego coisas — concordei.

MacDonald assentiu, virou-se e pegou o maior fichário de todos.

— Começando por isso, aparentemente — comentei.

— Sistemas e operações da base Tanaka — disse MacDonald. — Não seria justo se você não tivesse lição de casa também.

— Na verdade, isso é bem fascinante — comentei com os outros novatos no almoço, enquanto folheava meu fichário.

— Você é mesmo muito nerd — disse Kahurangi.

Nós nos sentamos juntos no refeitório da base. Estava na hora do almoço, uma das quatro refeições preparadas pelos funcionários, mas também havia uma área aberta o tempo todo para lanchinhos e duas pequenas cozinhas que qualquer um poderia usar.

— Não dê ouvidos a ele — disse Niamh. — Viva sua verdade. Vá em frente, conte-nos algo fascinante sobre esse lugar.

— Fazemos combustível e plástico do nada — contei.

— Como fazemos isso? — perguntou Aparna.

— Vocês todos viram aquela coisa que parecia uma refinaria perto do aeródromo? — Eles assentiram. — É lá que acontece. Eles sugam o dióxido de carbono e o vapor d'água do ar e catalisam. Dependendo do processo, você obtém plásticos ou combustível.

— Ótimo, estamos poluindo uma segunda Terra — disse Niamh.

— Se estamos tirando do ar, é neutro em carbono — apontou Kahurangi.

— Vou lembrar que você disse isso da próxima vez que estiver respirando a fumaça dos exaustores.

— Mas, na verdade, o que usa combustível ou plástico aqui? — perguntou Aparna. Ela ergueu seus hashis de madeira e então os bateu na tigela, também de madeira. — Não vejo muito disso. E me disseram que a base funciona principalmente com energia solar e eólica.

— O combustível é usado principalmente pelas aeronaves. O plástico serve para consertar coisas que trazemos, como laptops e tablets, e algumas outras coisas. — Apontei para as telas de rede que envolviam toda a base. — Tipo aquilo. — Indiquei nossas roupas. — Isso aqui também.

— Aliás, qual é a desses macacões? — disse Kahurangi. — Sinto que estamos sendo vestidos por alguém que assistiu a muitos filmes de ficção científica dos anos 1970.

Folheei o fichário.

— Então, eles mantêm as criaturas afastadas, por exemplo. Também são projetados para incentivar a evaporação do suor do corpo em condições quentes e úmidas, como as deste planeta, o tempo todo.

— Não é brincadeira — disse Aparna. — Sinto como se estivesse nadando.

— Você sente que está nadando, eu sinto que estou fedendo — comentou Niamh, batendo em seu macacão. — Essa coisa me faz querer tomar um banho a cada quinze minutos. A propósito, por que nos fazem caminhar até um banheiro comum para tomar banho e cagar? Por que não temos banheiros em nossos chalés?

Eu passei as páginas até a seção sobre os chuveiros.

— Facilita o encanamento, principalmente — falei.

— Isso é bobagem. Eu protesto.

— Por favor, não faça cocô em nosso chalé — disse Aparna.

— Não vou fazer isso — disse Niamh. — Mas você sabe que tenho razão.

— Facilita o encanamento e também ajuda na coleta de dejetos humanos — continuei —, que, quando esterilizados e tratados, são usados para vários tipos de manufaturas leves e para fertilizar a plantação de nossos vegetais.

Nós todos paramos e olhamos para a comida.

— Bem, que ótimo — disse Niamh.

— Tudo é reciclado aqui — falei. — E tudo o que não podemos reciclar é enviado de volta à Terra humana. Nosso objetivo é ter zero impacto ecológico.

— E a carne? — questionou Kahurangi, espetando algo de aparência carnuda em seu prato. — Isso é, tipo, carne de verdade?

— Provavelmente — falei um momento depois, após checar no fichário. — Temos alguns tanques de aquicultura com diferentes artrópodes e tipos de peixes, e trazemos alguns alimentos que não podemos cultivar com facilidade aqui. Qualquer coisa à base de carne, laticínios ou grãos. Açúcar e algumas especiarias. Café e chá. A maioria das viagens que a *Shobijin* faz é para obter suprimentos. Alimentos, medicamentos, tecnologia.

— Parece caro — disse Kahurangi, engolindo sua (talvez) carne.

— Pelo que entendo, tudo aqui é caro — falei. — Ou seria, se tivéssemos que considerar quanto custa tudo, o que, aparentemente, não precisamos fazer muito.

— É um paraíso socialista! — exclamou Niamh.

— Poderia ser mais fácil só trazer algumas galinhas, é o que quero dizer — disse Kahurangi.

Aparna balançou a cabeça diante disso.

— Eles não querem correr o risco de introduzir espécies estranhas aqui mais do que é necessário.

Kahurangi sorriu.

— Acho que, se uma galinha tentasse escapar daqui, ela não duraria muito.

— Não são apenas as galinhas, é tudo o que vem com a galinha — comentou Aparna. — Micróbios. Parasitas. Vírus. A vida aqui é diferente, mas provavelmente não *tão* diferente assim. Bem, pelo menos num nível molecular. E as criaturas aqui não têm defesas contra nada que uma galinha possa trazer. Uma gripe aviária poderia acabar com todos eles. — Ela se virou para mim. — Aposto que as estufas são os edifícios mais biologicamente seguros da base.

Eu folheei até a seção de estufa.

— Você estaria correta — falei. — Câmaras pressurizadas, polinização manual e filtragem pesada de ar e água.

— O trabalho de alguém aqui é passar cotonetes de flor em flor — comentou Niamh.

— Na verdade... — falei, folheei até a página seguinte e a ergui. — É o trabalho da *maioria* das pessoas em algum momento. Todos aqui têm um ou dois papéis principais que desempenham, mas há apenas cento e cinquenta de nós na base, e muitos trabalhos que precisam ser feitos. Assim, além do próprio trabalho em tempo integral, diariamente todos recebem tarefas que precisam ser completadas e relatadas como concluídas. — Peguei meu telefone, que estava conectado ao Wi-Fi local. — Há um aplicativo.

— Divirta-se com seus cotonetes — disse Aparna para Niamh, que jogou um *croûton* nela.

— E os kaiju? — indagou Kahurangi.

— Que tem eles?

— Quer dizer, olha só — disse Kahurangi. — Estamos em um lugar onde os monstros vagam livremente e coisas que os humanos nunca vivenciaram aguardam por nós, mas até agora tudo o que temos feito é usar calças de plástico enquanto nos atualizamos com as leituras obrigatórias. — Ele bateu com os dedos em seus dois fichários. — Além de ser informados de que faremos tarefas domésticas.

— Então você quer saber quando é que vai poder brincar com os kaiju — falei.

— Eu não colocaria dessa maneira, mas sim.

— Seu antecessor brincou com os kaiju e teve um membro arrancado duas vezes — lembrou Niamh.

— Dois membros, arrancados uma vez cada — corrigiu Aparna.

— De qualquer modo, não é exatamente um momento *divertido* no Planeta Kaiju.

— Não estou dizendo que quero ir até um e anunciar que estou no cardápio — disse Kahurangi. — Mas o nome da organização é Sociedade de Preservação dos Kaiju. Quando vamos preservar algum kaiju?

No fim das contas, a resposta para isso seria: no dia seguinte.

— Ah, aí está você. — Tom me cumprimentou quando entrei no refeitório. Eu tinha passado lá para pegar algo gelado para beber, e ele estava saindo com uma caneca de algo quente, provavelmente café.

— Aqui estou eu — concordei. Apontei para o café dele. — Como você consegue beber isso?

— Talvez porque seja... café? — disse ele. — E por que são dez da manhã e meu cérebro ainda precisa acordar?

— Hoje está uns noventa graus.

— Trinta graus — corrigiu Tom. — Usamos Celsius aqui.

— Está quente, esse é o meu ponto.

— Você se acostuma depois dos primeiros circuitos. Quase não percebo mais.

Fiquei ali suando em meu macacão, sobrecarregando sua capacidade de absorver meu suor.

— Isso deve ser legal.

— Vai acontecer com você — prometeu Tom. — Como está indo o primeiro dia de trabalho?

— Estou carregando coisas — falei.

Quando acordei, verifiquei o aplicativo da base e descobri que era uma pessoa muito popular: minha fila de tarefas tinha quinze itens, que envolviam principalmente mover coisas, levantar coisas e levar coisas de um lugar para outro. A base Tanaka não era tão vasta quanto o Lower East Side, mas mesmo assim eu estava suando.

— Estou vagamente triste porque a füdmüd me deu uma experiência mais relevante para este mundo do que uma década inteira no ensino superior.

— É loucura. Escute, acabei de colocar uma tarefa prioritária na sua fila. O laboratório de química está com alguns recipientes que precisam descer ao heliporto, o que significa que você conhecerá Martin, nosso piloto de helicóptero. Vai ser divertido, ele é legal. — Ouvi um leve "ping" anunciando uma notificação no meu telefone quando Tom disse isso. — Essa notificação provavelmente tem a ver com isso.

— É urgente a ponto de eu não poder pegar algo para beber?

— De jeito nenhum. Nunca esqueça de se hidratar. Depois vá para o laboratório de química. Aproveite sua bebida. — Ele ergueu sua caneca cheia de um líquido quente e enjoativo em um brinde e foi embora.

Entrei no refeitório e avaliei minhas escolhas. Tinha água, chá, café, um suco que parecia de laranja — mas não sei, podia ser de fruta-bosta ou algo assim. Havia também uma máquina de refrigerante, mas o manual da base que ficava no quarto nos alertava para usá-la com moderação, porque senão os xaropes acabariam rapidamente. O manual sugeria não mais que um copo de 240 ml por dia de água colorida com açúcar. Resolvi deixar passar. Não havia necessidade de importar meu vício em Coca-Cola Zero para um mundo totalmente novo e, além disso, a máquina só tinha produtos Pepsi. Planeta novo, vida nova.

Virei dois copos grandes de água e verifiquei o aplicativo da base. A tarefa prioritária de Tom estava mesmo lá, junto a uma longa lista de outras tarefas para as quais haviam me solicitado, que aumentava a cada minuto. Mas, sinceramente, eu não era a única pessoa a trabalhar naquela lista. Havia também a minha contraparte na Equipe Azul, Val, que parecia capaz de fazer supino com meu peso corporal e não suar a camisa. Eu a conhecera mais cedo porque transportar uma lata de compostagem do esgoto e reciclagem para a estufa C era um trabalho para duas pessoas, a menos que você quisesse que o adubo se soltasse e espalhasse por toda a base, o que nós definitivamente não queríamos.

Marquei a tarefa de Tom na minha lista, sinalizando para Val que eu cuidaria daquela tarefa e alertando o Laboratório de Química que estava a caminho. Então deixei meu copo na estação de limpeza e atravessei a base até meu destino, pegando um carrinho de transporte na Manutenção no caminho.

Kahurangi estava lá com sua colega da Equipe Azul, a dra. Pham Bian.

— Descobri para que usamos a química na Terra Kaiju — comentou ele.

— Metanfetamina — chutei.

— Melhor ainda.

— O que poderia ser melhor do que metanfetamina? — perguntei, com admiração.

— Feromônios — respondeu a dra. Pham, e tamborilou em um grande cilindro pressurizado, que eu suspeitava estar lá para ser recolhido.

— E não são qualquer feromônio — acrescentou Kahurangi. — Feromônios de kaiju.

— Uau — soltei. — Certo. Legal. E fazemos isso *por quê*?

— Para induzi-los a fazer o que queremos — disse a dra. Pham. — Você não pode argumentar com um kaiju. Então, fazemos isso para entendam nosso ponto de vista. Tipo, "perigo aqui" ou "este território já foi reivindicado".

— E eles obedecem?

— Às vezes.

— Essa resposta me preocupa.

— A gente precisa trabalhar com o que tem — disse a dra. Pham.

— Suponho que sim. — Apontei para o cilindro. — E o que esses feromônios dizem?

— Eles dizem "Vamos para a cama" — disse Kahurangi.

Fiquei pensando nisso.

— Bimbada de kaiju engarrafada.

Kahurangi sorriu.

— Legal, né?

— É bom ver que você está se mantendo ocupado em seu primeiro dia de trabalho.

— Que nada, a dra. Pham já tinha feito essas há algum tempo. Mas vou começar a trabalhar na próxima fornada.

— Você deve estar muito animado.

— Você vai rir de mim, mas *estou* — disse Kahurangi.

— O dr. Lautagata ficou muito empolgado com nosso trabalho esta manhã — comentou a dra. Pham. Levei um instante para perceber que ela estava se referindo a Kahurangi: já fazia três dias desde que o conhecera, mas ainda não sabia seu sobrenome. Nem que, pelo visto, ele tinha doutorado.

— Tipo, quem não estaria — respondi. — Então, quantos cilindros estou levando?

A dra. Pham apontou.

— Esses quatro — disse ela. — Você terá mais alguns para pegar com Martin, mas não tem pressa, não precisaremos deles imediatamente. O dr. Lautagata vai fazer companhia para você.

— Ótimo — falei. — Então talvez o dr. Lautagata me ajude a colocar os cilindros no carrinho também.

Kahurangi sorriu de novo e começou a se levantar.

— Esses são os faz-neném? — perguntou Martin Satie, apontando para os cilindros. Pelo sotaque, ele parecia ser de Quebec, o que significava que, tecnicamente falando, estava mais perto de casa do que qualquer um de nós.

— São — disse Kahurangi.

Ele golpeou as minúsculas moscas que tentavam bravamente comer seu rosto, apenas para serem frustradas pela rede. Nós três estávamos em um dos heliportos da base Tanaka, no qual um helicóptero apareceu de prontidão.

Satie resmungou com isso e foi para o hangar perto do heliporto, então parou e olhou para nós dois.

— Bem, vamos lá — disse ele. — Vamos fazer isso juntos.

Nós dois olhamos para o helicóptero, sem entender.

— Perdão? — disse Kahurangi.

— Vocês acham que eu vou voar até um kaiju, abaixar uma janela e jogar um cilindro nele? — perguntou Satie. — Não vou, não. Venham me ajudar a preparar a armação.

Ele voltou a andar. Kahurangi e eu nos entreolhamos, demos de ombros e seguimos Satie até o hangar.

A armação em questão era uma estrutura de fibra de carbono que passava pelo compartimento de carga do helicóptero, atrás da cabine principal. Colocamos no helicóptero enquanto Satie a segurava, e então ele nos mostrou como prender os cilindros, primeiro na armação e depois em um aparelho que liberaria seu conteúdo. O helicóptero agora parecia um pulverizador agrícola.

— É melhor vocês se afastarem agora — avisou Satie.

Fizemos como ele falou e nos afastamos. Satie subiu na cabine principal e rapidamente moveu um disjuntor para cima, e com a mesma rapidez o moveu de volta. Uma porçãozinha ínfima de feromônio kaiju foi espalhada.

— Ah, meu santo Cristo — soltei.

Kahurangi gemeu e se virou, cobrindo o rosto.

Satie riu.

— Gostaram disso?

— Na verdade, não.

— Descreva o cheiro para mim.

— Você está falando sério?

— Sim, eu quero saber.

— É como se uma família de guaxinins morresse sufocada depois de fumarem dentro de uma lixeira fechada e alguém destilasse seus restos fermentados.

— Hmm — disse Satie. — Eu costumo dizer que cheira a licor Malört, mas gosto da sua versão também. — Ele gesticulou para nós. — Está bem, então. Entrem.

— Quê? — perguntei.

Satie olhou para nós.

— Qual de vocês é o dr. Lautagata?

Kahurangi levantou a mão.

— Então você precisa vir observar e reportar à dra. Pham.

— Reportar o quê?

— Se o seu perfume funcionou direito — explicou Satie. — E você… — Ele apontou para mim. — Você precisa borrifar as coisas quando eu mandar.

— Você não pode fazer isso sozinho? — perguntei. — É só ligar e desligar um disjuntor.

— Você já voou de helicóptero em torno de um kaiju apaixonado e excitado?

— Não — admiti.

— Está bem, então. — Ele olhou para nós dois. — Algum de vocês já andou de helicóptero?

— Eu já — disse Kahurangi.

— Como foi?

— Eu vomitei.

Satie apontou para a traseira da cabine principal.

— Você se senta atrás.

— Me dei conta de que deveria ter perguntado uma coisa antes de entrar no helicóptero, mas… — comentei pelo fone de ouvido que Satie me dera. — *Por que* estamos fazendo isso?

— Você quer saber por que estamos viajando cem quilômetros para borrifar um monstro com suco de tesão? — questionou o piloto.

— Exatamente.

— Bem, sabe como, lá no outro lugar, nós temos pandas?

— Já ouvi falar deles, sim — respondi, e refleti sobre a rapidez com que o lugar em que passara a vida toda até três dias atrás havia se tornado "o outro lugar".

— Os pandas são fofos, mas não são o que você chamaria de uns gênios, e às vezes eles esquecem como procriar, sabe? Então, os humanos precisam ajudá-los a fazer uma conexão romântica. Bem, kaiju são os maiores e mais estúpidos pandas que você já conheceu.

— Os kaiju esqueceram como *transar*? — questionou Kahurangi.

— Eles esquecem muitas coisas, vou te contar — disse Satie. — Eles estão no topo da escala evolutiva aqui, mas a evolução definitivamente não priorizou cérebros neste planeta. Tudo aqui é burro feito uma porta. O cavalheiro que estamos chamando hoje é ainda menos inteligente do que a média dos kaiju. Há uma senhora de sua espécie um vale adiante que vem tentando seduzi-lo há um ano, e toda vez que ela aparece ele tenta brigar com ela. Então, estamos aqui para fazê-lo mudar de ideia.

— Certo, mas por que nos importamos? — perguntei.

— Por que nos importamos com pandas?

— Porque eles são fofos — disse Kahurangi. — É só por isso.

— Você não está errado, mas a resposta que eu esperava é porque eles estão em perigo de extinção. Bem, Edward e Bella também.

— Edward e Bella? — indaguei. — Você nomeou esses kaiju em homenagem a *Crepúsculo*?

— *Eu*, não — esclareceu Satie. — Se dependesse de mim, eu os chamaria de Sid e Nancy, tem bem mais a ver com as suas personalidades. Mas ninguém me perguntou. Um de vocês, *millennials*, que escolheu os nomes.

— *Millennials* arruinando a nomenclatura kaiju — comentei para Kahurangi.

— Somos simplesmente os piores — confirmou o químico.

— O Ed e a Bel são os dois únicos de sua espécie nesta parte do continente. Normalmente não encontramos exemplares dessa espécie a quarenta graus de latitude ao norte nem vemos muitos deles abaixo disso, na verdade. Então, queremos tentar fazer com que se reproduzam. Nós somos a Sociedade de Preservação dos Kaiju. Vamos tentar preservar alguns kaiju.

— E como está indo até agora? — perguntou Kahurangi.

— Nada bem! Esta é a tentativa número cinco. — Satie fez um gesto com a cabeça para trás em direção aos cilindros. — A dra. Pham vem aprimorando a fórmula à medida que avançamos. É por isso que você está aqui, dr. Lautagata; você pode contar a ela como Ed vai reagir a esta versão.

— Como ele reagiu nas primeiras quatro vezes?

— Se emputecendo de diferentes formas, para resumir.

— Isso não é bom.

— Não é, mas eu sou um bom piloto. O helicóptero geralmente não sofre nenhum dano.

— Geralmente — repetiu Kahurangi, olhando para mim de um jeito inexpressivo.

— A última versão estava quase chegando lá. A doutora disse que definitivamente viu evidências de uma cloaca tumescente.

Eu ri.

— Do que você está rindo? — perguntou Satie.

— Eu estava pensando que "Cloacas Tumescentes de Edward" seria um excelente nome de banda.

— Emo, obviamente — disse Kahurangi.

— O primeiro álbum deles chegou cheio de promessas, mas o segundo foi meio brochante.

— O terceiro álbum deles foi realmente uma merda.

— Para ser justo, a competição estava dura naquele ano.

— Eu só acho que eles ficaram meio gozados.

Eu pretendia acrescentar mais àquela conversa terrível e vergonhosa, mas então chegamos ao topo de uma colina e dei minha primeira olhada em Edward.

— Puta merda — soltei.

Satie sorriu.

— Fofo como um panda, certo?

Kahurangi soltou um grunhido.

— Amigo, se você acha aquilo fofo, está neste planeta há tempo demais.

— Concordo — falei. — Essa coisa parece um ataque de pânico de H. P. Lovecraft.

Satie assentiu.

— Espere até ver a cloaca dele.

— Nós não vamos ver a cloaca dele *de verdade*, vamos? — questionou Kahurangi.

— Dr. Lautagata, quando terminarmos, não haverá muito de Edward que não tenhamos visto.

— Quão perto vamos chegar? — perguntei.

— Bem perto.

— Isso é mesmo necessário? — perguntou Kahurangi.

— Você colocou mísseis no meu helicóptero? — perguntou Satie de volta. — Cheios de feromônios?

— Não.

— Então é absolutamente necessário. Não se preocupe, doutor. Chegar perto é a parte fácil. É na hora da fuga que a coisa complica.

— Por que ele não está nos comendo? — perguntei. Estávamos agora perto o suficiente de Edward para que esta não fosse uma pergunta totalmente irrelevante.

— Ele está dormindo — explicou Satie.

Olhei para ele.

— Dormindo?

— Eles dormem, sim.

— Como você sabe dizer quando ele está dormindo?

— Ele não está nos comendo, para começar — disse Satie. — Não conseguir ver os olhos dele é outro sinal.

Olhei para Edward.

— Ele tem *olhos*?

— Nós chamamos de olhos. Tenho certeza de que a essa altura alguém já explicou para você que tudo é mais complicado do que isso. Confie em mim, você os reconhecerá quando os vir.

— Não tem olhos de verdade, mas tem uma *cloaca* — disse Kahurangi, atrás de nós.

— Eu não os invento, eu só voo até eles — retrucou Satie.

— Bem, vamos encharcar essa coisa com feromônios e ir embora — falei.

Continuei olhando para Edward em seu estado "não acordado", ciente de que o estado *acordado* dele representaria, para mim, um estado de afrouxamento intestinal.

Satie balançou a cabeça.

— Não é assim que funciona. Se o pulverizarmos agora, ele adormecerá com os feromônios. Então o dr. Lautagata não terá nada a relatar, e a dra. Pham ficará zangada com você.

— Eu estou disposto a mentir — disse Kahurangi.

— Hoje é seu primeiro dia de trabalho, então vou lhe dizer algo que você não sabe: é melhor não irritar a dra. Pham — disse Satie. — Ela vai puxar seu pé à noite, filhão. Essa é uma dica que estou te dando de graça.

— Ela parece ser bem legal.

— Ela é legal. Uma pessoa maravilhosa. Mas, se mentir para ela sobre esses feromônios, ela vai estripar você e deixar os restos para os caranguejos de árvore.

— Tem *caranguejos nas árvores*? — indagou Kahurangi.

Satie ignorou essa pergunta.

— Nós temos que acordá-lo — disse ele para mim.

— E como fazemos isso? — perguntei.

Satie aproximou o helicóptero de Edward. Perto demais.

— Ei, ei, *ei* — disse Kahurangi.

— Concordo com ele — acrescentei.

— Chegar tão perto costuma ser o suficiente para chamar a atenção dele — disse Satie.

— Você já fez isso antes.

— Claro.

— E você acha *sábio* fazer isso?

Fiz um gesto para lembrar que estávamos a poucos metros de uma muralha de pele de kaiju.

Satie bufou.

— Se fôssemos sábios, não estaríamos neste planeta.

— Ei, o que são aqueles ali?

Kahurangi apontou para a muralha de pele do kaiju. Eu segui seu dedo até o ponto do corpo de Edward onde aquelas coisas estavam, na falta de uma palavra melhor, se contorcendo.

— Parasitas — respondeu Satie.

— Do tamanho de *rottweilers*.

— Se chegarmos mais perto, você verá uns maiores.

— Acho que já dei meu voto para ficar por aqui.

— Ele não parece estar acordando — falei para Satie. Os parasitas de Edward podiam estar se movendo, mas ele não.

Satie fez uma careta.

— Certo, então. Tenho mais um truque na manga.

Ele nos levou verticalmente até a muralha que era Edward, até que estivéssemos pairando acima dele. Havia espaço suficiente no topo para pousar, se quiséssemos. Eu torcia para que não fosse esse o plano.

— Está tudo pronto com o disjuntor? — perguntou Satie para mim.

Eu fiquei esperando, com a mão preparada.

— Pronto.

— Certo. Vou fazer uma coisa e depois contar até três. Quando chegar a três, você liga e conta até cinco, depois desliga.

— Nós não vamos simplesmente deixar rolar?

— Por que faríamos isso?

— Olha, Martin. Não sei por que preciso lembrá-lo disso, mas esta é literalmente a primeira vez que faço isso e *não sei de nada*.

— Uma contagem de cinco vai funcionar muito bem — falou Satie. — Veremos o resto depois. A postos?

— Para quê? — perguntei.

— Para isso.

Ele baixou o helicóptero com força em cima de Edward. O kaiju tremulou feito um pudim com uma crosta dura por cima. Satie pairou a aeronave apenas alguns metros acima de onde havia cutucado Edward.

A área onde Satie tinha acabado de ricochetear começou a reluzir.

— Um — contou Satie.

A luz de repente se concentrou em um círculo intensamente brilhante de três metros.

— Ahn, acho que encontrei o olho — falei.

— Dois — continuou Satie, voltando a cutucar com o helicóptero a superfície fortemente iluminada.

Edward rugiu.

— Três! — terminou Satie, e nos levou direto para cima.

Liguei o disjuntor e comecei a contar, observando o olho brilhante enquanto isso. Foi só no quatro que começamos a ganhar altitude em relação a ele. Edward estava acompanhando nossa subida o tempo todo.

— Afaste-se! — gritei para o piloto.

Ele nos levou para longe de Edward, que por pouco não nos golpeou com, bem, o que quer que fosse aquilo com que estava nos golpeando, já que o termo "tentáculo" parecia muito limitado no momento.

— Ainda consegue vê-lo? — perguntou Satie. Tanto eu quanto Kahurangi dissemos que sim. — Prestem atenção aos olhos dele!

— O que estamos procurando? — questionou Kahurangi.

Edward tinha parado de rugir. Havia quatro discos imensos de luz que imaginamos ser seus olhos. Nós os encaramos.

De súbito, eles se contraíram. Novos pontos brilhantes como o sol se concentraram em nós.

— Ah, merda — disse Kahurangi.

E então, igualmente de repente, surgiram asas.

— Ah, *merda* — repetiu Kahurangi.

— Essa porra tem asas? — gritei, sem acreditar.

— Decerto que sim — disse Satie.

— Não tinha asas um minuto atrás!

— Elas estavam lá — explicou o piloto. — Você só estava procurando por olhos.

Edward ergueu-se no ar.

— Ai, merda, merda, merda, merda! — repetia Kahurangi.

— A gente precisa *ir embora* — falei para Satie.

Satie virou o helicóptero e começou a voar para longe de Edward.

— Certo, então, agora, eu tenho boas notícias e algumas notícias potencialmente não tão boas — começou Satie. Ele estendeu a mão esquerda e apertou um botão, que ligou um monitor nos mostrando a visão da câmera traseira: quase toda ocupada por Edward naquele momento. — Aquela batida na cabeça o irritou, e ele provavelmente ia nos matar, mas sentiu o cheiro dos feromônios e desistiu.

— Tem certeza? — questionou Kahurangi.

— Os olhos estão dilatados, certo?

Nós assentimos.

— Esse é o seu sinal.

— Se ele não quer nos matar agora, então por que está nos perseguindo?

— Porque ele quer fazer outra coisa conosco.

— Nós vamos ser *fodidos por um kaiju*?!? — berrou Kahurangi, processando a ideia.

— Essa é a boa notícia.

— Como essa pode ser a *boa notícia?*

— É uma boa notícia porque, enquanto quiser acasalar conosco, ele não vai querer nos matar — disse Satie. Ele mergulhou com o helicóptero, voando perigosamente perto da copa das árvores abaixo. Edward ficou confuso por um momento, mas logo voltou ao normal. — O que significa que ele vai nos *perseguir*, mas não vai nos *atacar*. Queremos que ele nos persiga, porque vamos levá-lo até Bella.

— E, quando ele a vir, vai atrás dela em vez de atrás de nós? — questionei.

— É o que veremos. Esse é o plano.

— Qual é a notícia não tão boa?

— Os feromônios se dissipam. Rápido. Temos que continuar aplicando até levá-lo para perto de Bella.

Refleti por um momento.

— Então temos que ficar perto dele o suficiente para atingi-lo com mais feromônios.

— Isso.

— Porque, se não o fizermos, ele vai querer nos matar, e nesse caso estaremos mortos.

— Isso.

— Mas, se o fizermos e não conseguirmos fugir, ele vai nos pegar e tentar foder o helicóptero. Nesse caso, estaremos mortos.

— Isso.

— E você faz isso *o tempo todo.*

— Isso — disse Satie. — Basicamente. Isso é o mais longe que já fomos.

— Uau, ele está perto — disse Kahurangi, apontando para o monitor.

— Solte outra dose nele — ordenou Satie para mim. — Conte até cinco.

Acionei o botão do disjuntor e contei até cinco. Edward recebeu o borrifo direto na boca, pareceu engasgar-se e cuspir no monitor, e então desapareceu.

— Mas que merda? — disse Kahurangi.

— Ahn — falei, olhando ao redor pelas janelas do helicóptero.

— Ele faz isso — observou Satie.

— Desaparecer?

— Sim.

— Ele é um monstrengo de 150 metros de altura. Como diabos ele desaparece? — gritou Kahurangi.

— Bem... — começou Satie, e então Edward irrompeu sobre nós, posicionando-se diretamente em nosso caminho, com os tentáculos abertos na nossa direção, prontos para nos agarrar.

Todos nós gritamos. Satie fez uma coisa e nosso helicóptero fez outra, e de alguma forma passamos por Edward, mas não antes que eu visse uma imagem que levaria para o meu túmulo.

A cloaca tumescente de Edward.

Depois que me recompus, olhei para Kahurangi, que estava de boca aberta, olhos vidrados.

— Você também viu — falei.

Kahurangi assentiu.

— Vou precisar ficar seriamente bêbado quando voltarmos.

— Vou me juntar a você.

— Meu Deus, Jamie. O que há de *errado* com este planeta?

— Ele está atrás de nós de novo — disse Satie para mim. — Pulverize-o de novo.

— Tem certeza disso? — perguntei.

— Se ele não estivesse empolgadinho com essas coisas, já seríamos um campo de detritos no chão da selva — disse Satie. — Então, sim. Tenho certeza. Conte até seis desta vez.

Nós atingimos Edward com mais três rajadas de feromônios antes de chegarmos ao vale de Bella. Ela estava acordada, com as asas abertas e, se é que isso era possível, era objetivamente ainda mais aterrorizante do que Edward.

— É como se ela soubesse que estávamos vindo — falei.

— Ela sabe — disse Satie. — Ela tem ouvidos. De certa forma.

— Podemos ir embora agora, certo? — disse Kahurangi.

Satie negou com a cabeça.

— Temos mais uma coisa a fazer.

Olhei para Bella.

— Deixe-me adivinhar...

— Se ele está seguindo os feromônios, eles precisam levar até ela — completou Satie.

— E o que *ela* pensa de nós?

— Ela está doida para dar para o Edward já faz um tempo. Vamos torcer para que ela mantenha olhos no gol. — Satie levou o helicóptero adiante.

Fomos direto até Bella, com Edward logo atrás de nós. Bella se manteve firme.

— Essa pode ser uma situação *muito ruim* de "ataque-sanduíche" — comentou Kahurangi.

— Deixe os cilindros esvaziarem — disse Satie para mim. — Apenas se certifique de que eles estejam inativos no instante em que passarmos por ela.

Eu assenti e ativei os cilindros. Já tinha entendido o que ele planejava fazer.

— Isso é muito ruim — disse Kahurangi. — Muito, muito, muito, muito, muito ruim.

Edward começou a berrar. Bella começou a berrar de volta. Nós berramos também — que diferença faria? —, e Satie nos moveu por cima do que parecia ser o ombro de Bella. Eu desativei os cilindros enquanto passávamos por ela, então houve uma explosão de terra e kaiju, e os dois rolaram pelo chão, quebrando árvores como se fossem palitinhos de sorvete. O helicóptero desviou de torrões de solo do tamanho de carros e ganhou altitude.

Quando estávamos a uma boa distância e altura, Satie virou o Tanaka Dois para que pudéssemos dar uma olhada no resultado da nossa missão.

— Ah, nossa, que visual — comentou Kahurangi. — Vou ter um trabalhão tentando descrever isso para a dra. Pham.

— Não precisa se preocupar, eu estava com as câmeras ligadas o tempo todo — disse Satie.

— O quê? — Kahurangi o encarou. — Você não disse que precisava do meu relatório?

— Mas nunca falei que não ia gravar vídeos também.

— Eu poderia ter ficado na base!

Satie indicou os kaiju copulando com um gesto.

— E teria perdido isso tudo.

— A gente quase *morreu*.

— Que nada. Eu sou muito bom no que faço.

Kahurangi passou mais alguns segundos olhando feio para ele e então tirou o fone de ouvido, indicando com um sinal que não ia mais falar com Satie, pelo menos por um tempinho. Nosso piloto falou para mim:

— Ele vai superar.

— Precisamos ficar aqui vendo isso? — perguntei.

— Está de brincadeira? Isso é ciência pura.

— Parece meio pornô de kaiju.

— Essa é a primeira vez que estamos vendo essa espécie copular — disse Satie. — Se não gravarmos isso, todos os biólogos da SPK vão arrancar a minha cabeça. Não, temos que ficar mais um pouco, se você não se importar.

— Só estou falando que a minha sensação é que a gente deveria fugir enquanto dá — expliquei. — Quando eles acabarem, é capaz de quererem fazer um lanchinho.

Satie refletiu sobre o assunto por um momento.

— Sabe de uma coisa, acho que a gente já conseguiu ciência o bastante por um dia — concluiu, e começou a manobrar o helicóptero de volta para casa.

Enquanto Satie fazia isso, o rádio despertou.

— Tanaka Dois, na escuta? — perguntou alguém da base. Me pareceu que poderia ser MacDonald, mas não dava para ter certeza.

— Aqui é o helicóptero Tanaka Dois, câmbio — disse Satie.

— Tanaka Dois, precisamos que você verifique um kaiju sem marcação quarenta quilômetros a sudoeste de sua localização.

Satie deu uma olhada para seus instrumentos. Aparentemente, ser perseguido por um kaiju exige bastante de um helicóptero.

— Base, qual é a natureza do problema? — perguntou ele. — É um avistar-e-identificar?

— Negativo, Tanaka Dois. Achamos que temos um problema de ventilação.

Satie fez uma pausa.

— Pode repetir, base?

— Achamos que temos um problema de ventilação, Tanaka Dois. Solicitamos confirmação visual e estimativa de gravidade. Confirma.

— Confirma. Desligando, câmbio. — Ele se virou para mim. — Bem, mas que merda.

— Isso é um problema? — perguntei.

— Vamos torcer para que não seja — disse Satie, virando-se para Kahurangi e gesticulando para que ele colocasse o fone de ouvido de volta.

— O que foi? — indagou Kahurangi.

— Acabamos de receber outra missão. De emergência. Temos que prosseguir quarenta quilômetros para sudoeste.

Kahurangi franziu a testa.

— Temos chance de morrer nessa também?

— Talvez.

— Talvez?

— Eu posso deixar você por aqui se quiser — brincou Satie. — Você pode voltar a pé.

Kahurangi revirou os olhos e tirou o fone de ouvido de novo.

Satie olhou para mim e sorriu.

— Ele vai superar — disse, e nos pôs em nosso caminho.

Avistamos a fumaça antes de avistarmos o próprio kaiju; a fumaça se enrolava no céu e pairava no ar denso e modorrento. Havia mais de uma área exibindo fumaça. Manchas escuras traçavam um caminho em direção à criatura, e nós o seguimos.

— Eles costumam incendiar as coisas? — perguntei. Satie balançou a cabeça em negativo. — Então por que esse está fazendo isso?

— Ele não consegue evitar — respondeu ele.

— Ali está — disse Kahurangi, ao contornarmos uma colina.

Ele havia colocado o fone de ouvido de volta em algum momento da viagem e estava apontando para a beira de um grande lago. A criatura estava ali, imóvel, e parecia estar tentando recuperar o fôlego. Atrás dela, as coisas queimavam.

Satie manobrou o helicóptero para sair do caminho da fumaça, e pairamos no céu, a cerca de um quilômetro de distância do kaiju.

— Não vamos chegar mais perto? — perguntei.

— Não. Se pudermos evitar, não — disse Satie.

Kahurangi bufou.

— *Essa* é nova.

— É nova *mesmo* — concordei. — Por que estamos mantendo a distância dessa vez?

— Estamos aqui para ver se está ventilando — explicou Satie. — Se estiver, não vamos querer ficar por perto.

— O que é "ventilar"? — perguntou Kahurangi.

Satie não respondeu diretamente. Em vez disso, olhou para o meu pulso, onde eu usava um *smartwatch*.

— Essa coisa tem um cronômetro?

— Claro.

Meu *smartwatch* tinha várias funções, noventa por cento das quais eu, como a maioria das pessoas, nunca havia usado. O cronômetro era uma delas.

— Prepare-o. — Satie olhou para Kahurangi e apontou com a cabeça para um console entre o meu assento e o dele. — Há um pequeno conjunto de binóculos aí. Pegue-os e use.

Kahurangi assentiu.

— O cronômetro está pronto — falei. — Para que vou usá-lo?

Satie fez um gesto com a cabeça na direção do kaiju.

— Na próxima vez que essa coisa ventilar, inicie o cronômetro do momento em que ela parar até a próxima vez que ventilar novamente.

— E essa ventilação vai ser uma coisa óbvia?

O kaiju abriu sua cabeça e um fluxo de luz ofuscante saiu dela, atingindo a superfície do lago e vaporizando-o instantaneamente.

— Sim, bastante óbvia — disse Satie.

O fluxo de luz parou e liguei o cronômetro.

— Essa coisa cospe fogo — comentei.

Satie negou com a cabeça.

— É mais estranho que isso. É um fluxo ionizado de partículas. Um plasma. A vários milhares de graus Celsius.

— Agora entendo por que você não queria chegar perto disso.

Se um fluxo de plasma interagisse com o helicóptero, seria um dia ruim para a aeronave e para nós.

— Como o kaiju sobrevive a esse nível de calor? — perguntou Kahurangi, com os binóculos fixos no kaiju.

— Se ele continuar com isso, não vai — disse Satie.

— Ei, eu conheço esse kaiju — disse Kahurangi. — Eu me lembro dessa coisa. É o que brigou com Kevin.

— Tem certeza? — perguntei.

Kahurangi me entregou os binóculos.

— Olha só.

Peguei os binóculos e mirei no kaiju. Eu não me lembrava da cara dele, mas me lembrava de um pedaço de kaiju voando durante a luta. O que estava diante de nós tinha um buraco enorme no tronco.

— É ele mesmo, verdade — falei, devolvendo o par de binóculos para Kahurangi. — Ele andou muito entre aquele dia e agora.

— Ele levou um chute no traseiro e não parou de correr desde então. — Kahurangi recolocou os binóculos no rosto.

— Vocês viram essa coisa entrar em uma briga? — perguntou Satie para nós.

— Sim — disse Kahurangi. — Nós quase entramos no meio dela. Atiraram árvores em nós.

— E esse foi ferido?

— Vimos pedaços sendo arrancados dele. Grandões. Por quê?

— Porque… — Satie se interrompeu quando o kaiju soltou outro fluxo de plasma. Este tracejou a borda do lago, arrancando as árvores. Parei o cronômetro. Satie olhou para mim. — Quanto tempo?

Olhei para baixo.

— Dois minutos, oito vírgula trinta e oito segundos.

— Certo, isso é estranho e nojento — comentou Kahurangi. — Tem umas coisas saindo do kaiju.

— Tipo o quê? — perguntou Satie.

— Não sei. Parece caspa do tamanho de pequenos animais. — Kahurangi baixou os binóculos e olhou para Satie. — Aqueles são os parasitas dele?

— Provavelmente — disse Satie.

— E por que eles estão saindo do kaiju?

— Pela mesma razão que os ratos abandonam um navio afundando. — Satie abriu uma linha com a base. — Base, aqui é o Tanaka Dois.

— Tanaka Dois, vá em frente.

— Kaiju sem marcação avistado, ventilação confirmada visualmente. Kaiju está atualmente em um intervalo de dois minutos e os parasitas estão abandonando o barco, câmbio.

— Entendido, Tanaka Dois. Recomendamos o protocolo CFL.

— Entendido, base. Iniciando o protocolo CFL. — Satie desligou. Ele olhou para Kahurangi. — Você pode guardar os binóculos agora.

— O que é o protocolo CFL? — perguntei.

— Significa "correr feito loucos" — disse Satie, virando o helicóptero.

— E estamos correndo feito loucos porque...

— Porque provavelmente o kaiju está prestes a irromper.

— Defina "irromper" — pediu Kahurangi.

— Vocês dois foram informados que os kaiju são movidos a energia nuclear, certo?

— Sim. Ainda não tenho certeza de como isso funciona ou se realmente acredito nisso.

— Acredite. Eles são nucleares, e isso em si não é um problema, até que seja. Às vezes um kaiju atinge a puberdade e seu biorreator tem malformação, ou ele entra uma briga e a integridade do reator fica comprometida. E aí tudo fica muito, muito ruim, muito, muito rápido.

Uma luz se acendeu na minha cabeça.

— Ventilando. Esse feixe de plasma não é algo que ele está soltando de propósito.

Satie balançou a cabeça.

— Não. Ele está fazendo isso para tentar controlar seu reator de novo.

— E funciona?

— Às vezes. A gente pode dizer se a situação é melhor ou pior pela intensidade com que um kaiju ventila. Se for uma vez a cada duas horas, ele pode sobreviver.

— A gente teve dois minutos entre as ventilações — falei.

Satie deu de ombros.

— Não é um bom sinal de sobrevivência.

— Como os parasitas sabem disso? — indagou Kahurangi. — Eles não estão saindo porque estão contando os intervalos.

— Não — concordou Satie. — Eles estão saindo porque estão começando a queimar.

Kahurangi abriu a boca para dizer algo, fechou-a e abriu novamente.

— Vou fazer uma pergunta realmente estúpida aqui...

— Sim, o kaiju é uma bomba nuclear ambulante — disse Satie. — Essa era sua pergunta, não?

— Na verdade eu ia perguntar outra coisa sobre os parasitas, mas, hum, acho que agora não importa. *Uma porra de bomba nuclear?*

— Por que você está surpreso? — perguntou Satie. — Sobre o que achou que estávamos falando?

— Nos disseram que essas coisas tinham reatores!

— Sim, e...?

— Um reator nuclear não é a mesma coisa que uma bomba nuclear! Existem, tipo, salvaguardas reais em um reator nuclear!

— Ele tem razão — comentei.

— Não, não tem — disse Satie. — Essas coisas não foram *construídas*. Elas *evoluíram*. A evolução não é engenharia. Os biorreatores nucleares dos kaiju funcionam bem o bastante. Até não funcionarem mais.

— E então eliminam toda a vida existente num perímetro de cem quilômetros quadrados — zombou Kahurangi.

— Não chegam a tanto — disse Satie.

Kahurangi começou a dizer alguma coisa, mas eu levantei a mão.

— Qual é o tamanho do problema?

— O kaiju médio explode como uma bomba de dez ou quinze quilotons — disse Satie.

— Eu não tenho nenhuma noção de quanto seja isso — falei.

Satie verificou seus instrumentos.

— Se aquele kaiju irrompesse *agora*, estaríamos um pouco além do raio de dano da explosão de luz. — Ele olhou brevemente para Kahurangi. — Isso significa que iríamos sobreviver. Este helicóptero possui componentes eletrônicos e instrumentação blindados, então é resistente o bastante para não ser frito pelo pulso eletromagnético. Essa não é a primeira vez que temos um kaiju ventilando. Cada minuto que voamos aumenta nossa distância dele.

— A menos que ele decida nos perseguir — disse Kahurangi.

Satie balançou a cabeça.

— Ele não vai perseguir mais nada. Ele foi para aquele lugar para morrer.

— Como você sabe disso?

— Quando os kaiju sabem que estão morrendo, eles tentam ir para a água. De preferência um oceano, se puderem, mas qualquer grande corpo de água serve. Não me pergunte por quê; eu sou um piloto. Mas é definitivamente uma coisa que fazem. A spk aprendeu isso do jeito mais difícil.

— Como assim?

— Esta base Tanaka não é a primeira base Tanaka — explicou Satie. — A primeira ficava cerca de quarenta quilômetros a leste, em uma península na enseada que tem lá. Isso foi nos anos 1960. Um kaiju juvenil com um reator ruim apareceu, caminhou até a base e irrompeu. Oitenta pessoas morreram antes que alguém percebesse.

— Por que ele foi para a base? — perguntei.

— Eu não sou um kaiju, então não sei por que eles fazem as coisas. Mas agora mantemos as bases longe de grandes massas de água e… — Ele fez um gesto com a cabeça para Kahurangi. — A dra. Pham, e agora o dr. Lautagata aqui, são responsáveis pela produção dos feromônios "fique longe" para marcar nosso território ao redor da base.

— E funciona? — perguntei.

— É como tudo em relação aos kaiju — disse Satie. — Funciona até não funcionar mais.

O mundo à nossa frente de repente se tornou muito brilhante — o que significava que o mundo atrás de nós se tornara ainda mais brilhante. O kaiju tinha irrompido.

— A viagem está prestes a ficar turbulenta — avisou Satie. — Dr. Lautagata, se quiser vomitar agora, vá em frente.

— Eu não vomitei — disse Kahurangi no jantar naquela noite, enquanto contava os eventos do dia para Aparna e Niamh.

Nós dois tínhamos acabado de sair de uma reunião de uma hora com Brynn MacDonald, sua contraparte da Equipe Azul, Jeneba Danso, Tom Stevens e os líderes dos laboratórios de biologia e física, analisando tudo o que acontecera durante o nosso passeio de helicóptero. Martin Satie foi dispensado para cuidar de seu veículo. Aparentemente, ele teria que sair de novo em breve.

— Não, você só acabou de ter radiação suficiente passando pelo seu corpo para se transformar espontaneamente em um tumor — disse Niamh.

— Tenho certeza de que não é assim que funciona — respondeu Kahurangi.

— Isso é bem o que uma pessoa que se transformou espontaneamente em um tumor diria.

Kahurangi virou-se para Aparna.

— Você é a bióloga aqui. Me dá uma ajudinha.

— Não estou dizendo que você é um tumor senciente — disse Aparna. — Mas eu teria que fazer alguns testes para ter certeza.

Kahurangi apontou para mim.

— Jamie estava no mesmo helicóptero! Cadê as acusações de tumor aí?

— Eu sou definitivamente um tumor nesse momento — admiti.

— E eu que achei que éramos amigos — disse Kahurangi, estreitando os olhos para mim.

— Tumores não têm amigos — respondi. — Entre outras notícias, descobri hoje que Kahurangi tem doutorado.

— Bem, todos nós temos doutorados. — Aparna apontou para si mesma. — Dra. Chowdhury. — Ela apontou para Niamh. — Dre. Healy.

— Uma curiosidade: Healy significa "científico" em gaélico — disse Niamh. — Me chame de dre. Ciência. Você pode se curvar diante de mim agora.

— De jeito *nenhum* — falei.

— Olha isso, o tumor ficou com inveja porque só tem mestrado.

— Eu não estou com inveja. Certo, talvez um pouco.

— Ainda gostamos de você — disse Aparna.

— Se com *gostar* você quer dizer "ter pena" — acrescentou Niamh.

— Se serve de consolo, você aumentou imensamente a nossa carga de trabalho — disse Aparna.

— Bem, que bom — falei. — Como foi que fiz isso?

— Tecnicamente, não foi você; foi o pobre do kaiju explosivo — disse Niamh. — E não apenas o *nosso* trabalho, mas o trabalho de todo mundo. Acontece que um kaiju explodindo a uma curta distância não é algo que ocorre com tanta frequência.

— Ocorre conosco — observou Aparna.

— Sim. Seguindo estritamente as médias numéricas, ocorre com nós quatro com muito mais frequência do que com a maioria das pessoas aqui — concordou Niamh. — Hoje o dia foi todo dedicado a analisar os dados que os dois tumores aí nos trouxeram, além do material que recebemos dos aeróstatos.

Concordei. Aeróstatos eram o que tínhamos no lugar de satélites: balões com instrumentos, a uma altura que impediria os kaiju de enfrentá-los ou tentar comê-los. Foi como soubemos daquele kaiju em primeiro lugar: um aeróstato havia captado a radiação da ventilação do kaiju.

— Está vendo? — Kahurangi apontou com um garfo. — Eles definitivamente não precisavam de nós lá. Poderiam ter dado conta de tudo com um aeróstato.

Aparna balançou a cabeça.

— Não. Seu vídeo do kaiju foi útil. Um ângulo muito melhor. Conseguimos ver melhor os parasitas fugindo.

— Não que isso tenha adiantado de alguma coisa para eles — falei. — É difícil correr de uma explosão nuclear.

— Você conseguiu — comentou Niamh.

— Nós não corremos, nós voamos.

— E mesmo assim, mal escapamos — acrescentou Kahurangi.

— Ah, *qual é?* — disse Niamh. — Pare com essa choradeira. Hoje você fugiu de um kaiju com tesão e de uma nuvem de cogumelo. Se não consegue ver a graça nisso, você tem algum problema.

— A propósito, obrigada pela filmagem do kaiju com tesão — disse Aparna. — Aquilo foi… interessante de ver.

— Você deveria ter visto o show ao vivo — falei.

Aparna assentiu.

— Aposto que foi fascinante. Infelizmente, vamos deixar em segundo plano por um tempo por causa da explosão do kaiju. É uma grande perturbação para o ecossistema.

— Uma explosão nuclear faz isso — disse Kahurangi.

Aparna balançou a cabeça em negativo.

— Não é isso. Bem, é isso, só não do jeito que você pensa que é. As criaturas aqui têm uma relação com a radiação diferente da nossa, ou diferente da vida lá na nossa Terra. Ela embaralha nosso DNA e é letal para nós em altas doses.

— Nos transforma em tumores — disse Niamh, apontando para mim e Kahurangi.

— Aqui eles a *usam* — continuou Aparna. — Não é um perigo para eles como é para nós. Quando um evento nuclear acontece, qualquer coisa que não seja imediatamente morta pela explosão começa a se dirigir ao local onde ela ocorreu.

— Para fazer o quê? — perguntou Kahurangi.

— Para se alimentar, basicamente. Um kaiju irrompendo assim é apenas parte do ciclo de vida aqui.

— Então, você está dizendo que há uma migração de vida *para* a cratera da explosão.

— Sim. Desde pequenos insetos até outros kaiju. Estão todos em movimento.

— O que levanta outra questão — disse Niamh. — Vocês lembram quando nos disseram que algo tão poderoso quanto uma explosão nuclear afina a parede entre essa realidade e a nossa?

Kahurangi e eu assentimos.

— Bem, acabamos de ter uma grande explosão nuclear, e agora a barreira entre os dois mundos está muito fina naquele local.

— O que há do nosso lado? — perguntei.

— Aparentemente, nada — disse Niamh. — Faz parte de uma reserva provincial canadense ou algo assim. Sem pessoas nem nada maior que um alce, e sinto muito por qualquer alce que vagueie por aqui. Mas, deste lado, temos kaiju. Muitos deles. Os malditos Kevin e Bella e Edward, e alguns outros também, todos começando a seguir naquela direção. Eles podem acidentalmente passar para o nosso lado. Portanto, nosso trabalho até que a brecha sele o suficiente para bloqueá-los é mantê-los afastados. O que significa que você... — Elu apontou para Kahurangi de novo. — ... vai passar bastante tempo preparando feromônios de evitação para mantê-los afastados, e você... — Elu apontou para mim desta vez. — ... vai passar muito tempo fazendo passeios de helicóptero para pulverizar feromônio na cara deles.

12

Então isto é o que acontece quando um kaiju explode com a força de uma bomba nuclear.

Primeiro, há a explosão em si e o que vem imediatamente depois.

Para começar, há uma bola de fogo nuclear com cerca de 250 metros de diâmetro vaporizando qualquer coisa dentro dela, inclusive o kaiju em questão. Ela abriu uma cratera impressionante na margem daquele lago sem nome, que, pela proximidade, agora foi preenchida pelo próprio lago.

Em seguida, uma zona de grandes danos com um quilômetro de extensão: árvores despedaçadas e chamuscadas, animais carbonizados, tudo literalmente uma ruína fumegante.

Além disso, são quatro quilômetros de árvores derrubadas e tudo nessa área recebendo o que na nossa Terra seria uma dose certamente fatal de radiação ionizada. As criaturas da Terra Kaiju eram mais resistentes, como Aparna observou; mas isso não quer dizer que os habitantes daquela área estivessem bem, porque ainda há a radiação térmica a ser considerada. Tudo que estava vivo naquela zona foi queimado, fatalmente ou não.

O kaiju explodiu perto da superfície, e a nuvem em forma de cogumelo sugou uma grande quantidade de poeira e detritos, lançando-os a milhares de metros no ar para serem espalhados pelos ventos predominantes — uma chuva radioativa. Essa precipitação acabaria se espalhando por mais de mil quilômetros quadrados da Península de Labrador.

A atmosfera da Terra Kaiju era mais espessa e mais oxigenada do que o ar na nossa Terra, o que criava considerações especiais em relação aos danos da explosão — havia mais pressão por trás da onda de choque inicial da explosão, criando um raio de destruição mais amplo, e o oxigênio extra dava ao fogo mais combustível para queimar. No entanto, o fato de o lugar onde o kaiju irrompeu ser uma selva pantanosa neutralizou esses danos, uma vez que as árvores na Terra Kaiju haviam desenvolvido uma resistência às chamas muito melhor do que as lá de casa. Assim, a tempestade de fogo resultante da explosão foi relativamente breve e limitada. Uma chuva à noite vinda do oeste abafou as labaredas ainda mais.

Em nenhum momento a base Tanaka foi ameaçada pela explosão nem por seus efeitos posteriores. Todos os efeitos aconteceram quase cem quilômetros a sudeste da base, e os ventos predominantes na área sopram em maior parte para o leste, afastando a precipitação da base de todo modo. Estávamos bem. Estava tudo bem.

Isso parecia... *estranho*.

— Claro que parece estranho — disse Niamh para mim no dia seguinte à explosão, depois do jantar, quando confessei meus sentimentos para elu. — Em casa, uma explosão nuclear é uma ameaça existencial. Aqui, é apenas uma terça-feira.

— Hoje é segunda — disse Aparna do sofá, onde estava lendo o relatório dos eventos do dia.

— É apenas uma segunda-feira — emendou Niamh, depois voltou-se para Aparna. — Tem certeza de que hoje é segunda-feira?

— Com certeza.

— Parece terça.

— Acho que todos os dias parecem terça aqui.

Niamh estalou os dedos.

— É exatamente isso. E meu ponto com *você* — disse, voltando-se para mim — é que você bebeu décadas de angústia cultural sobre explosões nucleares e energia nuclear. Isso é um grande vilão lá em casa. — Ela apontou para Kahurangi, que também estava pondo as leituras em dia. — Toda essa terra dos infernos é uma zona livre de armas nucleares.

— Vai, Aotearoa! — exclamou Kahurangi distraidamente, erguendo o punho fechado. Ele não tirou os olhos de sua leitura.

— Agora a gente chega aqui — continuou Niamh —, e isso não apenas não é um grande vilão, como é parte da configuração ecológica natural. Um kaiju irrompendo aqui é como uma baleia afundando lá em casa.

— Uma o quê? — perguntei.

— Uma baleia afundando — disse Aparna do sofá. — Quando uma baleia morre, seu corpo afunda até o fundo do oceano, onde alimenta todo um ecossistema por meses ou até anos. — Ela olhou para Niamh. — Não é uma metáfora de equivalência perfeita, mas tudo bem.

— Obrigade por sua aprovação qualificada — disse Niamh, e se voltou para mim. — É estranho porque você não só está tendo que olhar para esse evento terrível de uma maneira totalmente nova, e de uma maneira positiva para o mundo em que ele ocorre, mas também não pode reescrever completamente sua opinião sobre o evento no *nosso* mundo. Afinal, lá em casa isso continua sendo uma coisa terrível.

— "Uma bomba nuclear pode arruinar todo o seu dia" — citou Kahurangi.

— Isso. Você está sentindo dissonância cognitiva, Jamie. Dois pensamentos contraditórios, porém, inteiramente válidos dentro de seus contextos, sobre o mesmo assunto. E os humanos *odeiam* essa merda. Nós odiamos *tanto*. A pior resposta para nós sobre qualquer coisa é "depende".

— Você pensou muito a respeito disso — falei, depois de um momento.

— Cara, eu lidei com energia nuclear de uma forma ou de outra durante toda a minha vida profissional — disse Niamh. — Pode ter certeza de que já pensei a respeito disso. E agora *todos nós* lidamos com isso na nossa vida profissional. Sabe a dissonância cognitiva que você está sentindo bem agora? É só o começo.

Então essa foi a primeira coisa. A segunda coisa é que todos na base Tanaka estavam muito, muito ocupados.

Como Niamh observara, uma explosão de kaiju não acontece todos os dias, e menos ainda uma explosão de kaiju próxima o suficiente de uma base para ser cientificamente útil. Os cronogramas são jogados para o alto, os projetos são trocados e os recursos são redistribuídos para aproveitar a oportunidade. Eu percebi isso porque passei muito tempo transportando materiais e equipamentos de e para o depósito dos laboratórios de bioquímica e física; a certa altura, peguei materiais de laboratório que Val tinha acabado de deixar de lado porque o laboratório de química havia mudado de ideia sobre quais projetos priorizar. Kahurangi parecia um pouco tímido quando entrei pela porta no momento em que Val estava saindo.

Martin Satie e Yeneva Blaylock, a piloto que voava com o Tanaka Um, foram inundados com pedidos de observação e experimentos. Houve uma indignação geral porque a *Shobijin* ainda não tinha retornado da viagem para deixar a Equipe Vermelha — e porque ainda precisaria de pelo menos alguns dias para manutenção quando retornasse. A administração precisou intervir e assumir a atribuição de tempo de voo para impedir que várias divisões científicas se esfaqueassem para obter prioridade. Eles também acabaram reordenando um aeróstato para flutuar sobre o local da explosão como um paliativo, de modo a ter observação aérea constante e permitir que Satie e Blaylock dormissem e cuidassem de seus veículos.

Foi justamente o fato de terem realocado o aeróstato que revelou o que estava perturbando algumas missões propostas e criando outras.

— Bella está fazendo um ninho no local da explosão — declarou Ion Ardeleanu, biólogo da Equipe Azul, em uma reunião dos cientistas e administradores da base Tanaka, quatro dias após a explosão. Eu estava lá porque era responsável pelo *coffee break* da reunião, o que significava levar travessas de pãezinhos e biscoitos, jarros de água e chá, pratos e guardanapos, e precisaria recolher tudo no final.

Ardeleanu projetou imagens tiradas do aeróstato a partir de seu laptop. A imagem atual mostrava Bella vagando pela paisagem destruída da margem do lago e então se acocorando bem na beira da pequena enseada do lago criada pela cratera da explosão.

— Isso não é bom — disse Angel Ford, a física da Equipe Azul.

— Bem, depende — disse Ardeleanu.

— Temos um kaiju voador que decidiu fazer um novo lar no único local onde a barreira dimensional entre nossos planetas está mais fina agora — respondeu Ford. — Foi exatamente assim que tivemos incursões antes. Diga-me *como* isso pode ser uma coisa boa.

— Porque ela não quer atravessar — argumentou Aparna, que estava sentada ao lado de Ardeleanu e era claramente sua equipe de apoio para a reunião.

Ford deu uma olhada em Aparna.

— Você é nova — disse ela.

— Sou — concordou Aparna. — Todos já fomos novos aqui, em algum momento.

— Meu ponto é que talvez você não entenda como pode ser fácil para essa kaiju invadir nosso mundo nem como pode ser ruim se isso acontecer.

— Eu entendo — disse Aparna. — Quer dizer, é só física.

Isso gerou uma onda de risadas. Foi preciso coragem para Aparna, que era novata, ironizar Ford assim. Ela apontou para a tela, que transmitia o vídeo de Bella se acomodando no ninho.

— *Isso* é biologia, e há algumas coisas acontecendo aqui que não são óbvias. — Ela fez uma pausa e olhou para Ardeleanu. — Posso?

Ardeleanu parecia tolerantemente entretido.

— Fique à vontade.

— Sim, sou nova, mas sei ler e pesquisar. Quando a missão para fazer Edward e Bella acasalarem foi um sucesso, eu verifiquei o banco de dados da SPK para descobrir o que sabemos sobre a espécie deles, especificamente em relação ao acasalamento. Acontece que, para eles, uma vez terminado o acasalamento, o macho da espécie já era. Ele não tem mais nenhum papel. A fêmea, no entanto, imediatamente seleciona um local para o seu ninho. E, como essa espécie passa algum tempo cuidando de seus filhotes, que os outros *kaiju* veem como petiscos, a fêmea se torna intensamente territorial. Digo, mais do que o habitual.

Ela apontou para a tela novamente.

— Faz sentido ela ter escolhido o local da explosão. Primeiro porque a radiação lá não vai causar danos a ela ou à sua prole. Segundo porque todos os seres vivos em um raio de cem quilômetros sentiram a explosão, e estão a caminho para se alimentar dela e da precipitação. Qualquer *kaiju* que aparecer ela vai enfrentar, incluindo Edward. Ela não está mais a fim dele agora. — Houve risos novamente. — As criaturas menores ela vai querer como comida para si e sua ninhada. — Ela olhou para Ardeleanu. — Mostre a eles o vídeo dos parasitas.

— Isso é bem nojento — alertou Ardeleanu a todos enquanto abria outro vídeo. Nele, Bella estava imóvel como uma estátua enquanto um enxame de criaturas saía dela e outro enxame entrava.

— Ela está se alimentando — disse Aparna.

— Pensei que os *kaiju* fossem movidos a energia atômica — comentei, antes de me lembrar de que estava ali apenas para servir os lanches.

— E são, mas também têm componentes biológicos — explicou Aparna. — Como são grandes demais para caçar a maioria das criaturas, seus parasitas fazem isso por eles. Eles se separam, saem e caçam, matam e comem suas presas, voltam, se reconectam ao *kaiju* e compartilham nutrientes, que Bella está usando para criar seus ovos. Os parasitas ficam em segurança, e ela ganha comida para seus bebês. — Ela voltou sua atenção para Ford. — É por isso que ela não vai atravessar. Ela tem tudo de que precisa *bem aqui*. Ela vai ficar parada e, enquanto isso, não vai deixar nenhum outro kaiju chegar perto da barreira dimensional.

Ford não iria desistir tão fácil.

— Mas a explosão...

— Aconteceu *deste* lado — disse Aparna.

— Isso não *importa*.

— Você está certa, não importa — disse Aparna —, *se* você for um físico humano. Do ponto de vista de um físico, o afinamento acontece entre nossos mundos, e a barreira dimensional é o foco. Mas, se é um kaiju, você não é atraído pela barreira, e sim pela explosão. A explosão representa poder. Representa comida. É *por isto* que eles atravessam: para chegar à explosão. — Aparna apontou pela última vez. — Bella já compreendeu isso. Ela não vai deixar ninguém se aproximar. E também não vai deixar seus filhotes desacompanhados. Quando eles estiverem crescidos o suficiente para ficarem sozinhos, a barreira dimensional já terá se regenerado.

Ford cerrou os lábios encarando Aparna, então se virou para Ardeleanu.

— E você concorda com isso?

— Sim — disse Ardeleanu. — Embora eu talvez tratasse do assunto de maneira mais gentil.

— Meu Deus, vocês dois perderam, Aparna limpou o chão com ela com tanta força — falei mais tarde naquela noite, de volta ao chalé, enquanto conversávamos sobre a reunião. — Foi bonito de ver.

— Foi? — perguntou Niamh para Aparna. — Foi mesmo bonito de ver?

— Foi bom — disse Aparna. — Não era minha intenção alfinetar. Mas aí ela ficou toda "você é nova", e eu sabia que, se não cortasse aquilo na hora, isso não terminaria nunca enquanto eu estivesse aqui.

— Você tem uma inimiga agora — disse Kahurangi. — Estou oficialmente com ciúmes. Sempre quis ter inimigos.

— Eu me ofereço, se quiser — falei.

— Valeu, Jamie, agradeço a oferta. Mas inimigos precisam ser criados em campo de batalha.

— Eu posso dar um soco em você se isso ajudar.

— Tentador, mas não.

— A oferta permanece.

— Parem com isso — disse Niamh, e em seguida voltou-se para Aparna. — Mas ele não está errado. Ela provavelmente vai te odiar pelo resto do circuito. Bem, o resto do circuito dela, pelo menos.

— Vai ficar tudo bem — disse Aparna. — Vou assar uns biscoitos para ela. Tudo será perdoado.

— Vão ter que ser uns biscoitos muito bons — falei. — Eu estava lá. A coisa foi feia.

— Eles já funcionaram antes.

— Você já fez isso antes?

— O suficiente para eu ficar muito boa em assar biscoitos.

— Caramba, Aparna — soltou Niamh, impressionade. — Você agora é oficialmente minha ídola.

— Pare com isso, eu já sei — disse Aparna, gentilmente.

— Agora estou com vontade de comer biscoitos — comentou Kahurangi.

— Você sabe o preço — falei.

— Vai valer a pena. Embora eu provavelmente devesse estar assando "biscoitos Aparna" agora. Depois da sua reunião, me disseram que eu não precisava preparar um novo barril de feromônios "fique longe" porque Bella cuidaria desse problema para nós. Eu gostei disso, porque aquelas coisas fedem.

— Pior do que os feromônios "vamos para a cama"? — perguntei.

— Você *não faz* ideia. Mas agora não preciso mais fazê-los, ou não tantos, pelo menos, e *você*… — Ele apontou para mim. — … não precisa sair para borrifá-los.

— Imagine minha decepção — falei.

— Tenho certeza de que encontrará outra maneira de entrar em um helicóptero — disse Kahurangi.

Ele estava certo quanto a isso, porque acabaríamos descobrindo a terceira consequência de uma explosão kaiju.

Turistas.

13

— Peraí, *o quê?* — falei.

— Turistas — repetiu Tom.

— Temos *turistas?*

Nós dois estávamos de volta ao refeitório para o almoço, um dia depois de Aparna ter atropelado Angel Ford na reunião. Na verdade, Aparna estava no refeitório com Angel Ford; as duas estavam sentadas a uma mesa mais distante dentro do refeitório, rindo. Ambas comiam biscoitos. Aparna me pegou olhando e arqueou a sobrancelha, então balançou seu biscoito para mim antes de voltar sua atenção para Ford. Eram uns biscoitos e tanto.

— Talvez "turista" seja um jeito maldoso de colocar — corrigiu Tom. — Talvez a melhor maneira de dizer seja que existem certas pessoas e organizações com quem a SPK mantém laços e a quem ocasionalmente precisamos mostrar nosso apreço de várias maneiras. Uma dessas maneiras é deixá-los visitar o mundo.

— Essa é praticamente a definição exata de *turista*, Tom.

Ele suspirou.

— Está bem. São turistas.

— Quem são?

— Basicamente quem você imaginaria. Políticos, cientistas, os bilionários que nos financiam. Certos dignitários notáveis. Alguns outros.

— Vejo que você está tentando evitar certos constrangimentos com a expressão "alguns outros".

— Você não deveria insistir.

— Nem pensar. Manda.

— No ano passado, vieram os filhos grandes e adultos de um determinado presidente.

Meus olhos se estreitaram, fixos em Tom.

— Eles. *Não*.

— Eles, sim — confirmou Tom. — Nós meio que não tivemos escolha quanto a isso.

— E…?

— Eles queriam caçar um kaiju.

— Você deveria ter deixado.

— Foi tentador — disse Tom. — Para ser justo, eles não foram os únicos que já pediram isso. Uma vez, um membro do Estado-Maior Conjunto quis trazer um M1 Abrams para fazer isso.

Eu o encarei.

— Isso é um tanque — acrescentou Tom.

— Eu sei o que é — falei. — Me pergunto por que ele pensou que funcionaria.

— Depois que ele chegou, entendeu por que não era uma boa ideia. Essa é uma das razões pelas quais os trazemos aqui. Aí eles entendem, e acabam entendendo também o que estamos fazendo.

— Quantos turistas esse lugar recebe?

— Mundialmente ou só na América do Norte?

— Ambos.

— Na América do Norte, algumas dúzias por ano. Acho que outros continentes têm números semelhantes.

— Então, numa estimativa conservadora, algumas centenas de pessoas que não são da SPK visitam a Terra Kaiju todo ano.

— Deve ser por aí. Muitos deles são visitantes recorrentes, mas sim.

Eu fiz uma careta.

— Como… como tudo isso ainda é *segredo*?

— Quase todo mundo que visita tem certo nível de autorização de segurança. Eles sabem como funciona.

Olhei para Tom sem expressão.

— Filhos. Grandes. Adultos — falei.

— E, além do mais, o que eles poderiam dizer? Que estiveram em uma dimensão alternativa onde criaturas do tamanho de Godzilla são reais? Ninguém vai acreditar nisso.

— Eles podem tirar *selfies* e gravar vídeos.

— Nós recolhemos todos os telefones antes da travessia — explicou Tom. — E, mesmo que consigam trazer alguma coisa escondida, você viu as fotos e os vídeos que fazemos. A baixa qualidade de produção é *gritante*. Parecem algo que um estudante do ensino médio poderia fazer com o Photoshop e o After Effects.

— Vocês estão apostando um bocado de coisas em vídeos de qualidade merda, Tom.

— Não, nós estamos apostando um bocado de coisas em improbabilidade. Nesse sentido, somos como a Área 51.

Eu o encarei.

— Espere. A Área 51 é real?

Tom pareceu ficar irritado.

— *Eu* não sei. Estou dizendo que, mesmo que fosse, a ideia do que é a Área 51 já está tão marcada na nossa cultura pop que a realidade é completamente sobrepujada pela versão de Hollywood. Lembra que perguntaram sua opinião sobre ficção científica durante a sua entrevista?

— Claro.

— Fazemos essa pergunta porque as pessoas que assistem a filmes como *Godzilla* e *Jurassic Park* estão fundamentalmente mais bem preparadas para a realidade deste lugar. Nosso cérebro já conhece um modelo que se encaixa nisso, então não entra em pane quando chegamos aqui. Bem, também funciona ao contrário. Se estamos acostumados com uma versão fictícia de algo, fica mais fácil negar a existência da versão real.

— Isso já é outro nível de teoria da conspiração, Tom.

Ele assentiu.

— Certamente. O cérebro humano é cheio de merda. Mas também foi assim que conseguimos esconder este lugar mais ou menos à vista de todos. Há outras coisas que temos que fazer, é claro. Não podemos enviar tudo de que precisamos pela base aérea de Thule, porque mais cedo ou mais tarde ficaria óbvio que tem muito tráfego para uma base supostamente morta no interior da Groenlândia, mesmo que haja uma sanção oficial e um tratado com várias nações, por exemplo. Mas, em geral, conseguimos manter isso em segredo. É tudo ridículo demais para alguém acreditar.

— É como inverter o holofote — comentei.

— Não sei o que quer dizer com "holofote" aqui, muito menos invertido.

— É um termo literário. Significa chamar a atenção para algo improvável, reconhecer sua improbabilidade no texto e seguir em frente.

— E funciona?

— Mais do que pode imaginar.

— Imagino que sim — disse Tom. — Enfim. Sim, temos turistas. Sim, seria melhor em muitos aspectos se não tivéssemos. Mas, uma vez que os temos, faz sentido usá-los a nosso favor. É por isso que estou falando com você, Jamie.

— Ih, meu Deus.

— Quando pensei em você para essa empreitada, dei uma olhada no seu LinkedIn. Seu cargo oficial na füdmüd era alguma coisa do tipo "*head* de marketing", não era?

— *Sub-head* de marketing e retenção de clientes. Isso significa basicamente que eu entrava em reuniões e ouvia outras pessoas falarem. Quando enfim apresentei minhas próprias ideias, me demitiram.

— Não é sua culpa. Eu pesquisei o CEO da füdmüd depois que conversamos. Acontece que eu conheço o cara — comentou Tom.

— Você conhece Rob Sanders?

— Eu o conhecia de vista, para ser franco. Ele era meu veterano na graduação em Dartmouth, alguns anos mais velho que eu. Mesmo assim, tinha reputação de ser um puxa-saco, traíra. *Nepobaby*. Quarta geração ou algo assim. A família ganha dinheiro principalmente em contratos do ministério da defesa. Acredito que a maior parte do investimento-anjo da füdmüd veio do fundo de capital de risco da família.

— Deve ser legal.

Tom assentiu.

— Há muito a ser dito quanto a ser um Filho Grande Adulto. Então acredito que sua demissão não tenha sido por falta de competência. O que é bom, porque "marketing e retenção de clientes" é quase perfeito…

— Não diga isso — alertei.

— … para tomar conta de nossos turistas enquanto estão aqui.

— Eu carrego coisas — protestei.

Tom levantou as mãos de forma apaziguadora.

— Eu sei. E você tem se saído muito bem nisso, pelo que tenho ouvido. Até Val gosta de você, e ela é a número um nas rodas de apostas como a Mais Propensa a Jogar Alguém das Árvores.

— Qual é, ela é ótima.

— Ela é ótima. E também vai jogar você de uma árvore se pisar na bola com ela.

— Existe algo neste lugar que faz com que todos sejam ótimos, *mas* estejam sempre dispostos a te matar se você pisar na bola com eles?

— Há um certo tipo de personalidade que prospera aqui, sim.

— Mas, se Val gosta de mim, então eu deveria *continuar* carregando coisas — falei. — Você não tem outra pessoa que pode incomodar com isso?

— Nós temos, mas é da Equipe Vermelha. E, de todo modo, ela deixou a SPK esse ano.

— Sylvia Braithwhite? — perguntei.

Tom olhou para mim com uma expressão curiosa.

— Você a conhece?

— Ela ocupava o quarto que agora é meu — falei. — Deixou um bilhete de boas-vindas muito simpático para mim. Pediu para que eu cuidasse da sua plantinha.

— Nós geralmente não recebemos turistas na base Tanaka — explicou Tom. — A base Honda é maior e mais adequada para visitantes. Tem bem menos moscas sugadoras de sangue, por exemplo. Mas, de vez em quando, alguns vinham para cá e ela os acompanhava. Mantinha-os ocupados. Certificava-se de que não fossem comidos. Esse tipo de coisa. Gostaríamos que você assumisse o cargo.

— Isso sugere fortemente que os turistas estão chegando.

— Acabamos de ter um kaiju irrompendo. As notícias chegaram à Terra. Nós fomos inundados de pedidos. E com "pedidos" quero dizer exigências. O Pentágono. O Departamento de Energia. A NASA. Vários senadores. Praticamente todos os bilionários. E esses são só os norte-americanos.

— Como vocês escolhem?

— Não escolhemos. O pessoal lá em casa escolhe. Eles são espertos nesse sentido, pelo menos. Dizem que podem acomodar três grupos pequenos aqui, uma vez por semana, começando daqui a duas semanas. E que depois precisam fechar a base Honda para manutenção por algumas semanas.

— Isso é algo que eles fazem com frequência? Fechar o portal, digo.

— Sim, normalmente algumas semanas depois de cada rotação de equipe, mas não estamos tão fora do prazo. E fazer isso duas semanas mais cedo tem uma vantagem, porque vira uma desculpa para segurar os pedidos. Receber convidados por três semanas consecutivas não é bom para o nosso trabalho. O tempo e os recursos que gastamos com eles são tempo e recursos que não poderemos gastar com nossas coisas. Mas é isso que a gente ganha por ser uma ONG e estar oficialmente fora dos registros.

Suspirei.

— Então você precisa que eu conduza o passeio por três semanas.

— Sim. Mais precisamente, por dois dias a cada uma dessas três semanas. Um grupo de seis turistas por vez. Eles chegam na *Shobijin*, nós mandamos três deles até o local no Tanaka Dois enquanto os outros se acomodam, alternamos os grupos e, no dia seguinte, fazemos apresentações de laboratório e você os leva em uma excursão. Então eles vão para casa. Isso me lembra que você precisa de treinamento de solo.

Tom pegou seu telefone.

— Por quê? O que é treinamento de solo?

— Significa apenas que você tem liberação para trabalhar no chão da selva. Você e o restante do grupo novo iriam receber o treinamento de qualquer maneira, mas só daqui a algumas semanas. Vou pedir a Riddu para lhe dar um tutorial antecipado. — Tom digitou alguma coisa, fez uma pausa e voltou a digitar. — Talvez treinamento com armas também.

— Treinamento com armas geralmente não faz parte da condução de passeios — comentei.

— Está tudo bem — disse Tom. — Então, você topa?

— Bem, eu tenho escolha?

Tom desligou o telefone.

— Na verdade, você tem escolha, sim, Jamie. Estou pedindo que você faça algo fora do escopo de seu emprego, principalmente porque suspeito que se sairá bem nisso. Mas também porque, se não se importa que eu seja franco, todos os outros que eu cogitaria para essa tarefa estão fazendo ciência de verdade no momento. Se eu colocar outra pessoa encarregada disso, nós vamos potencialmente deixar de gerar conhecimento. Se você ficar com essa tarefa, a única coisa que vai acontecer é que a Val vai ter que carregar umas coisas a mais por alguns dias nas próximas três semanas.

— Você poderia fazer isso — falei.

— Poderia, mas eu sou um pau no cu — disse Tom, o que me fez sorrir. — Além disso, vou estar ocupado coordenando as apresentações de laboratório e outras coisas. Não se preocupe, vou te proteger.

— Tudo bem — falei. — Eu topo.

— Obrigado.

— Sem problemas. Apenas me prometa que Val não vai me deixar de lado porque estou fazendo ela ficar sobrecarregada de trabalho.

— Ela vai entender — disse Tom. — E, se não entender, basta eu dizer a ela que, se você recusasse o trabalho, ela seria a minha próxima escolha.

— Você confia que não vou permitir que nenhum mal aconteça a você? — perguntou Riddu Tagaq para mim, no corredor do elevador que levava até a floresta. Tanto o corredor quanto o elevador eram abertos ao ar livre, mas protegidos por telas. O elevador e a escada em zigue-zague adjacente que fazia parte de sua estrutura de suporte eram os únicos caminhos diretos para o chão da selva a partir da base propriamente dita; outro elevador desse tipo existia no aeródromo. Ambos os elevadores eram grandes o suficiente para acomodar veículos e operavam por meio de sistemas hidráulicos que eu nem conseguia imaginar. — Você confia?

— Ahn, claro — falei.

Tagaq assentiu e apontou para o que parecia ser um traje de apicultor grosso e acolchoado.

— Então coloque isso. Pode ser por cima de suas roupas.

Eu hesitei.

— Isso vai ficar quente bem rápido — falei.

— Você não vai ficar com isso por muito tempo — garantiu Tagaq.

— Defina "muito".

— Só o tempo que for preciso para demonstrar um ponto.

Tagaq esperou, em silêncio. Dei de ombros e vesti o uniforme de apicultor. Como eu suspeitava, imediatamente comecei a suar.

— Essa coisa vai me matar — falei.

— Justamente o oposto — disse ela, e fez sinal para que eu entrasse no elevador. Entrei. Ela me seguiu e apertou o botão de descida.

A posição que Riddu Tagaq ocupava na base Tanaka era de gerente de instalações e de segurança; era esta última função que ela estava desempenhando comigo naquele momento.

— Você sabe por que nossa base está nas árvores — começou, num tom que indicava que sua intenção não era fazer uma pergunta.

— Sim. O nível do solo é perigoso.

— É perigoso mesmo — concordou Tagaq. — Mas uma coisa é saber disso racionalmente e outra entender no coração. Eu sei que você sabe disso aqui. — Ela apontou para minha cabeça. — Agora é hora de sentir isso aqui. — Ela apontou para o meu coração.

— Bem, eu acredito — prometi.

Tagaq balançou a cabeça.

— Não acredita, não por enquanto.

O elevador parou; tínhamos chegado ao nível do chão.

— E agora? — perguntei.

Tagaq apontou.

— Saia. Dê uma caminhada.

— Você vem comigo?

— Daqui a pouco. Vá em frente.

Em dúvida, olhei para ela através da viseira de plástico impermeável do traje; Tagaq me olhou de volta com uma expressão que sugeria que ela estava pronta para esperar as montanhas se desgastarem até eu obedecer a suas ordens. Suspirei e saí do elevador.

No mesmo instante todos os tipos de pequenos insetos me cercaram. Isso era esperado. Continuei andando e olhando para minhas botas. Elas afundavam um pouco a cada passo; o chão da selva era mais que úmido, era molhado. A cada passo, criaturas saltavam do solo, algumas voando alarmadas, outras pulando sobre minhas botas. Algumas delas decidiram que eu seria um bom exercício aeróbico e começaram a subir no meu traje, indo direto, ou assim parecia, para meus globos oculares.

— Ceeeerto, isso é horrível de todos os modos possíveis — gritei para Tagaq, que não disse nada.

Algo grande pousou no meu visor de plástico, bloqueando minha visão. Soltei um palavrão e joguei o bicho longe, quase tropeçando. Estendi a mão para me estabilizar na árvore mais próxima.

Algo grande e pálido deslizou ao redor do tronco em direção à minha mão.

Eu retirei a mão dali como se tivesse tocado em algo quente demais.

A coisa deslizante parou e começou a agitar uma série de antenas ao redor. Olhei para ela e alguma parte do meu cérebro tentou reconhecê-la. Depois de um segundo, eu sabia o que aquilo me lembrava: um caranguejo-dos-coqueiros, aqueles grandes monstros das ilhas do Pacífico que podiam crescer até um metro de comprimento e eram inteligentes o suficiente para quebrar cocos soltando-os do topo das árvores.

Exceto que você é mais feio, pensei para o troço. *Muito mais.*

O bicho girou todas as suas antenas para mim como se pudesse ouvir meus pensamentos.

— Merda — falei, em voz alta.

Ele chiou, fazendo um som que lembrava uma pomba sendo estrangulada no meio do arrulho.

— *Merda* — repeti.

Ao redor da árvore, vários outros bichos surgiram.

— Merda!

Era hora de voltar para o elevador. Eu me virei assim que o primeiro dos bichos saltou em mim, enganchando no meu traje.

Tentei me livrar dele e falhei; olhei para cima e vi que quase todas as árvores agora estavam cobertas com aquelas coisas, todas olhando para mim enquanto eu corria, ou assim pareceu.

Eu tropecei, porque é claro que sim. Imediatamente as criaturas me cercaram, porque é claro que sim. Olhei para minha viseira e vi uma delas abrindo um orifício, então algo serrilhado e pontiagudo disparou, atingindo o plástico. Um tipo de líquido respingou na área atingida. Eu tinha quase certeza de que era veneno. Escutei, mas não senti outros ataques semelhantes, enquanto as línguas pontiagudas zumbiam sobre o tecido do meu traje. Parecia inevitável que, mais cedo ou mais tarde, uma delas o atravessaria.

Tentei me levantar, mas não conseguia ver para onde correr. As criaturas estavam fervilhando ao meu redor agora, tornando difícil encontrar um lugar onde colocar minha mão para me erguer. Comecei a hiperventilar. Eu ia definitivamente morrer.

Alguém se abaixou, me arrancou do chão da selva e começou a tirar as criaturas de cima de mim, jogando-as para longe. Tagaq, obviamente.

— Pare de se mexer — disse ela, pegando as criaturas e atirando-as para todos os lados como se não fossem nada.

A maioria das criaturas fugiu; algumas tentaram um segundo ataque, lançando-se contra mim. Tagaq expulsou a maioria delas no chute e pegou uma em pleno salto, socando-a no ar, o que eu teria achado muito legal se não estivesse me mijando — e se ela não tivesse me colocado lá justamente para que me atacassem.

Em poucos minutos estávamos só nós, de pé no chão da selva.

— Está tudo bem — me reconfortou Tagaq.

Eu gritei com ela.

— Está tudo bem — repetiu. Então cutucou meu traje. — Fibra de carbono acolchoada. Eles poderiam cutucar isso por anos e nunca conseguiriam atravessar.

— Você poderia ter me dito!

— Eu poderia — concordou. — Mas eu precisava que você sentisse isso no seu coração. Isso que está sentindo agora.

Eu estava prestes a gritar com ela de novo, mas parei.

— Certo, em primeiro lugar, *vai se foder*. Essa é uma maneira superescrota de fazer isso.

Tagaq não disse nada; só esperou. Continuei:

— Segundo, vai se foder. Você está certa, eu entendo agora.

— Muito bem — disse Tagaq. — Porque a questão é a seguinte. Os caranguejos de árvore que atacaram você agora são as coisas menos perigosas que vai encontrar aqui na selva. Muito piores são as coisas que se alimentam dos caranguejos de árvore, e elas são muitas. Piores ainda são as coisas que se alimentam dessas coisas. E os piores de todos são os parasitas de kaiju.

— Não os kaiju?

Tagaq balançou a cabeça.

— Somos indignos da atenção deles. Seus parasitas, por outro lado, têm muito interesse em nós.

Comecei a perguntar algo e parei. Olhei para Tagaq e olhei em volta.

— Por que não estamos sendo atacados?

Tagaq tirou algo do bolso de seu macacão e me mostrou.

— Ultrassônico — explicou. — Os caranguejos de árvore odeiam isso.

— E as coisas que comem os caranguejos de árvore? E as coisas que comem as coisas que comem os caranguejos?

— Temos outras armas contra elas. Vou te mostrar. — Tagaq olhou ao redor. — Eu sei que lhe mandaram ciceronear turistas. Eles sempre querem ver a selva de perto. Querem sentir que viram o verdadeiro mundo daqui. Se mostrássemos a eles o verdadeiro mundo daqui, seriam todos mortos. E você sabe por quê?

— Porque eles não sentem o medo em seus corações — respondi.

— E não temos tempo de fazê-los sentir. — Tagaq apontou para o lugar onde estávamos. — Então, nós os trazemos aqui, a este ponto, e mentimos para eles dizendo que esta é a verdadeira face deste mundo. Eles deveriam ficar felizes por fazermos isso e por fazermos com que acreditem nisso. —

Ela apontou para mim. — Mas você não pode acreditar. Nunca. Porque você andará por outros lugares neste mundo. E essas coisas vão matar você antes que consiga soltar um único grito. Entendeu?

— Entendi — falei, com sinceridade.

— Como você está?

— Sinceramente? Tenho certeza de que me mijei.

Tagaq assentiu.

— Vamos voltar, tirar você de dentro desse traje e trocar de roupa, e aí recomeçamos.

Então partimos de volta rumo ao elevador.

— Você fez isso? — perguntei para ela enquanto caminhávamos. — A primeira vez que esteve na superfície.

— Fiz.

— E como você se saiu?

Ela olhou para mim.

— Eu saí correndo e caguei nas calças.

— Isso… me faz me sentir melhor.

Ela resmungou.

— São justamente aqueles que não se cagam com quem você deveria se preocupar.

14

— Foi um dia emocionante na observação da maternidade kaiju — comentou Aparna ao entrar no chalé após seu turno no laboratório. Ela fora a última do grupo a terminar o trabalho do dia; nós a estávamos esperando para jantar.

— Tão emocionante que você está fazendo a gente esperar para comer? — perguntei. Tinha sido meu segundo dia de treino de solo com Riddu Tagaq, então eu mal podia esperar para jantar.

— Me diga você.

Aparna abriu seu laptop, que estava em modo de repouso. A tela se acendeu e exibiu a última coisa que havia sido vista: uma foto de Bella tirada do alto, cortesia do aeróstato estacionado acima dela. Todos nós olhamos para a foto.

— Bella se cagou — disse Niamh, depois de um segundo.

— Ela não fez *isso* — respondeu Aparna, irritada.

— Tem certeza? — perguntei. — Porque Niamh não está errade. Isso me parece cocô.

— Cocô de pássaro, especificamente — disse Kahurangi. — Como se fosse o mais poderoso cocô de gaivota já cagado.

— "Poderosas Cagadas de Gaivotas" seria um bom nome de banda — observei.

— Não seria nada — disse Aparna. — E não é cocô. Bella acabou de botar seus ovos.

— Cagando — disse Niamh. — Não seria a minha escolha, mas tudo bem.

Aparna fez um som de exasperação.

— *Não é cocô*, está bem? É uma geleia-natal kaiju. É um meio denso em nutrientes para seus óvulos fertilizados, e é fascinante. — Ela apontou para a meleca que supostamente não era a maior cagada de gaivotas já feita. — Essa geleia contém tudo de que os embriões que se desenvolvem nela precisam para sobreviver ao desenvolvimento dentro do óvulo. Há uma transferência de nutrientes e resíduos. É quase placentário. Mas não é só isso que ela faz.

— Também é uma cobertura para sobremesas — brinquei.

— Na verdade, você tem razão — disse Aparna. — Quer dizer, na verdade você não tem razão, não tem razão alguma, e deveria se envergonhar. Mas tem razão de certo modo quando diz que é algo que outras criaturas daqui acharão irresistível como fonte de alimento. Foi projetada para atraí-los.

Kahurangi parecia confuso.

— Por que Bella iria querer isso? Seus ovos serão comidos.

— Alguns deles serão, com certeza. Mas há milhares deles aí. Dezenas de milhares. De qualquer forma, nunca foi esperado que todos sobrevivessem. E, quando as criaturas vierem para se banquetear com os ovos e seu conteúdo, os parasitas de Bella vão descer e se alimentar deles. E ela vai usar o que obtém dos parasitas para pôr mais ovos.

— Ela vai acasalar com Edward de novo? — perguntei. Lembrei-me da última vez e não queria dar uma de cupido de novo.

Aparna balançou a cabeça em negativo.

— Bella armazenou o esperma dentro dela.

Niamh fez uma careta.

— Que nojo.

— É mais comum do que você imagina, biologicamente falando.

— A biologia é nojenta. Tudo isso é. Mas é especialmente nojento armazenar esperma no próprio corpo como se você fosse uma garrafa térmica de esporro.

— "Esporros Térmicos" é um bom nome de banda — disse Kahurangi. Fiz um "toca aqui" pelo esforço.

Aparna revirou os olhos para todos nós.

— O ponto é que ela vai repetir esse processo talvez mais três ou quatro vezes ao longo das próximas semanas. Já vimos isso antes com sua espécie. — Ela apontou para a nojeira pegajosa dos ovos. — Mas esta será a primeira vez que veremos de perto o desenvolvimento inicial de sua espécie, o que é emocionante. — Ela fechou o laptop. — No entanto, vocês claramente são idiotas que não conseguem apreciar isso. São todos horríveis e eu odeio vocês.

— Nós somos os piores — concordei. — Podemos ir jantar agora?

— Esperem, eu consigo superar essa gosma de ovo — disse Niamh, estendendo a mão para o próprio laptop.

— Ninguém quer jantar?

— Cruzes, Jamie, você não está morrendo de fome.

— Eu meio que estou.

— Mastigue o Kahurangi.

— Prefiro não.

— Valeu — disse ele.

— Mas eu posso mudar de ideia se não comermos logo.

— Vai ser rápido. — Niamh abriu um vídeo sem som de visão noturna de uma floresta; um drone ou helicóptero estava circundando lentamente. Não havia nada de especial na cena, até que houve uma pequena falha. — Ali!

— É isso? — perguntei.

— O que você quer dizer com "é isso"?

— São árvores.

— Não são as árvores, *animal*. — Niamh voltou o vídeo. — É o clarão.

— Que clarão? — perguntou Aparna.

— Esse! — Niamh apontou para a tela quando a pequena falha se repetiu.

— É isso?

Niamh estreitou os olhos para Aparna.

— Eu sei que nós deveríamos ficar torturando Niamh agora, mas na real eu gostaria de saber: o que tem de tão fascinante nesse clarão? — perguntou Kahurangi.

— *Finalmente* — disse Niamh. — Esse vídeo foi feito por um drone canadense na nossa Terra. A área que ele está sobrevoando corresponde, lá em casa, ao local onde a enorme bunda de kaiju de Bella se situa agora. E esse flash... — Niamh pausou o vídeo na falha. — ... somos nós.

Kahurangi assentiu.

— Estou vendo a semelhança.

Niamh deu um tapinha nele.

— Não nós *nós*, mas "nós", tipo, *este planeta* nós.

Olhei para Aparna.

— Eu pensei que você tinha dito que Bella não iria atravessar.

— Ela não vai — disse Aparna, e olhou para Niamh. — Vai?

Niamh abriu um largo sorriso de triunfo.

— Viu? Eu te disse que eu ia vencer a gosma de ovo. E não, ela não vai passar. — Elu apontou para o clarão de novo. — Mas isto aqui não significa que uma conexão entre nossos mundos não esteja aberta. A explosão do kaiju diluiu a barreira. Ela começou a se regenerar imediatamente, já que o afinamento se correlaciona com a geração de energia nuclear ativa. Mas então Bella se sentou bem no ponto onde a barreira afina…

— E ela tem seu próprio reator nuclear dentro de si — completei.

— Correto. — Niamh assentiu. — Normalmente, os kaiju ficam se movendo demais para afinar a barreira sozinhos. Para isso, é preciso haver uma grande explosão, como uma bomba, ou um acúmulo residual gradual em algum lugar, como na Camp Century. Eles conseguem passar se a barreira já estiver fina, mas, uma vez que ela se fecha, eles ficam presos. Foi o que aconteceu com os que atravessaram. Não puderam voltar e, como não estão adaptados ao nosso mundo, acabaram morrendo.

— Mas Bella *não está* atravessando — disse Aparna. — Ela está apenas sentada lá.

— Porque ela não tem motivos para atravessar, como você disse — concordou Niamh. — Ela tem tudo de que precisa aqui. Está apenas sentada lá, irradiando energia nuclear para a barreira, e por isso ela continua fina. E, de vez em quando, nós vemos *isto*. — Elu apontou para a falha na tela outra vez.

— O que causa o clarão? — perguntou Kahurangi.

— Não faço ideia — respondeu Niamh. — É algo que nunca vimos antes, porque *isso* nunca aconteceu antes. Uma explosão nuclear seguida por um reator aparecendo e mantendo a barreira fina. Pelo menos, nunca vimos acontecer antes. Suponho que as chances de um kaiju engravidar e outro kaiju explodir no mesmo dia, ambos próximos um do outro, são bem baixas.

— Tão baixas quanto a de nós chegarmos ao refeitório antes de encerrarem o jantar? — perguntei.

Niamh olhou para mim e depois sorriu para Kahurangi docemente.

— E você? Que ciência incrível *você* fez hoje, dr. Lautagata?

Kahurangi sorriu com essa nova tentativa de me fazer morrer de fome.

— Infelizmente, nada tão inovador quanto vocês dois — disse ele. — Tudo o que tenho feito é produzir coisas fedorentas que usamos para induzir kaiju a fazer coisas, ou a não fazer coisas, dependendo da situação. Tem sido o suficiente para que eu já consiga identificar os feromônios kaiju pelo cheiro. Isso é útil e horrível.

— "Útil e *horrível*" é meu próximo nome de banda — disse Aparna.

Todos nós olhamos para ela.

— O que é? Não posso entrar na brincadeira?

— Podemos ir agora? — perguntei. — Eu realmente vou morrer de fome em breve.

— Pobre Jamie — zombou Niamh. — Andar pelo chão da selva realmente exige muito da pessoa.

— Vai acontecer com você também — prometi. — Vai acontecer com todos vocês. A boa notícia é que amanhã terei treinamento com armas. Chega de caminhadas; agora, apenas tiroteios.

— Como isso pode ser boa notícia? — indagou Kahurangi. — A ideia de você com uma arma é definitivamente assustadora.

— Se você acha isso assustador, espere até me ver com hipoglicemia.

— Você já usou uma arma antes? — perguntou Riddu Tagaq para mim.

— Em videogames. Isso é ruim?

— Você alguma vez já teve motivos para usar uma arma, fora dos videogames?

— Não.

— Você sente que sua vida teria sido melhor usando uma arma?

— Não.

— Então não é ruim — disse Tagaq. — Existe um certo tipo de pessoa que sente que precisa estar armada a cada momento do dia, ou então o mundo vai atacá-la de alguma forma. Lá em casa, essa não é uma boa maneira de viver. Aqui, no entanto, é a única maneira de sobreviver fora da base.

Estávamos no campo de tiro blindado da base Tanaka, na superfície da floresta, de pé ao redor de uma mesa sobre a qual repousava uma série de armas, junto a seus vários pentes, cartuchos e outros enfeites. Alguns eu reconheci; mas um número bastante grande deles, não.

Apontei para um dos que reconheci: uma pistola.

— Eu vou receber um desses?

— Você acha que funcionaria para você?

— Nunca usei.

Tagaq assentiu, pegou a arma, verificou-a, carregou-a e desengatou as travas.

— Esta é uma Glock 19 — disse ela, e atirou em um alvo em forma humana a dez metros de distância.

Eu pulei com o barulho e imediatamente fiquei com um zumbido nos ouvidos.

— Como se sente sobre isso agora? — perguntou ela um minuto depois.

— Não deveríamos estar usando proteção auricular? — gritei.

— Se usar proteção auricular na selva, não vai ouvir o que estiver tentando comer você. Responda à minha pergunta.

— Acho que não é para mim — comentei.

— Não é — concordou Tagaq. Ela reajustou as travas, sacou a Glock e a colocou de volta na mesa. — E tudo bem. Uma pistola não é uma arma muito boa para este planeta, ou para a maioria das pessoas que vêm a esta base. Requer treinamento e prática constante para manter a habilidade e a precisão. É uma arma de curto alcance, e aqui o alcance é ainda menor porque a atmosfera é muito espessa. Balas caem rápido aqui. As criaturas se movem rápido aqui. A maioria das pessoas não é muito boa em mirar em algo próximo que se move depressa. — Ela apontou para a Glock. — Se algo neste planeta estiver perto o suficiente de você para que esta seja a arma mais indicada a ser usada, você provavelmente já morreu.

— Se esta é uma arma tão terrível aqui, por que você a mostrou para mim? — perguntei.

— Porque é o que você considera uma arma — disse Tagaq. — Não apenas você. Todos. Você não usa armas, mas as vê sendo usadas o tempo todo, em filmes, TV e videogames. Pistolas e fuzis, principalmente. — Ela apontou para algum tipo de fuzil na mesa. — Estes são o que você espera. Isso é o que você acha que quer, mesmo que não saiba. Sua mente foi treinada para pensar nelas como as melhores armas disponíveis. Preciso que você acredite que há melhores aqui.

Inclinei a cabeça na direção de Tagaq.

— Você faz muito disso. A coisa toda de "Preciso que você acredite nisso".

— Eu poderia apenas dizer essas coisas — disse Tagaq. — Mas, depois de me ouvir falar, você ainda iria querer a pistola ou o fuzil. Não é só você. Eu tenho que convencer todo mundo disso. Este mundo não é o nosso mundo. Eu preciso que você acredite nisso.

— A coisa da cabeça e do coração de novo.

— Pois é. Ou você acredita nisso, ou você morre.

— Isso já aconteceu? Pessoas morrerem?

— Claro que sim. E é difícil. É difícil para as pessoas aqui. E é muito difícil para as pessoas lá em casa.

— Por quê?

— Porque em geral não sobra nada para enviar de volta.

Refleti sobre aquilo.

— Sem querer ofender nem nada, mas você não é muito divertida em festas, não é?

— Sou divertida para *caralho* em festas — disse Tagaq. — Especialmente se houver karaokê envolvido. Mas isso não é uma festa. Isso sou eu tentando salvar sua vida e talvez te ajudar a salvar a vida de outra pessoa. Agora, quer ver quais armas eu acho que você deveria usar?

— Sim. Por favor.

— Ótimo. — Ela estendeu a mão e organizou em grupos vários objetos na mesa. Uma das armas eu reconheci como uma espingarda. O resto era novidade para mim. — Existem duas definições básicas de arma. A primeira, e aquela que todos usam, é: "um objeto que causa ou inflige dor ou dano". A segunda, que é a mais relevante aqui, é: "um objeto utilizado para se defender ou obter uma vantagem". O que sabemos sobre as criaturas deste planeta?

— Que são horríveis e querem comer todos os humanos que encontram?

Tagaq negou com a cabeça.

— Não. Elas são horríveis e querem comer *qualquer coisa*. Não apenas nós, e não nós primeiro. Elas vão nos matar e nos comer se formos convenientes para elas. Mas, se fizermos com que outra coisa seja mais conveniente, elas ficarão felizes em mudar o cardápio. Então, fazemos duas coisas: nos tornamos alvos menos atraentes e as convencemos de que vale a pena atacar outras coisas.

Ela tirou um objeto do bolso e afirmou:

— Você lembra disso.

— A paradinha ultrassônica — falei.

— Nós chamamos de *berrante* — disse Tagaq. — Funciona com os caranguejos de árvore e outras criaturas. Você vai receber um. — Ela apontou para um cilindro. — Isso daqui faz você feder feito um parasita de kaiju particularmente desagradável.

— E isso é uma coisa boa, de algum modo?

— Considerando que a maioria das criaturas vai identificar em você o cheiro de algo que acreditam que vai comê-las ainda vivas, sim. Isso as fará correr para outra direção quando sentirem seu cheiro por perto.

— E o que pensam de mim os parasitas particularmente desagradáveis cujo cheiro estará impregnado em mim?

— Eles podem deixar você em paz. Eles podem tentar ver se você tem interesse em acasalar. Eles podem tentar comer você.

— Eles comem a própria espécie?

— Tudo aqui come a própria espécie, incluindo os kaiju.

— Isso não me tranquiliza.

Tagaq assentiu e pegou outro objeto.

— É por isso que temos este lançador. Ele lança cilindros de actinídeos e feromônios de estresse que imitam os sinais de presas feridas e disparam com o impacto. Se você vir algo vindo em sua direção, atire.

— Neles?

— Se quiser.

— Tenho *opção*?

— Não é para matá-los, é para chamar a atenção deles. Isso diz "sou gostoso de comer" em todas as línguas nativas daqui. Eles vão te esquecer e ir atrás do cheiro, onde quer que ele esteja. Assim como todas as outras criaturas na área.

— E então eles vão tentar comer uns aos outros em vez de me atacar.

— Você ou qualquer outra pessoa do seu grupo, sim.

— Se eu atirar *neles*, então tudo ao redor irá *atrás deles*, certo?

— Você acha mesmo que vai ter essa mira toda?

— Saquei.

— Obrigada.

— Certo, então. — Eu apontei. — Berrante, feromônios de parasitas, lançador "vem me comer". Tudo bem, mas e se eles não desistirem?

Tagaq levantou um cassetete.

— Você quer que eu bata neles com um porrete.

Ela apertou um botão no cassetete.

— O porrete tem cinquenta mil volts.

— Certo, melhorou.

— A carga não dura muito. Se você puder se livrar deles apenas com o porrete, faça isso. As coisas aqui sentem dor como em qualquer outro lugar. Guarde a voltagem para quando precisar.

— E quando um porrete não servir?

Tagaq fez uma careta e pegou a espingarda. Tinha um cano curto.

— Este é o seu último recurso. O tiro se espalha assim que sai do cano, para compensar sua completa falta de habilidade para mira. Ela *vai* matar quase qualquer coisa a uma curta distância e, a uma distância maior, os projéteis de urânio empobrecido mergulhados em feromônio nos cartuchos farão com que qualquer coisa que for atingida, mas não estiver morta, cheire a comida para todo o resto. Isso... e o sangue. Nem pense em apontá-la a noventa graus de qualquer ser humano. Essa é a coisa com a qual eu vou treinar você com mais afinco.

— Justo. E se não funcionar?

— Aí você morre.

— Ah. Eu meio que esperava que houvesse algo mais.

— Não. Morte. Vão arrastar você para a selva. Comer toda a sua carne até os ossos, que também serão comidos. Nada restará. De forma alguma.

— Isso é o que quero dizer quando digo que acho que você não é divertida em festas.

— Quando você terminar seu treinamento e sobreviver à sua primeira missão na selva, você e eu podemos cantar "Total Eclipse of the Heart" num dueto no karaokê — sugeriu Tagaq. — Até lá, você aprende. — Ela me entregou a espingarda. — Vamos começar com isso.

O elevador terminou de subir, e me surpreendi ao encontrar Aparna e Niamh no corredor.

— Vocês precisam de mim para alguma coisa? — perguntei.

— Nem um pouco, seu monstro de egocentrismo — disse Niamh. Eles acenaram para Tagaq. — Estamos aqui para vê-la.

— Niamh e eu fomos instruídos a fazer treinamento de solo — disse Aparna. — Vamos ajudar a colocar as câmeras no local de parto na próxima semana.

— É mesmo? — falei. Então me virei para Tagaq, que olhava para os dois, impassível. — Seja tão meticulosa com eles quanto foi comigo — pedi. Saiu em tom de brincadeira, mas eu não estava brincando nem um pouco.

— Pode deixar — disse Tagaq. Então ela olhou para Aparna e Niamh. — Precisamos pegar seus trajes.

15

— O negócio é o seguinte — disse Martin Satie, assim que nos aproximamos do ninho de Bella. — Eu deixo vocês, e aí terão dez minutos para posicionar seus instrumentos e fazer qualquer outra coisa que precisem fazer. Após dez minutos, estejam de volta ao local de pouso. Eu vou descer para buscá-los.

— Você não vai pousar? — perguntou Aparna.

Ela e Niamh estavam na área de passageiros do helicóptero com Ion Ardeleanu. Eu estava no banco do copiloto. Oficialmente, Ardeleanu estava encarregado da missão, mas, na verdade, ele e eu seríamos a segurança armada de Aparna e Niamh enquanto plantassem câmeras e instrumentos de medição. Os dois também estavam armados — Riddu Tagaq lhes dera o mesmo treinamento básico de armas que eu recebera alguns dias antes —, mas não tanto quanto Ardeleanu e eu. Havia câmeras e instrumentos para configurar.

— Dra. Chowdhury, eu nunca aterrisso no chão da selva se puder evitar — respondeu Satie. — Seria um ótimo jeito de acabar com essas criaturas no banco de trás. — Ele tocou em seu fone de ouvido. — Agora, vou manter um canal aberto e estou pronto para buscar vocês se precisarem de uma extração de emergência. Por favor, não precisem de uma extração de emergência.

Elas são confusas e perigosas. Voltem para a zona de pouso em vez disso. Dez minutos, nada mais.

— Como essas coisas funcionam normalmente? — perguntou Niamh para Satie. — Você precisa fazer muitas extrações de emergência?

— Não quando as pessoas são inteligentes — disse Satie. — Cada vez é diferente. Esta é a primeira vez que estou pousando perto de um local de explosão nuclear. E é a primeira vez que estou pousando perto de um kaiju aninhado. Talvez essas coisas não façam diferença. Talvez mudem tudo. Eu não sei, você não sabe, os doutores Ardeleanu, Chowdhury e Healy não sabem, e mesmo Jamie está no escuro. — Ele apontou para mim. — Quando voltarmos, vamos registrar tudo para que nossos colegas possam aprender sobre a experiência. Até lá, no entanto, optaremos por ser inteligentes e não precisar de uma extração de emergência.

— Amigão, se essa é a sua ideia de um discurso tranquilizador, você precisa se esforçar mais — disse Niamh.

— Não era para ser tranquilizador, então está tudo bem — assentiu Satie. — E chegamos.

Todos olhamos para fora para ver a montanha que era Bella, empoleirada na margem da cratera cheia de água da explosão. Ao redor dela estava a massa de sua geleia-natal, e ao redor desta havia um tapete verde, subindo e passando pelas árvores caídas. Um tapete de musgo e algas crescera agressivamente no solo antes chamuscado, como um lembrete de que a vida ali tratava a radiação de maneira muito diferente do que na nossa Terra.

A sudoeste de Bella, a cerca de oitenta metros dela, havia uma pequena área plana, grande o suficiente para Satie nos deixar. Olhei para Bella quando nos aproximamos. Ela parecia não ter nos notado.

— Ela está dormindo, como Edward estava? — perguntei a Satie.

— Pergunte aos especialistas.

— Ela está aninhando e guardando forças para pôr mais ovos — explicou Ardeleanu. — Ficar em um só lugar torna mais fácil para seus parasitas se alimentarem e voltarem para ela. Com base no comportamento de outros kaiju ao longo dos anos, a menos que a perturbemos diretamente ou que esteja em sofrimento físico, ela não vai acordar nem incomodar a nós ou ao helicóptero.

— Se ela fizer isso, você vai voltar para casa a pé — disse Satie.

— Vai ficar tudo bem — assegurou Ardeleanu. Ele olhou para Aparna e Niamh. — Vamos apenas fazer como praticamos ontem: entrar e sair e voltar para casa para olhar os dados.

Os dois concordaram. Nossa sessão de treinamento no dia anterior havia ocorrido no chão da selva diretamente abaixo da base, com pontos correspondentes aos locais que as fotos do aeróstato sugeriam ser os ideais para colocar as câmeras e os instrumentos. Niamh e Aparna tinham refinado sua habilidade de bater nas estacas às quais os instrumentos se prenderiam e, em seguida, posicionar as cúpulas transparentes da câmera e dos próprios pacotes de instrumentos. Eu me tornara melhor em me movimentar tanto com a espingarda quanto com o lançador de cilindros — cada um já dando uma trabalheira por si só. Isso sem contar o treinamento com o cassetete elétrico e uma bandoleira que continha cartuchos de espingarda, cilindros de feromônio e sprays variados. Niamh deu uma olhada na bandoleira durante o treino e me informou que o Chewbacca havia ligado, pedindo suas roupas de volta.

— Vamos descer — disse Satie.

Iniciamos nossa descida.

— Lembre-se, Jamie e eu saímos primeiro — disse Ardeleanu. — Então sinalizo para vocês dois, que vão tirar os instrumentos do porão de carga. Jamie fará sinal para Satie decolar quando tiverem pegado tudo e a carga estiver segura. — Aparna e Niamh concordaram. — Vai ficar tudo bem — repetiu Ardeleanu.

A terra se ergueu para nos encontrar, e então Satie pairou, a centímetros do solo.

— É isso — disse ele. E acenou para mim. — Cuidado onde pisa.

Eu assenti com a cabeça, substituí meus fones de ouvido por fones muito menores, abri a porta para pular fora, saí e deslizei com força, caindo de bunda. O musgo e as algas tinham deixado o chão escorregadio. Estalei o joelho na queda e xinguei por causa da dor. Podia ouvir Satie dizendo algo para mim através do novo fone de ouvido, mas o barulho dos rotores tornava difícil escutar. Decidi ignorá-lo e, em vez disso, me levantei (com todo o cuidado), peguei meu lançador de cilindros e a espingarda, acionei as travas de segurança e manquei até a porta do passageiro. Dei batidinhas nele até que Ardeleanu a abriu e saiu. Ele me vira cair e foi mais cuidadoso ao colocar os pés no chão antes de pegar as próprias armas.

Nós dois demos uma olhada rápida e não vimos nada vindo em nossa direção; o helicóptero provavelmente estava assustando tudo em um raio de cem metros. Ardeleanu fez um sinal para Aparna e Niamh, que saíram — com cuidado — e depois foram para o pequeno porão de carga logo atrás da área de passageiros, tirando as duas grandes bolsas estofadas que carregavam dois conjuntos de instrumentos, suas estacas e a "ferramenta de embutir" — um nome chique para martelo emborrachado. Os conjuntos de instrumentos estavam dentro de cúpulas de acrílico que pareciam do tipo em que se guardaria bolos num restaurante, mas em vez de bolos havia várias câmeras e outros equipamentos científicos.

Niamh e Aparna fecharam o porão de carga, me deram um sinal de positivo, e então todos nos afastamos do helicóptero. Satie estava esperando meu sinal; assim que o viu, subiu cem metros e manteve a posição.

— Cuidado, está escorregadio — alertou Niamh através dos fones de ouvido.

Fiz uma careta para ele. Então me virei para Aparna.

— Você vem comigo — falei.

— Segurança em primeiro lugar — disse Ardeleanu, e abriu o compartimento na bandoleira que continha o feromônio do parasita. — Berrantes e spray.

Eu assenti, peguei meu próprio spray e borrifei Aparna enquanto ela fazia o mesmo com Niamh. Então pulverizei Ardeleanu e ele pulverizou a mim.

— Cheiro de morte dos infernos — comentou Niamh.

— Essa é a ideia — lembrou Aparna.

Coloquei o spray no lugar e tirei meu berrante do bolso, liguei e o guardei. Observei Aparna fazer o mesmo e ergui o polegar para Ardeleanu, que fez o mesmo quando os berrantes dele e de Niamh também foram ligados.

Ardeleanu consultou o relógio.

— Levou só um minuto — disse ele. — Fizemos isso no treinamento em seis minutos. Estaremos de volta em cinco minutos e quarenta e cinco segundos.

Vi Niamh revirar os olhos; elu não estava interessade em quebrar um recorde pessoal, mas partiu com Ardeleanu mesmo assim.

Olhei para Aparna.

— Pronta?

— Não vou me apressar, se você não se importar — disse ela.

— Tudo bem. Rapidez, não burrice.

Caminhamos na direção oposta à de Niamh e Ardeleanu, em direção ao nosso primeiro local escolhido, a cerca de cem metros dali. Andamos com cuidado, porque as algas e o musgo não estavam ficando menos escorregadios à medida que avançávamos.

Nosso primeiro destino era o mais distante, porque a intenção era terminar o mais perto possível do local de pouso. Enquanto caminhávamos, eu ficava de olho na paisagem, tanto naquela imediatamente ao nosso redor, de onde viria qualquer coisa que quisesse tentar nos comer, quanto na forma imponente de Bella. Andar ao redor dela era como andar ao redor da Estátua da Liberdade, isto é, se a Estátua da Liberdade pudesse, a qualquer momento, brotar asas e subir ao céu.

Aparna seguiu meu olhar.

— Ela é incrível, não é?

— *Incrível* não dá conta disso.

Aparna assentiu.

— Ainda não parece real, não é? Tudo isso.

— Cair de bunda lá atrás pareceu bem real — assegurei para ela.

— Sim, certo, tudo bem. Mas todo o *resto*. Estamos de pé onde uma explosão nuclear ocorreu há duas semanas. O chão está escorregadio de vida. — Ela apontou para o nosso lado, onde a espessa geleia-natal jazia no chão. Eu podia ver os ovos nela, esferoidais e do tamanho de bolas de boliche. Gavinhas venosas cresciam deles e se dissipavam na geleia. — Há coisas naquilo, que vão crescer e virar *aquilo*. — Ela apontou para Bella. — Uma coisa que eu ainda acho que não poderia existir fisicamente se me perguntassem. Ainda assim, aqui estamos. Irreal.

— Você ainda acha que os kaiju não poderiam existir fisicamente? — perguntei.

Percebi coisas deslizando ao nosso redor. Os berrantes e os feromônios de parasitas estavam fazendo seu trabalho, criando uma onda de criaturas determinadas a nos evitar. A maioria deles naquele momento eram insetos e pequenos lagartos, nenhum dos quais representaria uma grande ameaça para nós. Eu suspeitava de que a maior parte da ação real da criatura estava ocorrendo na geleia-natal, onde criaturas maiores estavam comendo ovos de kaiju e depois sendo comidas por parasitas. A "natureza vermelha em dentes e garras", como Tennyson dissera certa vez. Ou, o ciclo da vida, como dissera Mufasa.

— Eu li o resumo — disse Aparna. — A ciência faz sentido. É só que é tão *complicado*. As coisas que os kaiju precisam fazer para viver são absurdas.

— Você está falando sobre o fato de serem reatores nucleares orgânicos? — sugeri. Estava dando trela para Aparna não apenas para manter uma conversa, mas porque eu tinha um pressentimento de que ela estava mais nervosa em sua primeira missão do que deixava transparecer. Fazê-la falar a distrairia disso.

— Sim, mas isso é só uma coisa. E não é a mais estranha. O pior é que eles têm ventiladores.

Eu fiquei de queixo caído. Ela continuou:

— E o mais estranho *disso* é que os ventiladores não fazem parte deles. São colônias de parasitas...

Então Aparna começou a falar sobre como os parasitas puxavam ar para dentro do kaiju e esfriavam suas partes internas, incluindo o reator, e como essa troca de calor mal era o bastante, e como a ingestão constante de ar significava que sempre havia uma brisa ao redor de um kaiju, e como essa constante ventilação fazia do kaiju um dos polinizadores mais importantes daquele planeta, e assim por diante, e desse jeito Aparna nem teve tempo para ficar nervosa enquanto caminhávamos.

Até que chegamos ao lugar onde havíamos planejado plantar o primeiro conjunto de instrumentos... e encontramos um monte de caranguejos de árvore devorando uma carcaça exatamente ali.

— Ah, merda — disse Aparna, parando.

— Continue andando — indiquei. — Estamos com nossos berrantes ligados. Vamos assustá-los à medida que nos aproximarmos.

E foi o que aconteceu com a maioria deles, que se afastou conforme nos aproximávamos. No entanto, cinco caranguejos de árvore permaneceram, defendendo a carcaça, acenando as antenas de forma ameaçadora para nós.

Eu já havia passado por isso. Mas, ao contrário da primeira vez, a essa altura eu já tinha passado um tempo sob a tutela de Riddu Tagaq aprendendo a lidar com aqueles filhos da puta.

Você marcha até eles, segura-os no meio da carapaça, onde eles têm um ponto cego, e depois os joga longe com força.

Foi o que fiz com o primeiro que encontrei antes que ele tivesse tempo de reagir. Eu o arremessei e ele voou, chiando de susto. Minhas habilidades de luta contra caranguejos eram impecáveis.

Seus companheiros viraram as antenas para seguir seu caminho pelo ar e caíram novamente, e então voltaram sua atenção para mim.

— Quem mais quer se divertir? — perguntei.

Em um filme, todos eles teriam fugido comicamente. Na realidade, tive que repetir o processo de agarrar e jogar mais quatro vezes. Aí precisei pegar a carcaça apodrecida e jogá-la a alguma distância de nós, para que, caso os caranguejos de árvore voltassem, eles incomodassem o cadáver, não a nós. Saí de toda a experiência com um cheiro ainda pior que já estava, o que não era dizer pouca coisa.

Fiquei onde havíamos planejado colocar o conjunto de instrumentos e fiz um gesto de "ta-dá".

— Quando estiver pronta, dra. Chowdhury.

Aparna despertou do transe e iniciou os trabalhos depressa: abriu o zíper da bolsa, puxou a estaca e o martelo e começou a instalar os instrumentos de medição.

Enquanto ela fazia isso, avaliei a área, com o lançador de cilindros a postos. Se havia algo maior do que um caranguejo de árvore, não estava se revelando. A única vantagem de andar por um campo de detritos de explosão nuclear, se for para chamar isso de vantagem, era que havia muita pouca verticalidade. Nada nos atacaria de cima. Era uma dimensão a menos para se preocupar.

— Pronto — disse Aparna, levantando-se. O conjunto de instrumentos estava a alguns centímetros do chão, e suas câmeras estavam agora mais ou menos na mesma altura de um humano deitado.

— Está transmitindo? — perguntei.

Aparna assentiu e apontou para uma luz verde nos aparelhos.

— Transmitindo para o aeróstato mais próximo, e recebendo também. Provavelmente a base já está recebendo o sinal de volta.

Acenei para o conjunto e depois olhei para o meu *smartwatch*.

— Isso levou quatro minutos. Venha, vamos instalar o outro e voltar para o helicóptero.

— Está tudo indo bem até agora — comentou Aparna.

— Qual é, Aparna. Não dê azar.

— Isso correu melhor do que eu pensava — disse Ion Ardeleanu, literalmente, logo antes de escorregar, cair no musgo e ser atacado por algo do tamanho de uma pantera vindo da geleia-natal.

Não vimos o bicho se aproximar. Ardeleanu estava subindo uma pequena colina inclinada, e Niamh estava à sua frente. É justo dizer que eu e Aparna estávamos de olho em Niamh, não em Ardeleanu — não só por causa da nossa amizade com Niamh, mas também porque era o papel dele fazer a segurança e, portanto, manter a si mesmo seguro. Diferente de nós, não era a primeira vez que ele realizava uma missão externa. Pensamos que soubesse o que estava fazendo. Ninguém estava preparado para seu escorregão, sua queda e, em seguida, a criatura surgindo da geleia para atacá-lo.

Quando aconteceu, Aparna e eu estávamos a vinte metros de Niamh, que estava dez metros à frente de Ardeleanu. Estávamos perto o suficiente de Niamh para que elu visse nossas expressões mudarem e se virasse para ver o que estava acontecendo. Niamh segurava o cassetete, assim como Aparna. Uma vez que seus instrumentos tinham sido instalados, estavam livres para auxiliar na defesa do grupo.

Isso foi útil para Ardeleanu, porque Niamh não perdeu tempo. Elu correu para onde ele estava — de algum modo, sem escorregar e cair — e começou a golpear a criatura, que agora estava tentando puxar Ardeleanu de volta pela encosta, em direção à geleia-natal kaiju. Aparna e eu corremos para ajudar.

O golpe de bastão de Niamh fez a criatura soltar o biólogo caído, e agora, aparentemente irritada, a fera começou a fazer movimentos ameaçadores em direção a Niamh. Elu não se impressionou e atacou a coisa de novo, e dessa vez houve um estalo perceptível quando um arco voltaico saltou do bastão para o que parecia ser a cara da criatura. Niamh tinha ligado a corrente elétrica do cassetete. A criatura recuou depressa, balançando a cabeça, mas não fugiu.

Aparna foi até Ardeleanu e verificou seus ferimentos. Fui até Niamh, que parecia com raiva e prestes a se atracar com a criatura.

— Você está bem? — perguntei.

— Que pergunta mais estúpida para se fazer agora — disse Niamh, querendo dizer que, sim, estava bem.

A criatura parou a vários metros de distância, nos avaliando. Gritei de volta para Aparna:

— Como está aí?

— A perna esquerda está ferida e sangrando — disse ela.

— Estou bem — disse Ardeleanu, tentando se levantar.

Aparna colocou a mão no peito dele para impedi-lo de se mexer.

— Ele não está bem nada.

Eu concordei e mexi meu fone de ouvido para falar com Satie.

— Tanaka Dois, câmbio.

— Nem precisa me dizer, estou vendo — disse Satie. — Chegando até vocês para uma extração de emergência.

— Ótimo.

A criatura começou a fazer um barulho.

— Acho que vocês deveriam saber que tem mais dessas coisas a caminho — avisou Satie. — Estou vendo outras subindo pela geleia.

— Entendido — falei.

Levantei meu lançador de cilindros e, seguindo as instruções, lancei um deles, que passou pela criatura e caiu em algum ponto além da geleia-natal, onde explodiu com um impressionante "puf" e uma nuvem de poeira metálica e de feromônios.

A criatura olhou de volta para a baforada, e então, lenta e decididamente, de volta para nós.

— Então, *isso* não é bom — comentei. Entreguei minha espingarda para Niamh. — Se essa coisa se mover, atire nela.

— Obviamente.

Voltei para Aparna e Ardeleanu, que ainda tentava se levantar.

— Eu consigo andar — assegurou ele.

— Cacete, cala a boca — falei, pegando a espingarda e o lançador de cilindros dele. — Escolha um — disse para Aparna. Ela pegou o lançador. Recarreguei o meu na bandoleira e preparei a espingarda. — O helicóptero está vindo até nós — avisei a ela.

— Eu sei — respondeu Aparna, e fez um gesto com a cabeça. Satie estava se movendo para a posição de descida. — Vou precisar de ajuda para colocá-lo no helicóptero.

— Eu consigo — disse Ardeleanu.

— Cala a boca — dissemos nós dois. — Vou mandar Niamh voltar quando Satie chegar aqui — falei para Aparna.

Ela assentiu. Voltei até Niamh.

— O filho da puta não se mexeu — avisei para Niamh.

— Não, está esperando reforços. — Apontei para a geleia, onde várias outras criaturas se movimentavam em nossa direção. Algumas delas tinham sido desviadas pelo cilindro com seu cheiro delicioso, mas outras continuavam se aproximando.

— Graças a Deus montamos os conjuntos de instrumentos — disse Niamh. — Agora a base vai poder nos ver sendo comidos em alta definição.

Eu concordei.

— Vá ajudar Aparna com Ardeleanu — falei.

O helicóptero estava perto o suficiente para abafar nossas vozes. Niamh recuou, e agora só sobrara eu de pé na frente da criatura. Dois de seus amigos estavam a cerca de vinte metros de distância, movendo-se lentamente em minha direção.

Pensei nas minhas opções, guardei a espingarda e peguei o lançador de cilindros. A criatura pareceu me observar fazendo isso, mas não se moveu, esperando que seus amigos chegassem mais perto.

Aproximei-me agressivamente da criatura, estreitando a distância entre nós e gritando, como que para ameaçá-la. Então comecei a balançar no musgo espesso e nas algas.

Era isso que a criatura estava esperando — que eu perdesse o equilíbrio, me distraísse e ficasse sem defesas. Ela abriu bem a boca, soltando um grito que se perdeu sob o barulho dos rotores do helicóptero, e se curvou para pular.

E isso era o que *eu* estava esperando. Meu equilíbrio estava ótimo. Eu havia apenas fingido para aquele filho da puta assustador. E agora sua boca estava aberta.

Atirei o cilindro diretamente entre suas mandíbulas.

"Você acha mesmo que vai ter essa mira toda?" Lembrei-me de Riddu Tagaq me fazendo essa pergunta quando lhe questionei sobre disparar um cilindro em uma criatura.

Minha mira continuava não sendo grande coisa.

Mas acontece que eu também estava atirando de uma distância muito, muito curta.

O cilindro estourou na boca da criatura, disparando como a granada que era e jogando a criatura já desequilibrada para trás — bem na direção de seus companheiros que se aproximavam. Estes, uma vez que sentiram o cheiro do amigo, agora atordoado ou morto, esqueceram-se de mim e decidiram que o outro era uma refeição mais fácil.

Tagaq estava certa; os animais daquele planeta iam nos comer se fôssemos convenientes. Então, era preciso tornar outra coisa uma refeição mais conveniente para eles.

Suponho que poderia ter usado a espingarda para obter o mesmo efeito. Mas, honestamente, usar o lançador de cilindros foi muito mais satisfatório.

Mais criaturas estavam saindo da geleia em direção ao companheiro caído. Tomei isso como a deixa para me despedir. Voltei devagar para o helicóptero, mantendo a consciência situacional até chegar à porta do copiloto. Abri e entrei. Satie decolou enquanto eu ainda estava prendendo o cinto de segurança.

— O que eu falei sobre não precisar de extração de emergência? — disse ele para mim, depois que coloquei o cinto e coloquei o fone de ouvido do helicóptero.

— Foi mal — falei. Olhei de volta para o compartimento de passageiros. Ardeleanu estava no chão e Aparna estava inclinada acima dele, limpando os ferimentos com o antisséptico do estojo de primeiros socorros do helicóptero. — Como ele está?

— Parece muito mal — comentou Niamh.

— Diga à base que vamos precisar de atendimento médico — falei para Satie.

— Fiz isso antes de pegar vocês — disse ele.

Olhei para Ardeleanu, que não estava com fones de ouvido. Ele falava algo abafado pelo barulho da cabine. Parecia ser "eu estou bem". Aparna o ignorava e continuava cuidando dele. Ela era a sensata ali. Olhei para Niamh, que ainda parecia com raiva. Não estávamos todos bem, mas estávamos todos vivos. Eu considerava isso uma vitória. Olhei para a frente, depois para o lado de fora do helicóptero, e soltei um longo e trêmulo suspiro. Satie percebeu, mas não disse nada — até vários minutos depois, quando sua curiosidade o venceu.

— Ei, não consegui ver muito bem — comentou ele —, mas você realmente acabou de atirar na cara de uma daquelas coisas com uma maldita *arma de cilindros*?

16

Quando chegamos, uma maca nos esperava para levar Ardeleanu ao centro médico. A base Tanaka tinha dois médicos e dois enfermeiros, e uma das médicas, Irina Garin, era cirurgiã. Suspeitei que Ardeleanu a visitaria em breve. Ele foi eficientemente removido do helicóptero e levado embora, repetindo por todo o caminho que *estava bem, sério, de verdade.*

— Estou feliz que ele esteja em segurança agora, mas, quando estiver melhor, talvez eu lhe dê um soco — disse Niamh, observando-o ser levado.

— Parece justo — falei. — Como você está? — Olhei para Aparna. — Como vocês estão?

— Eu preciso de uma bebida — disse ela.

— *Uma?* — questionou Niamh. — Eu preciso de várias.

Aparna sorriu.

— Foi isso que quis dizer, mas não queria parecer uma bêbada.

— Foda-se isso. Depois da aventura de hoje, vou encher a cara e usar a porra de um abajur como chapéu.

— Pode deixar que eu vou pagar a primeira rodada — falei. — Depois disso, você fica responsável por comprar seu próprio abajur.

Nós nos despedimos de Satie e prometemos lhe pagar uma bebida quando tudo terminasse. Depois subimos o túnel até a base, onde quase todos estavam esperando por nós, sob aplausos.

Kahurangi saiu da multidão e deu um abraço em cada um de nós.

— Obrigado por não morrerem — disse ele.

— Que diabos é isso? — perguntei, olhando ao redor.

— Cara, todo mundo viu o vídeo de vocês três salvando Ardeleanu.

— Todo mundo?

— Bem, foi um dia de notícias fracas.

Eu olhei em volta.

— Pelo visto.

Kahurangi me deu um soquinho carinhoso no ombro.

— Aceite a vitória, Jamie. Hoje, vocês três salvaram o dia.

Ele me empurrou de leve para a multidão que aguardava. Aparna e Niamh vieram atrás. Recebemos vários abraços e tapinhas nas costas.

Afinal, Niamh tinha razão. As câmeras dos conjuntos de instrumentos estavam funcionando e, graças às suas posições, capturaram o ataque a Ardeleanu e nossa defesa de vários ângulos. O mesmo aconteceu com o aeróstato, que forneceu uma visão aérea. Todos esses pontos de vista foram transmitidos para a base Tanaka em tempo real; o vídeo adicional do helicóptero de Satie seria incluído nele após a transferência. Quando voltamos para a base, tínhamos nos tornado o programa obrigatório. Todos viram Aparna ajudar seu companheiro caído, Niamh dar um choque de cassetete elétrico na cara da criatura e eu atirar na boca dela.

— Precisei vir parar em outro planeta para viralizar — comentou Aparna mais tarde no nosso chalé, enquanto assistíamos ao vídeo do ataque. Nós três havíamos recebido instruções de tirar a tarde de folga. Kahurangi, presumivelmente, estava matando trabalho.

— Você é muito famosa para 150 pessoas — disse Niamh para ela.

— Esse é o nível de fama que eu sempre quis.

— O que estava pensando quando começou a bater naquela coisa com essa porra? — perguntou Kahurangi para Niamh. Estávamos num ponto do vídeo em que Niamh já tinha surtado com a criatura, mas ainda não a eletrocutara.

— Em que parece que eu estava pensando? Eu estava num estado de fúria.

— Não te falta ódio, amigue — observou Kahurangi.

— Você não faz ideia.

— E você? — perguntou Kahurangi para mim.

— Eu estava pensando principalmente que Satie ficaria muito irritado conosco — contei. — Ele nos disse para não ter uma emergência, aí fomos lá e arrumamos uma.

— Não foi culpa sua. Foi Ardeleanu. — Kahurangi voltou para a parte em que o biólogo caía de bunda e a criatura pulava aparentemente do nada para pegá-lo.

— Cara, eu também escorreguei e caí — falei. — Foi a primeira coisa que fiz saindo do helicóptero. Meu joelho ainda dói. Ele foi atacado, mas poderia ter acontecido com qualquer um de nós.

— Não comigo — interrompeu Niamh.

— Não, seu ódio teria te tornado absolutamente imune a ataques, se tivesse caído — falei.

— Pode crer que sim.

Os nossos telefones emitiram ruídos de notificação em uníssono. Aparna pegou o dela primeiro.

— Atualização sobre Ardeleanu — disse ela. — Rupturas musculares, mas nenhum ligamento rompido nem grandes vasos sanguíneos perfurados. Ele vai receber um programa completo de antibióticos e um par de muletas, e foi informado de que não fará mais trabalho de campo durante este circuito. Ele vai ficar bem.

— Justamente o que ele disse — lembrei.

Niamh estreitou os olhos.

— Pode parar.

— Desculpe.

— Além disso — continuou Aparna —, depois do jantar hoje à noite haverá uma cerimônia especial e uma festa em nossa homenagem. A nós três, quer dizer. Desculpe, Kahurangi.

Ele sorriu.

— Considerando o que vocês tiveram que fazer para conseguir uma festa, estou feliz em ficar de fora.

— Sobre o que é essa "cerimônia especial"? — perguntou Niamh.

Aparna voltou a ler o aviso.

— Diz que devemos ser "introduzidos nas ordens".

A testa de Niamh franziu.

— E o que diabos você acha que *isso* significa?

* * *

— De tempos em tempos, de vez em quando, aqui e ali, encontramos em nossas fileiras pessoas que fazem coisas extraordinárias em momentos extraordinários — começou Brynn MacDonald. Estávamos no refeitório, onde ela tinha acabado de jantar, então se levantou e literalmente gritou para todo mundo calar a boca e prestar atenção nela. Se isso fazia parte da "cerimônia especial", então era algo bastante informal. — E, quando isso acontece, o que fazemos?

— Introduzimos nas ordens! — gritaram todos em resposta.

— É isso aí! E hoje é um desses dias — continuou MacDonald. — A essa altura, tenho certeza de que vocês já viram o vídeo de Ion Ardeleanu quase virando jantar, até que três de nossos mais novos cidadãos da base Tanaka foram em seu socorro. Para comemorar esse evento, é hora das introduções. Para começar, dou a palavra à minha contraparte da Equipe Azul, nossa grande amiga, Jeneba Danso.

Houve aplausos quando MacDonald se sentou e Danso se levantou de seu lugar.

— Nossa primeira introdução da noite vai para Ion Ardeleanu — começou Danso.

Ela se virou para onde Ion Ardeleanu estava sentado e sinalizou para que ficasse de pé, o que ele fez com a ajuda de suas novas muletas. Danso segurava algo que um olhar um pouco mais atento revelou ser um tipo de medalha barata de plástico em uma fita.

— Nosso biólogo-chefe está no seu quinto turno de serviço aqui na base Tanaka e, durante seu mandato, descobriu, identificou e classificou centenas de espécies deste planeta. Mas, como aprendemos hoje, a única coisa que ele *não* descobriu nesse período é que qualquer uma das criaturas que ele identificou e nomeou ficaria feliz em comê-lo!

Todos caíram na risada — e por que não? Ardeleanu não estava morto. É fácil fazer piada quando você está vivo.

— Para comemorar sua fuga das garras da morte, e para lembrá-lo de ser mais cuidadoso da próxima vez, esta noite tenho o orgulho de introduzir Ion na Antiga e Sagrada Ordem do Delicioso Bolinho do Lanche.

Entre aplausos, Danso caminhou até Ardeleanu e colocou a medalha em seu pescoço, dando-lhe um beijo na bochecha.

— Essa é uma ordem antiga e sagrada? — perguntei a Kahurangi, que estava sentado ao meu lado à mesa, enquanto aplaudia.

— Acho que eles inventam essas ordens antigas e sagradas na hora — explicou ele.

— Obrigado, Jeneba, e obrigado, base Tanaka — disse Ardeleanu, depois que os aplausos diminuíram. — Tenho orgulho de ser reconhecido como uma delícia. — Aqui as pessoas reclamaram, como ao ouvir um tiozão usar gírias que não deveria. — E espero que esta seja a última vez que algo me veja como tal.

Mais aplausos.

— Mas esperem! Afinal, como se vê, sou o próximo a conceder uma ordem. Quando caí e fui vítima de uma tentativa de ingestão, uma vez que a muito rude criatura foi removida de minha perna, fui tratado com a compassiva atenção da dra. Aparna Chowdhury, que primeiro me protegeu de outros mordiscos e depois cuidou de mim até que conseguíssemos voltar à base. Lembro-me de dizer a ela que estava bem e de sua posterior resposta, que aqui cito: "Cala a boca".

Mais risadas.

— E acontece que ela estava certa. Eu não estava bem, e ela sabia disso. Odeio ser o centro das atenções, mesmo quando isso acontece porque um monstro me considera um lanche saboroso. Mas ela me manteve no centro da atenção *dela* até que eu estivesse seguro em casa. Em reconhecimento ao seu cuidado para comigo, apesar de minhas tentativas de fingir que uma perna retalhada não era grande coisa, estou feliz em introduzir a dra. Chowdhury na Antiga e Sagrada Ordem da Enfermeira Muito Persistente. Aparna, você terá que vir até mim, ainda não estou muito firme.

Novamente sob aplausos, Aparna se apressou até ele, pegou a medalha de plástico, deu um abraço em Ardeleanu e retornou à sua cadeira o mais rápido que pôde. Ser famosa para 150 pessoas era de fato seu limite.

Ardeleanu voltou a se sentar e MacDonald ficou de pé outra vez.

— Agora é a minha vez de fazer uma introdução — disse ela. — Dre. Niamh Healy está conosco há… Caramba… apenas duas semanas. E, no entanto, quem passou algum tempo com Healy nessas duas semanas aprendeu, e aposto que apreciou, sua absoluta intolerância a palhaçadas. Então, quando esse parasita pulou em Ion, Healy fez o que Healy faz, que é dizer: "Isso é uma palhaçada", e foi resolver. Com um cassetete elétrico!

Aplausos.

— Por sua relutância em aceitar qualquer merda, seja de humanos ou de grandes e repugnantes parasitas, bem como sua evidente habilidade com armas brancas, fico absolutamente encantada em introduzir Niamh Healy na Antiga e Sagrada Ordem da Palhaçada Total.

Mais aplausos, e Niamh foi buscar a medalha e o abraço. Niamh virou-se para os grupos reunidos e ergueu a medalha, com a fita enrolada no pescoço.

— Isso é uma palhaçada! — disse Niamh. Houve gritos e toda uma arruaça quando elu voltou a se sentar.

Essa foi a deixa para Tom Stevens se levantar.

— Acho que já contei a vários de vocês sobre como recrutei Jamie Gray — disse ele. — Envolvia entrega de comida e uma necessidade de última hora de alguém para carregar coisas aqui na base. — Eu ri. — Então tive sorte, mas acho que Jamie também teve. Quem mais entre nós, em suas primeiras duas semanas, foi perseguido por um kaiju, escapou por pouco de uma explosão nuclear e, em seguida, servindo de isca, atirou na cara de parasita com um lançador de cilindros? Quer dizer, este é meu terceiro circuito e não fiz nem uma única dessas coisas. — Ele olhou para mim. — Eu admito, Jamie, estou morrendo de inveja.

— Você deveria estar mesmo — assenti. Isso rendeu risadas.

— Qualquer um que já passou pelo treinamento de armas com Riddu Tagaq, o que significa todos nós neste momento, sabe que o mantra dela é: "Você realmente acha que vai usar isso?". Contudo, eis aqui Jamie, que, ao se deparar com um parasita que comeria todo mundo naquele grupo, marchou até o bicho, berrou na cara dele e lhe atirou um cilindro direto na boca. Bem na porra da boca, pessoal.

— Vou ter uma conversinha com Jamie sobre isso — disse Riddu Tagaq, de algum lugar no refeitório, o que rendeu muitas risadas.

— E assim, pela frieza sob pressão, por dar ao resto do time visitante o tempo necessário para levar Ion de volta ao helicóptero com segurança e por ter a coragem absoluta de ignorar Riddu Tagaq, estou orgulhoso e feliz em premiar Jamie Gray com a Antiga e Sagrada Ordem do Puta Merda Jamie Acabou de Atirar Direto na Boca Daquele Parasita com um Lançador de Cilindros.

— Estão definitivamente inventando isso na hora — disse Kahurangi para mim.

Eu sorri, peguei minha medalha, dei um abraço em Tom e agradeci a todos. Então MacDonald declarou que era oficialmente hora da festa, a música ficou mais alta e as pessoas foram pegar bebidas. Agradeci aos que vieram me parabenizar e, quando vi uma brecha, dei uma olhada melhor na minha medalha. Ela continha as palavras "Pai Mais Mediano do Mundo", o que por muitas razões não era muito preciso, mas eu sabia que era a intenção que importava.

Senti um toque firme no ombro. Quando me virei, vi o rosto impassível muito sério de Riddu Tagaq.

— Eu tenho como explicar — falei. Era mentira; eu não tinha nenhuma explicação.

Tagaq ergueu a mão.

— Explicações depois. Temos outros negócios esta noite.

— Temos?

— Sim, temos — disse Tagaq. Então ela abriu um enorme sorriso. — Karaokê!

No dia seguinte, tudo voltou ao normal. Aparna e Niamh voltaram ao trabalho, ambos revisando o vídeo e os dados dos instrumentos que haviam instalado. Acho que o pensamento geral era que, se eles tinham sido atacados por criaturas enquanto faziam a instalação, mereciam liderar o trabalho resultante.

Do mesmo modo, apesar da minha introdução na Antiga e Sagrada Ordem de Seja-lá-o-que-for-isso-em-que-me-introduziram, as pessoas ainda precisavam que as coisas fossem entregues, removidas ou carregadas, e eu não queria que Val pensasse que eu estava abusando da minha glória. No dia seguinte à festa, as pessoas ainda me davam parabéns e me contavam sobre suas próprias introduções em ordens. No dia depois desse, ninguém mais se importava.

E, por mim, tudo bem. Era um fardo pesado ser o Pai Mais Mediano do Mundo; eu não precisava pensar nisso o tempo inteiro. No dia seguinte, Tom veio até mim quando eu saía do refeitório depois de almoçar. Ele estava com seu tablet nas mãos quando se aproximou.

— Em primeiro lugar, isso não é minha culpa — disse ele.

— Essa é uma ótima forma de começar um assunto.

— Nossos primeiros turistas chegam em alguns dias.

— Sim, eu sei.

Eu já tinha recebido a lista dos vips que chegariam nas próximas três semanas, e era o que eu tinha certeza de que seria: uma mistura bem padrão de militares, observadores políticos e cientistas, que poderiam efetivamente ter algo útil para acrescentar ao nosso trabalho.

— Houve uma mudança de última hora na programação desta semana. Acabou de chegar da base Honda, que acabou de receber da nossa Terra.

— Certo, e daí?

— Eles substituíram o dr. Plait por um de nossos financiadores mais recentes.

— Tudo bem, então vou cuidar de um bilionário. Conheço o tipo.

— Bem, esse é o problema.

— Droga, Tom, pare de ser vago.

Ele me entregou o tablet.

— Eu só preciso que você se lembre, de novo, que não tive nada a ver com isso.

Peguei o tablet e li a lista de visitantes alterada.

— Você só pode estar brincando comigo.

A *Shobijin* baixou até o cais e, imediatamente, a tripulação do dirigível da base Tanaka começou a trabalhar, prendendo cabos e preparando-se para descarregar os vários suprimentos que levava, nosso cordão umbilical nos conectando com a base Honda e, portanto, com o nosso mundo. Uma vez esvaziado, o dirigível seria recarregado, em parte com amostras científicas ou materiais criados em Tanaka e solicitados por outras bases, como cilindros de feromônios kaiju específicos — a Tanaka era mais bem equipada para prepará-los do que algumas outras bases.

Sobretudo, porém, a *Shobijin* seria carregada com o lixo que não podíamos tratar, reciclar ou compostar; ela voltaria para a Honda e depois à nossa Terra para o descarte adequado. Pode parecer bastante extravagante transportar o lixo por via aérea e em seguida enviá-lo por uma porta dimensional para se livrar dele, mas assim funcionava a SPK. Levávamos a sério a ideia de deixar a menor marca possível naquele mundo.

Numa pequena mudança de planos, contudo, nesta viagem a *Shobijin* estaria trazendo lixo para Tanaka.

A passarela coberta que levava à base Tanaka foi estendida, e a porta do compartimento de passageiros aberta. Como se tratava principalmente de uma viagem de carga, a cabine de passageiros da *Shobijin* havia sido reconfigurada, mas ainda havia alguns lugares para os turistas que viriam nos visitar.

O primeiro deles enfim apareceu na porta e começou a descer a passarela, seguido por um segundo e depois um terceiro — e aparentemente último.

Rob Sacodemerda Sanders. O ex-CEO da füdmüd.

— Como, em nome de Deus, *ele* pode vir fazer turismo aqui? — Foi o que eu perguntara a Tom no dia anterior, quando ele me dera a notícia de que Sanders estava a caminho.

— Eu não sei — respondera Tom. — A única coisa que posso supor é que ele tenha doado à SPK alguns desses bilhões que você disse que ele ganhou com a venda da füdmüd, e por isso o deixaram visitar.

— Então é assim que funciona? Jogue alguns milhões para a SPK e eles deixam você fazer carinho nos monstros?

— Bem, na verdade, sim — admitira Tom. Eu olhara torto para ele, e ele notara. — É assim que a banda toca, Jamie. Não há muitos governos que possam nos financiar sem que tornemos quem somos e o que fazemos parte do registro público. Fazer com que os super-ricos deliverem seu dinheiro...

— Peguei essa aí, hein?

— ... é parte de como fazemos nosso trabalho e conseguimos manter isso em segredo.

— É uma maneira esquisita de obter financiamento.

— Espere só até descobrir que pelo menos parte desse financiamento bilionário é na verdade financiamento do governo — dissera Tom. — Eles contratam a empresa do bilionário para um serviço caro, sem licitação, com o entendimento de que parte dessa receita vai chegar até aqui.

— Os bilionários estão lavando dinheiro do governo para nós?

— Basicamente.

— Reitero meu espanto de que tudo isso ainda seja um segredo.

— Compreendo. E lembre-se do que eu disse na primeira vez que falamos sobre isso. É segredo, mas não é tão segredo assim. — Tom apontara para o tablet. — Às vezes, isso significa receber pessoas que preferiríamos que não soubessem do segredo.

Observando Rob Sanders descer a passarela, inclinei-me para Tom, que estava ao meu lado com Brynn MacDonald, como parte do grupo de boas-
-vindas.

— Não posso prometer que não vou alimentar os caranguejos de árvore com ele — ameacei.

— Resista à tentação — sugeriu Tom. — Seria ruim alimentar a fauna com nossos financiadores.

— Talvez apenas partes dele.

— Jamie.

— Tudo bem — falei. — Vou deixá-lo viver. Por enquanto.

Os três turistas foram até onde estávamos, e MacDonald cumprimentou o primeiro deles.

— Major-general Tipton — cumprimentou ela. — Bem-vindo de volta à base Tanaka. — Ela acenou para Sanders e o outro turista. — Entendo que no momento o senhor está vindo com metade de sua equipe esperada.

— Isso mesmo — disse ele. — A dra. Gaines, que estava conosco no Departamento de Energia, teve uma grave crise de asma depois que viajamos para a base Honda. Ela está se recuperando em sua unidade médica lá, e os outros dois membros de sua equipe decidiram ficar com ela.

— Espero que ela se recupere em breve.

— Ela vai ficar bem. Eles vão manter o pessoal dela ocupado, tenho certeza. — Tipton fez um sinal para Sanders e a outra pessoa de sua equipe. — Permita-me apresentar o coronel David Jones, meu assessor, e Robert Sanders, que está aqui representando a Tensorial, uma de nossas principais empreiteiras. Ele assumiu o papel do pai.

Fiquei surpreso ao ouvir aquilo, mas então me lembrei de Tom mencionando, algumas semanas antes, que Sanders vinha de uma família que ganhava dinheiro com contratos do Ministério da Defesa. Suponho que isso significava que ele voltara ao rebanho nas últimas semanas.

— Prazer — disse MacDonald. — Este é Tom Stevens, meu assessor, e Jamie Gray, que será seu contato durante a sua estadia.

Sanders apontou para Tom.

— Você me parece familiar — comentou.

— Nós nos cruzamos em Dartmouth — disse Tom. — Eu estava alguns anos atrás de você.

— Ora, se não é um mundo pequeno — disse Sanders. — Falando nisso... — Ele se virou e me encarou. — Olha só quem é!

— Sou eu — confirmei.

— Você conhece Rob? — perguntou Tipton.

— Jamie fez parte do meu quadro executivo na füdmüd — explicou Sanders.

— Ah! Você deve ter ficado muito feliz com o pagamento de suas ações quando a Uber comprou a empresa — disse Tipton para mim.

— Infelizmente — falei, olhando para Sanders —, eu não estava lá nem tinha ações quando isso aconteceu.

Tipton riu.

— Aposto que você se arrepende disso agora.

— Bem, consegui um desconto de quinze por cento nas farmácias Duane Reade, então não foi tão ruim assim.

Tipton apontou para Sanders.

— Esse aqui acabou de se tornar um bilionário com isso. Se eu tivesse o dinheiro dele, estaria na praia em Cancún com um grande coquetel de frutas na mão. Mas ele voltou a trabalhar para o pai.

— Para ser justo, eu já fazia parte do conselho da Tensorial quando era ceo da füdmüd — disse Sanders. — Eu ainda me mantinha a par das coisas. E agora estou aqui.

— Sim, suando o rabo com a gente — disse Tipton. — Este lugar não ficou mais fresco desde a última vez que estive aqui.

— Não, creio que não — disse MacDonald. Ela apontou para mim. — Jamie ficará responsável pela estadia de vocês aqui, então, se precisarem de qualquer coisa, os senhores podem apenas…

— Na verdade, e peço desculpas por interrompê-la, dra. MacDonald… — disse Tipton, e foi assim que eu soube que Brynn MacDonald tinha doutorado em alguma coisa. — Eu fui encarregado de obter uma visão abrangente do Evento KakKasuak…

— O quê?

— É como estamos chamando o seu kaiju explosivo lá do outro lado — explicou Tipton. — Recebi a tarefa de obter uma visão abrangente do evento o mais rápido possível e retornar o mais rápido possível. — Ele acenou para Jones, que enfiou a mão na pasta que estava carregando e estendeu a MacDonald uma prancheta com alguns papéis. — Aqui estão as informações sobre as quais precisaremos ser brifados. Precisamos receber esses relatórios hoje.

MacDonald pegou a prancheta e a passou para Tom, sem nem olhar para ela.

— Temos um conjunto completo de apresentações agendadas para amanhã, senhor…

Tipton meneou a cabeça.

— Desculpe-me novamente, dra. MacDonald, mas temos que voltar amanhã de manhã. — Ele ergueu a mão, antecipando a objeção que ela estava prestes a fazer. — Eu não sou o responsável por pressioná-la e atrapalhar seus horários, juro. São ordens dos meus chefes, que vêm do chefe deles, e do chefe do chefe deles. Tem toda uma hierarquia.

— Não entendo — disse MacDonald. — Não é como se já não tivéssemos tido kaiju irrompendo antes.

— É verdade — disse Sanders. — Mas eles não foram visíveis do espaço aéreo canadense.

Lembro-me de Niamh apontando o clarão que o drone canadense fora capaz de detectar no ar, correspondendo ao local onde Bella estava sentada do nosso lado da fenda.

— Não é uma ameaça — disse MacDonald.

Tipton sorriu.

— Você provavelmente está certa quanto a isso. Mas é apenas uma questão de tempo até que seja avistado por um voo comercial ou por turistas...

— Há turistas em Terra Nova? Em outubro? No meio de uma pandemia? — soltei.

— ... ou por moradores próximos — continuou Tipton, olhando para mim com uma expressão descontente. Ele ficava menos entusiasmado em ser interrompido do que em interromper. — E, sem querer desrespeitar seu pessoal aqui, dra. MacDonald, nem todos em casa estão convencidos de que uma kaiju prenhe de cócoras na barreira entre nossos mundos não seja uma ameaça. Tenho certeza de que você está certa, mas preciso de informações para convencer os outros. E preciso recebê-las hoje, porque sou esperado na Casa Branca na manhã de segunda-feira.

— Na Casa Branca — disse MacDonald, com ceticismo.

— Estou me reportando ao chefe de gabinete. Ele se reportará ao chefe dele se necessário.

MacDonald assentiu.

— Tom vai marcar as reuniões para hoje, então.

— Obrigado — disse Tipton. — E quando poderemos ver o local?

MacDonald olhou para mim.

— Martin está pronto — falei. — Nós estávamos preparados para formar um grupo o mais rápido possível. O mais rápido possível pode muito bem ser agora.

— O coronel Jones ficará para trás para vigiar nossa bagagem e coordenar com o sr. Stevens aqui — disse o major-general.

— Tudo bem. — MacDonald olhou para mim outra vez. — Eles são todos seus, Jamie. Vejo vocês em cerca de noventa minutos.

Ela, Tom e o coronel Jones se foram, com Jones já anotando coisas na agenda.

Eu me voltei para os que me foram designados.

— Você já esteve em um helicóptero antes?

— É claro — disse Sanders.

— E o senhor? — perguntei a Tipton.

Ele me olhou torto.

— Eu sou um major-general da Força Aérea dos Estados Unidos. O que você acha?

Não muito longe do local — e enquanto Satie e Tipton, no assento do copiloto, falavam incessantemente sobre helicópteros —, Sanders me deu um tapinha no ombro, tirou o fone de ouvido e fez sinal para que eu me inclinasse. Retirei meus fones, lembrando imediatamente quanto um bom fone de ouvido de aviação era capaz de bloquear o ruído do motor do helicóptero, e me inclinei também.

Sanders disse alguma coisa.

— Quê? — perguntei.

Sanders se aproximou e praticamente gritou no meu ouvido:

— Eu *disse* que espero que não haja ressentimentos por eu ter te demitido em março!

Sério que você está fazendo isso agora?, foi o que pensei, mas não falei.

— Não era o que eu esperava daquela avaliação de desempenho — falei em seu ouvido, quando ele se aproximou para ouvir minha resposta. Era assim que teríamos essa conversa. Claramente Sanders não queria que os outros soubessem.

— Eu compreendo — disse ele. — Mas você se virou muito bem.

— Eu não teria me importado de receber o pagamento das ações.

— A compra de ações foi apenas para as ações classe A. Você e a maioria dos funcionários tinham ações classe B. Elas acabaram sendo trocadas por ações da Uber.

— Então eu não teria ganhado milhões.

— Não, a menos que já tivesse milhões. Isso faz você se sentir melhor?

— Na verdade, não.

— É melhor assim, de qualquer modo — disse Sanders. — E, na verdade, estou com inveja de você. Pode ficar aqui todos os dias. Esse é apenas o meu primeiro circuito aqui.

— Mas você já sabia disso antes?

Sanders assentiu.

— A Tensorial e suas empresas predecessoras investem em tecnologias de energia nuclear. Já ouviu falar de um gerador termoelétrico de radioisótopos?

— Rádio o quê?

— É um tipo de gerador de energia nuclear. Nós os construímos. A SPK os usa.

— Nós os construímos?

— Não na sua base. Em outros lugares. A questão é que trabalhamos com a SPK há décadas. Meu pai me contou sobre isso quando eu era criança.

— E você acreditou nele?

Sanders balançou a cabeça.

— A princípio, não. Muita loucura, certo? Mas então percebi que era real. Eu falei para ele que queria ver.

— O que ele disse sobre isso?

— Ele disse: "Quando você fizer seu primeiro bilhão". Então eu fundei a füdmüd.

— Você fez a füdmüd para poder vir para cá?

— Papai fez um acordo comigo.

— A füdmüd poderia ter sido um fracasso.

Sanders sorriu.

— Nunca foi projetada para ter sucesso. Foi projetada para ser vendida.

— Não sei o que isso quer dizer.

— Quando se começa uma empresa, você pode fazer isso para dominar um setor ou para causar tanto incômodo em alguém que ele acabe comprando a empresa de você. Eu criei a füdmüd para causar incômodo no Grubhub e na Uber Eats. E um deles me comprou. Por bilhões.

Fiquei pensando no significado daquilo e no tamanho do cinismo com o qual Sanders havia projetado sua empresa. Então me lembrei das sugestões que dera a ele na reunião em que fui demitido. Ele não só as usara, o que já era ruim o suficiente, como também o fizera apenas para irritar outra pessoa, esperando que ela pagasse para que fosse embora. Minha única tentativa de genialidade nos negócios funcionou só para induzir uma empresa a comprar um concorrente que não tinha interesse real em competir.

— É, você é mesmo um puta idiota sacana — xinguei baixinho, sob o rugido do helicóptero.

— O quê?

— Eu disse: "Você teve mesmo uma puta ideia bacana!".

— É a arte da negociação, parça.

Desisti de falar o que passou pela minha cabeça em seguida e, em vez disso, mudei de assunto.

— Então, *por que* você me demitiu? — perguntei. — Agora que estamos aqui e não faz diferença.

— Não era pessoal — disse Sanders. — Você lembra de Qanisha Williams?

Eu assenti.

— Ela e eu estávamos falando sobre a pandemia e como isso iria bagunçar a economia. Ela disse que esperava que não fosse muito ruim. Já eu disse que seria tão ruim que as pessoas que tinham bons empregos naquela semana estariam se candidatando a vagas de deliverador na semana seguinte. Ela não achou que isso fosse acontecer. Então fiz a aposta dos Duke com ela.

— A o quê?

— Eu apostei um dólar com ela. Você sabe, como os irmãos Duke em *Trocando as bolas*.

Vasculhei meu cérebro para encontrar essa referência.

— Aquele filme antigo com o Eddie Murphy?

— Isso. Eu apostei com ela e depois lhe disse para abrir a pasta dos funcionários. Escolhi dez nomes aleatórios, chamei as pessoas no meu escritório e as demiti.

— Incluindo a mim.

— Foi mal. Qanisha lutou por você, se quiser saber.

— Eu e ela tínhamos uma relação próxima — falei. E tínhamos mesmo.

— Foi o que ela disse. Eu falei que poderia tirar você da lista se ela ficasse no seu lugar. Ela não quis.

— Eu não iria querer também — falei. Eu sabia que Qanisha estava sustentando mais do que a si mesma com o salário que recebia.

— Depois eu a fiz jurar segredo e disse a ela que, se metade das pessoas que eu havia demitido se tornassem deliveradoras uma semana depois, eu venceria a aposta.

— E...

Sanders lançou um olhar presunçoso.

— Seis em dez.

— Você deve estar orgulhoso — palpitei.

— Eu só entendo as pessoas.

— Entende mesmo?

Antes que Sanders pudesse responder, Tipton acenou para nós, sinalizando para que colocássemos nossos fones de ouvido. Estávamos perto do local.

— Você acha que o piloto vai nos deixar pousar e andar por aí? — perguntou Sanders para mim antes de colocarmos os fones.

— Eu não apostaria nisso — respondi.

— Quer fazer uma aposta dos Duke?

— Na verdade, não.

— Vou tentar de qualquer jeito. Veja só. — Ele colocou o fone de ouvido e rapidamente o tirou; então se inclinou outra vez. — Qual é mesmo o nome do piloto?

— Martin — respondi.

— Entendi. — Ele colocou os fones de ouvido de volta e chamou pelo interfone assim que Bella se tornou visível, inerte em seu ninho.

— Bem, lá está uma coisa infernal — disse Tipton, olhando para Bella. — E ela está lá há duas semanas, simplesmente sentada lá.

— Não simplesmente sentada — esclareceu Satie. — Pondo ovos. Os primeiros ovos vão eclodir na semana que vem. Muitos pequenos kaiju vão nascer, comer seus irmãos e irmãs e depois fugir para a floresta. Então ela vai pôr mais ovos. Ela vai fazer isso algumas vezes até o processo terminar.

— E não vai mover um músculo enquanto isso.

— Ela não precisa se mexer. Tem um monte de criaturas que podem fazer isso por ela.

— Vamos chegar perto dela? — perguntou Tipton.

— Depende de seus nervos, general — respondeu Satie.

Tipton riu disso.

— Que tal você nos deixar sair para dar uma olhada? — pediu Sanders.

— Eu não recomendo — disse Satie.

— Por que não?

— Jamie sabe.

— Aterrissei aqui com alguns cientistas cerca de uma semana atrás, e um deles quase foi devorado — contei.

— Não me importo com o risco — disse Sanders.

— Isso é fácil de dizer quando você não está sendo mastigado — disse Satie.

— Eu te pago dez mil dólares para pousar por cinco minutos.

— Você tem os dez mil dólares com você? Em dinheiro?

— Não.

— Então, não — disse Satie. — E, de todo modo, de que me serviriam dez mil dólares aqui? A Terra Kaiju é um paraíso socialista, sr. Sanders.

— Cem mil dólares, Martin — ofereceu Sanders. — Transferidos para a sua conta lá em casa, no minuto em que voltarmos.

Satie se virou e olhou para Sanders, que o encarou de volta, com um leve sorriso no rosto. Ele tinha certeza de que havia acabado de descobrir o preço de Satie. Satie voltou para seus instrumentos. Sanders virou-se para mim, como se dissesse: *viu só?*

O helicóptero fez uma descida violenta. Se não estivéssemos com os cintos de segurança, teríamos ido parar no teto. Satie voou para baixo até quase bater com força no chão antes de parar, pairando centímetros acima das árvores caídas e da vegetação nova.

Satie voltou-se para Sanders.

— Tudo bem, cai fora — disse ele.

Sanders olhou em volta. Ainda estávamos distantes de Bella.

— O quê, aqui?

— Aqui é um lugar tão bom quanto qualquer outro.

— Bem, se estou pagando cem mil, quero estar perto *dela*. — Sanders apontou para Bella.

— Não quero seu dinheiro — disse Satie. — Eu só estou deixando você sair.

— Não estou entendendo.

— Eu sei que não está. Fora.

Sanders olhou para o assento do copiloto.

— General Tipton...

— Você não está falando com ele — interrompeu Satie. — Você está falando comigo. Ele não vai dizer uma maldita palavra. Ele não está no comando desta missão nem desta aeronave. Eu estou. E eu estou mandando você sair.

Sanders estava visivelmente confuso.

— Não estou entendendo qual é o problema aqui.

— Você me insultou, sr. Sanders.

— Oferecer dinheiro é um insulto?

— Você não me insultou me oferecendo dinheiro. Você me insultou pensando que eu poderia ser comprado.

Sanders ficou em silêncio. Ele claramente não entendia a diferença.

Olhei pela janela. À meia distância, longe do ruído dos rotores, criaturas fitavam o helicóptero, curiosas, se perguntando se ele poderia ser comido.

— Quando você fez sua primeira oferta, eu estava disposto a deixá-la passar como uma piada — disse Satie. — Você não é o primeiro bilionário que eu carrego. Sei como todos vocês gostam de balançar seu pau de dinheiro para ver quem vai estar disposto a chupá-lo. Se você tivesse desistido quando lhe dei a oportunidade, eu estaria disposto a deixar para lá. Mas você precisava insistir. Queria ver quanto me custaria comprometer a segurança de todos nesta aeronave, inclusive a minha, para afirmar seu poder. Então, aqui está minha resposta, sr. Sanders. Eu vou deixar você sair de graça. E não há quantia, neste planeta ou no outro, que você ou qualquer outra pessoa possa me pagar que me faça deixá-lo voltar.

Sanders olhou boquiaberto para Satie, depois para Tipton, depois para mim e depois pela janela — quando, acredito, ele viu as criaturas curiosas pela primeira vez.

— Agora. Cai fora. — Satie apontou para a porta.

Sanders olhou para Satie.

— Eu mudei de ideia.

— Você ainda não entendeu — disse Satie. — Não é *você* que tem que mudar de ideia aqui.

— Martin…

— Dr. Satie, por favor — corrigiu Satie, e foi assim que descobri que ele também tinha doutorado. Na hora me perguntei se de fato só eu em todo o planeta não tinha algum tipo de titulação máxima.

Sanders se recompôs.

— Dr. Satie, está óbvio que eu ofendi o senhor, e por isso estou profundamente arrependido. Por favor, aceite minhas totais e completas desculpas pelo que eu disse.

— Eu aceito, com a condição de que, durante todo o resto desse circuito, eu não ouça um único pio seu — disse Satie. — Nem para mim, nem para o general Tipton, nem para Jamie. Sente-se aí, sr. Sanders. Você aceita? Pode acenar se concordar.

Sanders assentiu.

— Bem, então, temos um acordo — disse Satie, afastando-se de Sanders.

— Agora vamos observar uma criatura grande da porra, o que me dizem?

Ele nos levou de volta para o céu e de volta para Bella.

Olhei para Sanders, que estava pálido e suando.

Droga, pensei. *Eu poderia ter ganhado um dólar.*

18

Com o passeio pelo local encerrado, era hora de algumas explicações.

— Tem uma coisa que está me deixando confuso — começou Rob Sanders, na primeira reunião de relatório que preparamos para ele, o general Tipton e o coronel Jones com nossa equipe e cientistas. Se Sanders tinha sofrido algum dano psicológico residual em decorrência da humilhação pela qual um piloto de helicóptero o fizera passar algumas horas antes, não estava mais demonstrando. A resiliência do ego de um bilionário era realmente algo admirável. — Nós sabemos que os kaiju, os grandões, possuem reatores nucleares orgânicos. Mas quando estávamos voando sobre Bella hoje, olhando para o campo de ovos, me ocorreu que nunca ouvi falar sobre bebês kaiju terem reatores também. Eles têm?

— Sim e não — disse Aparna.

Como estava coletando os dados do local de nidificação e aquela reunião era basicamente sobre isso, ela tinha sido a escolhida, entre os membros do laboratório de biologia, para liderar a apresentação. Além dela e dos turistas, a apresentação incluía Brynn MacDonald, Tom Stevens e eu. Estávamos reunidos na pequena sala de conferências do prédio da administração. Foi um encontro muito íntimo. Além do meu papel de babá dos visitantes, eu também estava, mais uma vez, supervisionando os lanches.

— Isso é vago — disse Sanders, sorrindo.

A fala de Sanders fez Aparna menear a cabeça.

— Não é nada vago. Sim, porque mesmo em uma idade muito precoce, mesmo ainda como um embrião no ovo, existem certas pré-estruturas no corpo de um kaiju que evoluirão para um reator nos estágios posteriores da vida. E não, porque essas pré-estruturas ainda não são um reator. Há outras coisas que precisam acontecer primeiro.

— Como o quê? — perguntou Tipton.

— Certas mudanças hormonais, para começar.

— O kaiju tem que passar pela puberdade — disse Sanders.

— Se preferir colocar assim — disse Aparna, em um tom que sugeria que ela, de fato, preferia não colocar assim. — Seria incorreto imaginar o desenvolvimento de um kaiju sendo um análogo exato ao desenvolvimento de mamíferos ou mesmo de vertebrados terrestres, no entanto. É muito mais complexo do que isso.

Sanders assentiu.

— Diga-nos como, por favor.

— Tudo bem. Apenas como um exemplo, o desenvolvimento do reator nuclear não depende apenas da idade da criatura. É aí que a metáfora da puberdade se perde. Depende também da carga parasitária. Se um kaiju não tem parasitas suficientes, ou o suficiente de um certo tipo de parasita, então o desenvolvimento da câmara nuclear não acontece.

Tipton franziu a testa.

— Então, essas coisas não se tornam nucleares se não tiverem o tipo certo de pulgas?

— De novo, se preferir assim — disse Aparna. — Mas é realmente mais complicado do que isso. — Ela fez um gesto para MacDonald. — Quando cheguei aqui, a dra. MacDonald nos disse para não pensar nos kaiju como animais e, em vez disso, pensar neles como sistemas ecológicos completos. Essa é uma descrição precisa de uma maneira que é difícil de transmitir. As criaturas que chamamos de "parasitas de kaiju" não são estritamente parasitas. Alguns são, mas a maioria deles estão em um relacionamento comensal com o kaiju, enquanto outros estão em um relacionamento de benefício mútuo. E não apenas com os kaiju, mas uns com os outros também. De fato, há alguns que têm uma relação comensal com os kaiju, mas uma relação mútua com outros parasitas. Eles vivem do kaiju, mas sobrevivem com essas outras criaturas.

— Isso é ótimo, mas o que isso *significa*? — perguntou Sanders. Ficou claro que Aparna estava sendo inteligente demais para ele.

— Basicamente, se eles não pegarem os parasitas certos de seu ambiente, certos estágios de desenvolvimento não poderão acontecer — disse Aparna. — No caso da câmara nuclear, um kaiju em desenvolvimento tem que, entre muitas outras coisas, adquirir o tipo de parasita que atua como um sistema de resfriamento interno do kaiju, trazendo ar de fora e fazendo-o circular dentro do kaiju para aliviar o calor. Ganhar esses parasitas cria as condições que permitem que o kaiju cresça. Crescer mais introduz estresse no kaiju em desenvolvimento, porque sua capacidade de continuar vivendo apenas por meio de funções metabólicas diminui rapidamente. Esse tipo de estresse faz com que o corpo do kaiju libere hormônios específicos e inicie outros processos que, entre outras coisas, criam e ativam a câmara nuclear.

— E se eles não encontrarem os parasitas certos?

— Então eles não se tornam kaiju. Ou morrem por ficarem muito grandes. Eles se tornam vítimas da lei do quadrado-cubo...

Sanders franziu a testa, e supus que isso significasse que ele nunca tinha ouvido falar dessa lei em particular. Aparna continuou falando:

— ... Ou simplesmente permanecem em um estágio anterior de desenvolvimento. Não é correto pensar no kaiju gigante como o único estágio viável da criatura. Eles podem viver muito felizes em estágios iniciais de desenvolvimento por toda a vida, sendo "apenas" tão grandes quanto, digamos, um elefante ou um tiranossauro rex. Apenas uma pequena porcentagem de todos os kaiju realmente chega ao que consideramos o tamanho verdadeiro de um monstro.

— Então, se você quiser um kaiju, precisa de alguns parasitas — disse Tipton.

Aparna assentiu.

— E não apenas *alguns* parasitas, mas parasitas *específicos* para espécies específicas de kaiju. Uma das coisas realmente interessantes sobre Bella e Edward, o kaiju que a engravidou, é que eles estão no lugar errado. Sua espécie é endêmica do que temos como equivalentes ao México e à América Central. Existem alguns parasitas críticos para o seu desenvolvimento que não existem tão ao norte, o que significa que eles tiveram que vir do sul até aqui como kaiju totalmente desenvolvidos, porque não seriam capazes de se desenvolver aqui.

— O que isso significa para seus filhotes? — perguntou Sanders. — Eles se desenvolverão como kaiju em tamanho real?

— Depende — disse Aparna. — Se Bella permanecer na área enquanto eles se desenvolvem, ou se puderem se aproximar de Edward sem que ele ou alguns de seus parasitas os comam, então poderão usar essas criaturas críticas para se tornarem kaiju grandes. Se Edward e Bella forem embora, eles permanecerão em um nível de desenvolvimento anterior. Ou a maioria deles poderá nem chegar tão longe.

— Eles serão comidos, você quer dizer.

— Sim, ou morrer de fome. Os kaiju são predadores em todas as fases da vida e, quanto maiores eles ficam, mais próximos se tornam do ápice de seu nicho ecológico. Um sistema ecológico pode suportar apenas um certo número de predadores. E, quando você tem um kaiju completo na área, as coisas ficam ainda piores.

— Por quê? — disse Tipton. — Eles são movidos a energia nuclear. Eles não precisam *comer*.

Aparna balançou a cabeça.

— Eles obtêm energia de seus processos nucleares, mas ainda precisam de coisas como nutrientes para seus sistemas biológicos. Eles ainda *caçam*. Caçam outros kaiju. Caçam kaiju menos desenvolvidos. Mas, o que é mais importante do ponto de vista ecológico, também têm suas legiões de parasitas, muitos dos quais caçam, e todos *possuem* metabolismos. Um kaiju é uma montanha de bocas ambulante. Eles e seus parasitas podem e vão comer seu campo local até o fim. Ou o fariam, se o campo não contra-atacasse.

— Ele contra-ataca? — disse Sanders.

— Ah, sim — disse Aparna. — Tudo aqui é ridiculamente letal, porque tudo o que não é um parasita kaiju evoluiu para se defender dos parasitas kaiju. Algumas coisas até atacam os parasitas diretamente. É uma guerra constante. Às vezes, o campo até vence e expulsa os parasitas.

— E o que acontece então?

— Bem, lembre-se: os kaiju não são animais, são sistemas ecológicos — disse Aparna. — O que acontece quando você mata uma parte crítica de um sistema ecológico? As chances de que o resto morra também são altas.

— É essa intensa competição que torna esta versão da Terra tão interessante, do ponto de vista da química — explicou Kahurangi na reunião seguinte, em que ele estava informando Sanders e Tipton sobre as últimas novidades do seu laboratório. — Tudo aqui está enviando sinais para os outros o tempo todo, e a maior parte é alguma variação de "deixe-me em paz ou vou retalhar você".

— E isso difere da nossa Terra como? — perguntou Tipton.

Kahurangi sorriu.

— Volume, principalmente. Tudo está gritando aqui.

— Então, como vamos gritar de volta? — perguntou Sanders.

— Nós não gritamos de volta; gritamos o que eles já estão dizendo. Não sei se você já fez algum trabalho no chão da selva...

— Ainda não — disse Sanders, secamente. Sim, ele com certeza estava se recuperando de seu momento anterior.

— ... mas uma das coisas que fazemos é usar aromas e feromônios que imitam os parasitas kaiju, e isso tudo nos dá um amplo espaço de manobra.

— Sua associada, dra. Chowdhury, nos disse que há coisas aqui que matam os parasitas, que não fogem deles — disse Tipton.

— Ela não estava mentindo para você — disse Kahurangi. — Mas, assim como lá em casa, há graduações nesse processo. Algumas criaturas são presas desses parasitas. Elas vão fugir. Outras querem atacar o parasita, e elas vêm dar uma olhada. Mas, como todo predador, eles avaliarão a situação. Se for dar muito trabalho, nos deixarão em paz. Nós tentamos dar muito trabalho. Mas não é perfeito. — Ele acenou para mim. — Jamie aqui acabou de participar de uma missão em que um predador tentou a sorte.

— Ouvimos algo nesse sentido. — Tipton se virou para mim. — Como foi?

— Jamie atirou na cara do bicho — disse Kahurangi, orgulhoso, antes que eu pudesse responder.

Tipton me olhou, reavaliando.

— Você não parece ser o tipo que atira na cara.

— Todos nós temos profundezas escondidas — retruquei.

— Então, se tivermos os produtos químicos certos, podemos controlar essas coisas — disse Sanders, trazendo as coisas de volta ao assunto em questão.

— Controlar? Não — respondeu Kahurangi. — Nós não falamos em termos de controle.

— Por que não?

— Porque não são pessoas e não estamos conversando com elas. Quando essas coisas sentem os feromônios ou aromas, não é como se estivessem recebendo ordens. Elas estão recebendo *sugestões*. Se tivermos um feromônio projetado para invocar uma resposta de luta ou fuga, queremos que elas fujam, e noventa por cento das vezes é o que o farão. Mas há aqueles outros dez por cento do tempo em que elas preferem lutar.

— E você não pode aperfeiçoar isso de jeito nenhum.

— Na verdade, não — disse Kahurangi. — E, mesmo se pudéssemos, ainda não há como garantir que elas façam o que queremos todas as vezes. São criaturas biológicas, não máquinas. Quer dizer, podemos falar com outros humanos com toda a clareza, certo? Não temos que pulverizá-los com produtos químicos ou coisa do tipo. Podemos apenas *conversar* com eles, e eles podem entender exatamente o que *queremos*. Mas eles fazem o que queremos todas as vezes?

— Nem sempre — admitiu Sanders.

— Pois então.

— Deixe-me levar isso em outra direção. Podemos drogar um kaiju?

Kahurangi sorriu.

— Você quer chapar um kaiju, sr. Sanders?

— Eu não quero fazer nada. Só quero saber se é teoricamente possível.

— Tenho certeza de que sim, embora, até onde eu saiba, nunca tenhamos feito isso.

— Nunca?

— Bem, eu sou novo, então eu teria que verificar — admitiu Kahurangi. — Mas em um sentido mais amplo, de novo, essas são criaturas biológicas, mesmo que sejam principalmente movidas a energia nuclear. Tenho certeza de que é possível criar compostos que tenham efeitos específicos sobre eles.

— E para outras criaturas daqui também.

— Claro, embora tudo reaja de forma diferente. Ora, existem algumas drogas que funcionam em humanos adultos que não funcionam bem em crianças e vice-versa. Além disso, seria preciso uma pessoa corajosa para dosar um kaiju, ou mesmo um parasita de kaiju, só para ver o que seu composto farmacêutico inventado faria.

— Você já faz isso quando borrifa feromônios neles — apontou Tipton.

Kahurangi sorriu novamente.

— Sim, mas nesses casos nós geralmente corremos feito loucos.

— Existe alguma coisa em seus arsenais atuais de cheiros e feromônios capazes de manter um kaiju em um só lugar? — perguntou Sanders. — Bella está sentada bem em cima de uma barreira flutuante entre nossos mundos. Caso se levante, ela pode fazê-lo do lado errado da barreira.

Kahurangi balançou a cabeça em negativo.

— Não — respondeu. — Mas, pelo que entendo, é improvável que Bella atravesse, e ela está decidida a manter os outros kaiju a distância.

— Como assim?

— Bem, falando em feromônios, desde que fez o ninho, Bella está emitindo uma grande quantidade deles, e todos eles dizem a mesma coisa para os outros kaiju na área.

— E o que seria? — perguntou Tipton.

— "Fiquem longe."

— E o que acontece se ela se levantar? — perguntou Tipton para Niamh na terceira reunião de relatório do dia, desta vez para atualizar os dois sobre o trabalho atual de física no local.

— Você está querendo saber se ela está indo para a nossa Terra?

— Essa é a preocupação, sim.

— Bem, mesmo que ela pudesse, e eu chegarei a essa questão em um momento, a pergunta é: por que ela faria isso?

— Talvez porque ela seja um animal estúpido que pode se inclinar na direção errada ao se levantar? — sugeriu Sanders.

— Ela não é um animal estúpido, para começar — disse Niamh. — Nenhuma dessas criaturas é.

— Elas não são *inteligentes*.

— Claro que são — disse Niamh, em um tom que expressava desapontamento por ter que dizer algo tão óbvio. — Você não pensa em Bella como inteligente porque ela não está apostando no mercado de ações ou algum outro padrão totalmente irrelevante. Mas, na verdade, ela é uma criatura muito inteligente, considerando o contexto de ser impulsionada por suas próprias necessidades. Agora, sua necessidade é ficar no mesmo lugar e colocar ovos sem parar. Ela não precisa se levantar, e sua única motivação para se levantar seria se algo a incomodasse. De qualquer forma, se ela se levantar será para reagir a algo deste lado da barreira, como outro kaiju invadindo seu território. No momento em que isso acontecer, seu problema com a barreira estará a um passo de ser resolvido.

— Isso — disse Tipton de repente, e apontou para Niamh. — É isso que eu preciso saber. Explique para mim.

— A barreira foi afinada quando o outro kaiju explodiu — começou Niamh. — É apenas parte do resultado da liberação de tanta energia nuclear.

A questão é que, não importa o tamanho do buraco que você faça em uma barreira dimensional, ele imediatamente começa a se regenerar.

— Por que isso acontece? — perguntou Sanders.

— Porque a liberação de energia nuclear que diluiu a barreira cessa, e a atividade nuclear ao redor começa a decair. A barreira se regenera de maneira previsível, ligada à atividade nuclear ambiente na área. A menos que mais energia seja liberada, a barreira acabará se fechando por completo.

— Mas ela não está fechando agora — disse Tipton.

— Certo, porque você tem um grande reator nuclear vivo respirando bem em cima dela — explicou Niamh. — Bella é movida a energia nuclear, e essa energia está mantendo a barreira afinada. Ou, pelo menos, mais fina do que deveria ser. Mas, no momento em que ela se afastar...

— Então sua energia se afastará com ela.

Niamh acenou para Tipton.

— E, neste momento, a quantidade de energia que Bella está adicionando ao conjunto não é suficiente para deixá-la passar. Talvez tenha sido nos primeiros dias, quando os níveis de radiação ambiente no local ainda eram altos o bastante. Mas já faz semanas, e agora esses níveis estão muito baixos. Bella está mantendo a barreira mais fina do que o normal, mas não fina o suficiente para que ela ou qualquer outro kaiju passe por conta própria.

— Mas e aquele clarão? — perguntou Sanders.

— Veja, isso é *realmente* interessante — disse Niamh, animadamente. — Eu pensei que o clarão fosse uma breve ruptura entre nossos mundos por onde algo poderia passar. Mas então nós instalamos alguns instrumentos lá. O que acontece é que, enquanto ela está sentada ali, alimentando a barreira *com* energia, alguma coisa semelhante a uma carga estática está se acumulando. Em algum momento, algo acontece para agitá-la, aí toda essa energia estática simplesmente explode e descarrega em ambos os lados da barreira.

Sanders fez uma pausa.

— É *eletricidade estática*?

— Não, é algo *muito mais esquisito* — disse Niamh. — Nós nunca vimos isso antes porque nunca tivemos um kaiju parado perto de um local nuclear por tempo suficiente para que isso acontecesse. E, como sou a primeira pessoa a descrever sua natureza, estou chamando esse fenômeno de *efeito Healy*. Um dia, quando puder publicar sobre o assunto, receberei um Prêmio Nobel, e todos os outros pós-doutorandos em física da Trinity ficarão chupando o dedo.

— Foi uma jornada e tanto pela qual você acabou de nos guiar — disse Sanders, sorrindo.

— Deixe-me ter o meu momento, por favor — respondeu Niamh.

— Quero ter certeza de que entendi — disse Tipton. — A barreira entre nossos mundos agora está tênue, e esta kaiju a *está* alimentando com energia, mas não está tênue *o suficiente* para que ela ou qualquer outro kaiju possa atravessar, e, se algum outro kaiju aparecer, ela se moverá para combatê-lo e, ao fazê-lo, removerá a energia que mantém a barreira fina.

— Isso mesmo.

— Mas *poderia* abrir de novo? — perguntou Sanders. — O suficiente para deixá-la passar?

— Não, a menos que ela se torne nuclear — disse Niamh. — E não há evidências de que esse risco exista.

— Então, seria necessária uma explosão nuclear, é isso que você está dizendo.

Niamh pensou por um minuto.

— Não? Mas efetivamente sim deste lado da barreira, já que não temos nenhum material físsil concentrado aqui. Mas, se Bella irrompesse agora, seu problema seria resolvido por completo: ela morreria, e os outros kaiju só cruzariam a barreira se a explosão nuclear ocorresse do outro lado.

— Isso é estranho — disse Tipton, quase murmurando para si mesmo.

— O quê? — perguntou Niamh.

— Que algo que acontece *aqui* possa impactar as coisas no nosso mundo. Que exista uma Terra alternativa e que tenhamos descoberto isso através de bombas nucleares.

Niamh sorriu.

— Se você quiser realmente fritar seu cérebro, então pense nisto: toda vez que brincamos com energia nuclear, estamos afinando a barreira dimensional não apenas entre nosso mundo e este, mas também entre ele e *cada* Terra alternativa potencial que nosso planeta tenha.

Tipton franziu a testa.

— O quê?

— Cada uma delas — disse Niamh. — Milhões. Bilhões. Trilhões.

— Como você sabe disso?

Niamh deu de ombros.

— É apenas matemática.

— Então por que só vemos esta?

Niamh sorriu ainda mais selvagemente.

— Você vai adorar isso. É porque, pelo que sei, nossas duas Terras são as únicas com criaturas nucleares. Os kaiju chegaram lá naturalmente. Nós usamos cérebros.

— Então por que foi preciso que um kaiju chegasse ao nosso lado para percebermos que este mundo existia? — perguntou Sanders.

— Porque achamos que somos inteligentes — disse Niamh.

— Como é que é?

— Achamos que somos inteligentes — repetiu Niamh. — E por acharmos que somos inteligentes, nós olhamos apenas para o que queremos olhar, sem cogitar olhar além. Pensamos em criar bombas nucleares, mas não pensamos como a energia nuclear poderia mexer com um multiverso. Nós não levamos em conta que poderia haver um multiverso. Não está embutido no nosso modelo.

— E os kaiju *levaram* isso em conta — disse Sanders, com ceticismo.

— Claro que não — retrucou Niamh, voltando a adotar seu típico tom de "não-acredito-que-tenho-que-explicar-isso". — Eles não levam nada disso em conta. Nunca lhes ocorreu criar um modelo de universo onde mundos alternativos existiriam ou não. Eles apenas agiram de forma inteligente, dentro do contexto de suas necessidades. Eles sentiram uma fonte de alimento e se moveram em direção a ela. Não consideraram que essa fonte seria uma barreira dimensional. Eles chegaram ao nosso mundo porque nunca lhes ocorreu que *não poderiam* chegar.

Nosso cronograma de reuniões tinha chegado ao fim. Niamh concluiu a apresentação e saiu da sala.

— Eu tenho algumas perguntas para você, se não se importar — disse Brynn MacDonald para o general Tipton.

— É claro, dra. MacDonald — disse Tipton.

— Para começar, fiquei curiosa para saber qual foi sua conclusão e o que o senhor vai relatar.

Tipton olhou para Sanders.

— Acho que ficou claro que seu pessoal sabe das coisas — disse ele. — Isso não estava realmente em questão. A SPK sempre encontra boas pessoas. Mas este é um evento incomum, e você pode entender por que, no mundo real, teríamos algumas preocupações. Faz décadas desde que um kaiju apareceu do nosso lado, e o mundo mudou nesse ínterim. Ter um desses seres sentado bem numa barreira? É uma questão de segurança, ou assim pareceu a princípio.

— E agora você acha que isso não é mais tão preocupante? — perguntou Tom Stevens.

— Eu acho — afirmou Tipton. — Deixe-me esclarecer que essas apresentações precisam ser sustentadas com dados que eu possa compartilhar com meus cientistas em casa. Se eles chegarem a conclusões diferentes dos dados, vocês *vão* saber e, sem rodeios, não ficarei feliz com isso. Mas vocês nunca falsificaram dados antes. Não sei por que começariam agora.

— Obrigado pelo elogio, general.

— De nada. Claro, dra. MacDonald, você faria um favor a todos nós se pudesse encontrar alguma maneira de fazer Bella se mover, para que a brecha pudesse selar por completo. Pulverize-a com alguns feromônios ou algo assim. Vocês fazem esse tipo de coisa o tempo todo.

— Nós pensamos nessa possibilidade — disse Tom. — Mas, como ela não corre o risco de cruzar, decidimos que não é um problema. Além disso, kaiju prenhes são sensíveis.

— Sensíveis? — perguntou Sanders.

— Bella destroçaria qualquer outro kaiju que ela acreditasse ser uma ameaça para seus ovos. Se um de nossos helicópteros chegar e tentar fazê-la se mover, ela verá isso como uma ameaça e tentará destruí-lo. E provavelmente o perseguirá até conseguir, o que representaria um risco de atraí-la até a base Tanaka.

— Nós gostaríamos de não ser pisoteados por Bella — disse MacDonald, secamente.

— Então, achamos que é melhor deixá-la ficar onde está por enquanto — continuou Tom. — Temos câmeras e equipamentos monitorando-a e também fazemos observações no local com os helicópteros. Se acontecer algo que seja motivo de preocupação, vocês ficarão sabendo.

— Por quanto tempo mais ela ficará lá? — perguntou Sanders.

— Até que pare de produzir ovos. Ela deve pôr mais alguns em breve, e provavelmente haverá mais uma sessão depois disso.

— Então, semanas? Meses?

— Provavelmente mais um mês, pelo menos.

— Entendo que esteja curioso sobre essas criaturas, sr. Sanders — disse MacDonald.

— Claro — disse Sanders.

— O suficiente para tentar subornar meu piloto para que pousasse perto de Bella — continuou MacDonald. — Você entende que o dr. Satie apresentou um relatório de incidente não muito tempo depois de seu desembarque, como ele é obrigado a fazer sempre que algo incomum acontece em um voo.

Sanders parecia desconfortável, mas não muito. Ele estava de volta em terra e em um ambiente de sala de conferência, que era seu campo de jogo habitual.

— Dra. MacDonald, percebo agora que deixei o entusiasmo me dominar...

— Sim, você deixou — disse MacDonald. — Por favor, me diga por quê.

— É minha primeira vez aqui — disse Sanders. — Vendo isso. Vendo tudo isso. Eu me deixei levar. Foi errado da minha parte. Sinto muito.

MacDonald olhou para Sanders calmamente.

— Você compreende que sua família tem uma reputação nada brilhante em relação à base Tanaka.

Sanders pareceu confuso quanto a isso.

— Eu... Na verdade, não.

— Nos anos 1960, quando a SPK estava começando, seu avô insistiu nos geradores termoelétricos de radioisótopos de sua empresa como forma de alimentar nossas bases, incluindo a primeira versão da base Tanaka. Foi feito um relatório notificando que os kaiju pareciam especialmente atraídos por essa versão dos GTRs e sairiam à sua procura, mas o equivalente a ele... — MacDonald apontou para Tipton. — ... na época aprovou o projeto mesmo assim, em grande parte porque seu avô o subornou. Gostaria de adivinhar o que aconteceu em seguida, sr. Sanders?

— Suponho que muitas visitas de kaiju.

— Sim, incluindo aquele com um reator defeituoso que destruiu a base — disse MacDonald. — A antiga base Tanaka ficava perto da água, e os kaiju com reatores defeituosos costumam tentar chegar à água, talvez para se refrescar antes que sua situação se torne crítica. Este foi para a água e depois para a base. Mesmo no meio de um evento crítico, não conseguiu deixar de procurar o que pensava ser comida. Dezenas de pessoas morreram, sr. Sanders. Ironicamente, esses GTRs ainda estão lá, sob os escombros. Não ativos, é claro.

— Não sei como responder a isso — disse Sanders, depois de um minuto. — Exceto dizendo que não subornei o general Tipton.

— Eu posso garantir isso; ainda tenho uma hipoteca e as mensalidades escolares de três filhos — disse Tipton.

— O senhor nunca me pareceu do tipo subornável — disse MacDonald ao general.

— Obrigado — respondeu Tipton, sarcasticamente.

MacDonald voltou sua atenção para Sanders.

— Mas sabemos que você é do tipo que suborna. Assim como seu avô. Então, mais uma vez, sr. Sanders, me diga por que tentou subornar meu piloto para deixá-lo descer.

— Dra. MacDonald, eu juro para você que foi apenas curiosidade pessoal — disse Sanders, e suspirou, exasperado. — Olha, sei que posso parecer um idiota às vezes. Basta perguntar a Jamie.

Ele apontou para mim. Todos os olhos se viraram em minha direção.

— É verdade — afirmei. — Se bem me lembro, eu disse isso a ele no dia em que me demitiu.

— Sim! *Obrigado* — falou Sanders para mim, então olhou de volta para MacDonald. — Eu estava no modo babaca presunçoso esta manhã. Chamaram minha atenção por isso. Justo. E aprendi minha lição. Ser um idiota presunçoso aqui não leva a lugar nenhum. Literalmente, no caso do seu piloto de helicóptero. Eu sinto muito. Posso prometer que nunca mais vai acontecer.

MacDonald olhou para Sanders e depois para Tipton.

— General?

— Bem, tendo passado os últimos dois dias com ele, posso garantir que ele é um idiota — disse Tipton. — Também posso dizer que fiquei tão surpreso com o pedido dele quanto seu piloto. Não tenho motivos para acreditar que foi outra coisa além de um gesto impulsivo.

— Jamie? — MacDonald se virou para mim.

— Hein? — falei, porque sou muito sutil.

— Martin disse que viu você e o sr. Sanders conversando em particular no helicóptero pouco antes da tentativa de suborno. Sobre o que foi a conversa?

Um pensamento me ocorreu e o afastei por um momento.

— Foi sobre *Trocando as bolas*.

MacDonald pareceu confusa.

— Sobre vocês dois trocarem de lugar?

— Não — falei. — Tem um filme chamado *Trocando as bolas*. É dos anos 1980.

— Um filme do Eddie Murphy — explicou Tom.

— Esse mesmo — falei.

— E vocês estavam falando sobre esse filme por quê? — perguntou MacDonald.

— Foi apenas parte da conversa. Rob é um grande fã de Eddie Murphy.

MacDonald olhou para Sanders, buscando uma confirmação.

— É verdade — disse ele. — Dos primeiros filmes, não dos mais recentes. Embora *Meu nome é Dolemite* seja muito bom.

— E vocês não falaram de mais nada? — perguntou MacDonald para mim.

— Antes disso, conversamos sobre a füdmüd, que foi a empresa que ele fundou e para a qual trabalhei antes de ele me demitir sem mais nem menos — expliquei. — Ele estava tentando me dizer que minha demissão não foi pessoal.

— E o que você pensa a respeito disso? — perguntou Tom.

— Bem, eu de repente não tinha nem emprego nem dinheiro e passei os seis meses seguintes entregando comida no meio de uma pandemia. Com certeza me pareceu pessoal.

— Você disse isso a ele?

Olhei para Sanders.

— Bem, ele já sabe que eu acho que ele é um idiota.

MacDonald assentiu.

— Tudo bem — disse ela, e se virou para Sanders. — Parabéns, você teve sua única chance, sr. Sanders. Não terá outras. Saia da linha novamente, aborreça alguém ou importune qualquer pessoa da spk outra vez e, não interessa quanto dinheiro sua família tenha ou quais sejam suas conexões, tornarei sua vida um inferno. E você certamente nunca mais voltará para este lado. Estamos entendidos?

— Sim — disse Sanders. — Obrigado. Desculpe.

— Ótimo. — MacDonald olhou para seu *smartwatch*. — Temos algumas horas até o jantar, então, a menos que precise de mais alguma coisa, general, sugiro que façamos uma pausa. Eu ficaria muito feliz em acompanhar o senhor e o sr. Sanders durante a refeição, se o senhor estiver disposto.

— Isso seria maravilhoso, obrigado — disse Tipton.

MacDonald assentiu.

— Seis e meia, então — disse ela. — Vou pedir para Jamie vir buscá-los em seus aposentos.

Todos se levantaram e saíram da sala, exceto eu, que ainda tinha que retirar as coisas do *coffee break*. Limpei tudo, coloquei os pratos no meu carrinho e saí em direção ao refeitório.

No caminho, vi Tipton e Sanders parados, conversando. Eu segui na direção deles. Dava para ver que Tipton estava se exaltando e cutucando Sanders no peito de forma incisiva. Tipton percebeu que eu estava chegando, interrompeu a conversa com Sanders, acenou para mim e se afastou.

— Está tudo bem? — perguntei para Sanders.

— Estou levando bronca de todo mundo hoje — disse ele.

Eu meneei a cabeça.

— O que o general falou?

— Ele estava me dizendo que o que eu fiz hoje foi a coisa mais estúpida que ele já viu um civil fazer deste lado da barreira, que a SPK não se importa com a minha família ou com quanto dinheiro eu tenho, que vocês podem sempre encontrar outros bilionários para financiá-los porque têm uma porrada de Godzillas aqui e que nerds com dinheiro fariam fila na porta para bancar essa merda. A propósito, "uma porrada de Godzillas" é uma citação.

— Tenho certeza de que sim — falei. — E aposto que "nerds com dinheiro" também.

— E você estaria certo! — Sanders sorriu com tristeza. — Então, sim, não é meu melhor dia.

— Não é a pior coisa do mundo desenvolver um pouco de humildade — sugeri.

— Não sei quanto a *isso* — disse Sanders, e então se lembrou de algo. — Você mentiu lá dentro por mim. Sobre o que conversamos, antes de eu oferecer dinheiro ao piloto.

— Eu não menti — falei. — Apenas selecionei quais tópicos da nossa conversa ia expor.

— Por que fez isso?

— Por que não faria?

— Bem, por um lado, você acha que eu sou um idiota.

— Você é um idiota — confirmei. — Mas, depois de certo ponto, acho que as picas voadoras que tomou cumpriram seu papel. Nada além disso faria diferença. Acho que você entendeu.

— Certamente aprendi coisas hoje — disse Sanders. — Este lugar não é como eu esperava. De qualquer forma, obrigado.

Eu meneei a cabeça novamente.

— Quais são seus planos agora?

— Não tenho ideia — disse Sanders. — Não é como se vocês tivessem muitas atividades aqui. Eu posso voltar e ficar olhando para as paredes até o jantar. Por quê?

— Bem... É justo dizer que você teve um dia decepcionante, não?

— Sim. E...?

— Eu posso te recompensar por isso.

— Como?

— Deixa comigo, relaxa — falei, apontando para o meu carrinho. — Depois vamos sair para caminhar.

— Vamos ter problemas? — perguntou Sanders enquanto descíamos as escadas para o chão da selva. Poderíamos ter pegado o elevador, mas as várias semanas carregando coisas pela base e os seis meses de caminhada pelo East Village para entregar comida provavam que escadas não eram um problema para mim. Sanders estava começando a parecer um pouco sem fôlego, no entanto, e aquela era só a descida.

— Nem um pouco — respondi. — Se tivesse mantido sua programação original, eu iria trazê-lo aqui amanhã de qualquer modo. Uma vez que você abandonou seu cronograma, esse passeio não estava mais nele. Estou apenas colocando de volta.

— Talvez devêssemos ter contado a Tipton — disse Sanders.

— Não. Ele esteve aqui quantas vezes antes? Provavelmente já viu essa parte. — Chegamos lá embaixo e eu parei diante da porta trancada. — Para você, tudo isso é novo. Preparado?

— Preparado — disse Sanders, ofegante. Destranquei e abri a porta, liguei o berrante que eu tinha no bolso e saímos para o chão da selva.

— Isso é incrível — disse Sanders, olhando ao redor.

— É mesmo — concordei.

— É seguro?

— *Seguro* é uma palavra que não usamos muito aqui — falei. — Mas é o mais seguro possível. Só não se afaste muito de mim, por favor.

Sanders sorriu.

— Você vai me proteger, então.

— Tipo isso — concordei novamente.

Nós vagamos a alguma distância da porta, em direção às árvores. Quando nos aproximamos, enfiei a mão no bolso e desliguei o berrante. Cerca de dez segundos depois, o primeiro caranguejo apareceu no tronco de uma árvore e apontou suas antenas para nós.

— Uau — disse Sanders, e então o idiota estendeu a mão para o bicho. Religuei o berrante, e ele fugiu. — Você viu aquilo?

— Vi — falei.

— O que é?

— *Caranguejos de árvore* é como chamamos. Não é muito criativo, eu sei.

— Eles são perigosos?

— São venenosos — falei.

No meu primeiro encontro com um caranguejo de árvore eu tinha aprendido que o veneno deles é inofensivo para os humanos. É doloroso, e dependendo da quantidade você pode ficar mal por algumas horas, mas provavelmente não vai morrer. Essa é uma das razões pelas quais Riddu Tagaq usa esses caranguejos para assustar os novatos. No entanto, eu não pretendia dizer isso a Sanders por enquanto.

— Então eu provavelmente não deveria ter tentado tocar em um — disse ele. Desliguei o berrante.

— Você que sabe — falei, e apontei para a árvore, onde o caranguejo empoleirado se aproximava novamente. Desta vez, Sanders se afastou dele, e um pouco de mim também.

Eu calmamente dei um passo na outra direção, para longe de Sanders e da árvore.

— Cuidado — falei.

— Por quê?

— Eles viajam em bandos. — Apontei para a árvore, na qual mais três caranguejos de árvore haviam surgido.

— Certo, acho que já vi o suficiente — declarou Sanders. Ele não tirava os olhos dos caranguejos... que, sinceramente, também não tiravam as antenas dele.

Dei outro passo tranquilamente para longe de Sanders e da árvore.

— Rob?

— Sim?

— Por que você queria pousar lá no local? — perguntei. — Digo, *de verdade.*

— Eu já disse o motivo — insistiu ele. Mais caranguejos de árvore apareceram e começaram a chilrear uns para os outros.

— Não — falei. — Você mentiu sobre o motivo, e quando eles me perguntaram eu desviei o suficiente para que acreditassem em sua mentira. Mas eu sei que você estava mentindo.

— É? Como sabe disso?

Sanders olhou para mim ao dizer isso, e um dos caranguejos aproveitou a oportunidade para descer da árvore até o solo. Ele bateu cautelosamente com uma pata na superfície, como se estivesse testando sua solidez. Sanders captou o movimento pelo canto do olho e voltou toda a sua atenção para a árvore cheia de caranguejos.

— Porque você queria fazer uma de suas malditas "apostas dos Duke" em cima disso — respondi. — Você estava confiante de que poderia convencer Martin a fazer o que você queria. O que, para mim, significa que provavelmente planejou tudo aquilo. O que significa que tinha um plano.

— É muita suposição.

— Certo, como preferir — falei, e então me virei para ir embora. Atrás de mim, ouvi um "plop" suave: outro dos caranguejos havia saltado da árvore e agora estava no chão.

— Espere!

Eu me virei. Sanders me lançou o mais rápido dos olhares de pânico. A essa altura, três dos caranguejos estavam no chão, e um deles começou a andar, em um ritmo muito casual e controlado, em direção a ele.

— Isso fica entre nós.

Apesar de tudo, eu tinha que admirar sua necessidade de tentar barganhar enquanto estava, ou assim ele pensava, à beira de ser comido.

— Pode falar.

— Eu queria obter uma amostra — disse Sanders.

Fiz uma careta, então notei que o caranguejo mais próximo de Sanders estava agora a uma curta distância dele. Liguei e desliguei o berrante; o caranguejo parou e empinou, confuso.

— Como assim, queria obter uma amostra? — perguntei.

— Eu trouxe uma seringa comigo — disse Sanders. — Eu disse que era a minha insulina.

— Você é diabético? — perguntei, fazendo o berrante pulsar novamente.

— Não, foi só o que eu falei.

— Cadê a seringa agora?

— No meu bolso.

Eu fazia o berrante pulsar.

— Deixa eu ver.

Sanders enfiou a mão no bolso do macacão e tirou de dentro um pacote lacrado que incluía uma seringa e uma agulha. Era muito pequeno. Eu ri.

— O que foi? — disse Sanders.

— Você não ia conseguir enfiar isso em Bella, meu caro.

Sanders parecia irritado, ou o mais próximo possível de estar irritado enquanto também estava em pânico.

— Não era para Bella.

Uma ideia estalou no meu cérebro.

— Ah, entendi — falei, pulsando o berrante outra vez. Era possível que eu estivesse imaginando coisas, mas os caranguejos pareciam exasperados àquela altura. — Você queria obter uma amostra de um dos ovos dela.

— Isso mesmo — disse Sanders.

— Mas já temos material genético kaiju registrado.

Sanders balançou a cabeça.

— Não do outro lado. Temos alguns dados sobre a genética deles, mas não o material genético.

— E você pensou que iria simplesmente passar por todo mundo com sua amostra no caminho de volta.

— Eu tenho o frasco de insulina — disse Sanders.

O caranguejo na dianteira finalmente cansou de esperar e pulou na direção de Sanders. Ele berrou e começou a girar em desespero, e o caranguejo passou voando por ele. Liguei o berrante no máximo enquanto o caranguejo estava no ar; ele caiu e fugiu, seguido pelo resto dos caranguejos.

Caminhei até Sanders.

— Então você pensou que ia simplesmente pousar em um ninho ativo de kaiju, dar um passeio até a geleia-natal, que está fervilhando de criaturas como estas... — Eu apontei para o caminho que os caranguejos de árvore tinham tomado. — ... mas muito, muito piores, pegar uma amostra sem que nenhum de nós percebesse e levá-la para o outro lado.

— Sim, basicamente, era isso.

Desliguei o berrante. Os caranguejos surgiram ao redor da árvore de novo.

— Deve ser *incrível* ter tanta confiança.

— Olhando em retrospecto, vejo que esse plano tinha falhas — disse Sanders, fitando os caranguejos.

— Algumas — concordei.

Liguei o berrante de novo. Os caranguejos fugiram. Um lento olhar de compreensão surgindo no rosto de Sanders indicava que ele finalmente percebia que as ações dos caranguejos de árvore pareciam muito bem sincronizadas. Eu sorri e puxei o berrante do bolso.

— Mantém eles longe — expliquei. — A menos que eu desligue.

— Você me trouxe aqui de propósito — disse ele, estreitando os olhos.

— Com certeza — concordei.

— Por quê?

— Porque conheço você melhor do que o restante do pessoal, e minha curiosidade foi mais forte. Além disso, você foi um pau no cu comigo. Eu queria retribuir o favor.

— É, foi um plano muito bem-feito — disse Sanders. — Você conseguiu mesmo.

— Ainda não terminei — rebati, agitando o berrante e colocando-o de volta no bolso antes que Sanders pensasse em tentar tirá-lo de mim. Ele não conseguiria; eu estava em melhor forma que ele, eu carrego coisas, mas por que deixá-lo pensar na possibilidade?

— O que mais você quer? — perguntou Sanders.

— Há a questão do seu castigo.

Os olhos de Sanders se arregalaram.

— Você não *faria isso*.

Eu o encarei.

— O quê, deixá-lo aqui para ser comido pelos caranguejos de árvore? Não seria muito sutil. Digo, eu *poderia*, e não seria difícil fazer todos acreditarem em mim. Você foi estúpido o bastante para querer pousar no ninho do kaiju. Ninguém duvidaria de mim se eu dissesse que você fugiu por entre as árvores e deixou um cadáver esquelético para trás. — Isso não seria verdade, é claro, porque os caranguejos de árvore não o matariam, apesar de ficarem felicíssimos em limpar seu cadáver até os ossos. Mas eu não iria dizer isso a ele. — Só que nesse caso você estaria morto e não poderia *aprender*.

Sanders revirou os olhos.

— Pelo amor de Deus, chega desse monólogo de vilão de filme e fala logo.

— Você perdeu seus privilégios na Terra Kaiju — falei. — Este será o seu primeiro e único circuito.

— Você não pode fazer isso — disse Sanders. — É MacDonald que manda aqui.

— Isso ficaria entre nós dois. Isto é, a menos que você queira que eu conte a MacDonald.

— Seria sua palavra contra a minha.

— Bem, veja só, MacDonald já desconfia de você, então essa eu ganharia. Mas em todo caso… — Enfiei a mão no bolso frontal do macacão, o que não tinha o berrante, e mostrei a Sanders meu telefone, que estava com o gravador de áudio ligado. — Isso já foi para minha conta na nuvem local, então nem tente tirar o aparelho de mim.

— Então você quer que eu nunca mais volte aqui.

— Sim, é mais ou menos isso. Ou eu poderia só entregar o arquivo de áudio a MacDonald para que ela o proibisse de voltar. Aí provavelmente você também seria preso por contrabando ou pelo que quer que te acusassem, eu não sei, mas seria interessante, e imagino que eles usem tribunais secretos ou algo assim, porque, bem... — Fiz um gesto acenando ao redor. — A escolha é sua.

— Você está sendo realmente babaca — disse Sanders.

— O que posso dizer? Você foi um bom exemplo — respondi. — Agora vamos, temos que voltar a tempo do jantar.

— Espere — disse Sanders, e eu podia senti-lo se recompondo. — Você ganhou essa rodada. Certo. Bem feito para mim. Mas... se você *não fizer* isso, posso fazer valer a pena.

— É tentador — falei. — Mas não! Além disso, estou andando agora e vou desligar o berrante. Você pode me acompanhar. Ou não.

Comecei a andar. Depois de um segundo, Sanders me seguiu. Eu mantive o berrante ligado o tempo todo. Mesmo que não pudessem nos matar, os caranguejos de árvore eram péssimos.

Quando chegamos à porta, Sanders olhou para as escadas.

— Não tem elevador? — perguntou ele.

— Não — respondi. — Não, não tem.

20

Depois do drama com nosso primeiro grupo de turistas, os dois grupos seguintes foram deliciosamente calmos. Eram cientistas e políticos, entre os quais havia apenas um bilionário que, por sorte, se comportou bem e não me forçou a simular um ataque fatal de caranguejos de árvore. Conforme solicitado, atuei como guia e mantive todos engajados e entretidos. Respondi a perguntas básicas, certifiquei-me de que estavam onde precisavam estar no momento certo e, em uma ocasião, me ofereci para fazer um dueto de "Under Pressure" no karaokê com um tímido vencedor do Prêmio Nobel de Química. Não era nada de outro mundo ser babá de cientistas em outro mundo.

Quando não estava fazendo as vezes de guia, eu tentava compensar minha carga de trabalho Carregando Coisas, porque Val tinha que assumir a maior parte das nossas atribuições compartilhadas enquanto eu entretinha nossos espectadores. Ela nunca reclamou de cobrir os turnos vagos, mas nem por isso eu me sentia bem com essa situação.

Minha dedicação à culpa e ao carregamento de coisas não passou despercebida.

— Você vai se cansar — avisou Tom. — Você está há apenas um mês no seu circuito. Se continuar assim, não vai sobrar nada de você além de nós musculares daqui a cinco meses.

Refleti sobre isso.

— Só faz mesmo um mês?

— Um mês e uma semana, mas sim.

— Uau.

Tom sorriu.

— Parece mais tempo?

— Não mais tempo — falei. — É como se eu estivesse aqui desde sempre.

Tom assentiu.

— O tempo passa de maneira diferente aqui. Estamos isolados do resto da humanidade, e praticamente nada do que os humanos fazem chega aqui. Lembra das notícias? Tipo, quando foi a última vez que você pensou em covid? Ou em eleições?

— Bem, eu *votei* — comentei. A spk havia trazido cédulas de voto em trânsito para os americanos de Tanaka na mesma viagem em que Sanders veio, e nós as enviamos de volta quando foram embora.

— Claro, mas você ainda está *pensando* na eleição?

— Definitivamente, não — admiti. — Na verdade, me surpreende um pouco que ela *ainda* não tenha acontecido.

Outro aceno de cabeça de Tom.

— É o que quero dizer. O tempo não significa quase nada aqui. Você vai voltar para casa em Nova York em março e suas primeiras duas semanas lá serão dedicadas basicamente a se atualizar das notícias e dizer: "Eles fizeram o quê?!?".

— Não tenho certeza se espero muito ansiosamente por isso.

— Tem sido especialmente ruim nos últimos anos, com certeza. Dito isso, o tempo ainda passa deste lado, e você precisa se controlar. Quase nada do que fazemos aqui é tão criticamente importante que você precise se esgotar para fazê-lo.

Olhei para Tom, chocado.

— Onde está sua ética protestante do trabalho, meu jovem? Você cursou administração!

— Eu sei, eu sei. Eu sou uma vergonha para o capitalismo. Mas estou prestes a reduzir um pouco seu horário de trabalho adicionando um pouco ao meu, para que possamos ambos nos sentir melhor a meu respeito.

— Você vai carregar alguma coisa para mim? — perguntei.

— Ah, não, nem pensar — disse Tom. — Vou tirar você da missão de reinstalar os instrumentos no ninho da kaiju e me colocar nela.

— Sério?

Depois de três semanas, a maioria dos conjuntos de instrumentos no ninho da kaiju estava com pouca bateria, ou apresentava falhas, ou as imagens eram inúteis porque alguma criatura os derrubara ou esmagara. O pessoal da ciência estava preparando novos conjuntos atualizados, e nós os instalaríamos assim que o último dos turistas tivesse ido embora e a base Honda desligasse seu dispositivo de portal dimensional para manutenção.

— Por que você está fazendo isso? — perguntei.

— Gostaria de dizer que é porque sou um cara legal e estou preocupado com você, mas na verdade é porque Riddu Tagaq me disse que está na época de me recertificar para treinamento de solo e armas. Se você realmente sair em missão logo após a recertificação, a recertificação dura mais tempo.

— Ninguém me disse isso.

— Você recebeu certificação para *sair* em uma missão, então estava implícito.

— Não estava, nem um pouco.

— Bem, parabéns, Jamie, você não precisará receber outra certificação para solo e armas até dois circuitos a partir de agora. E, assim que eu for para a missão da qual estou tirando você, acontecerá o mesmo comigo. A menos que você esteja realmente querendo ir.

— Não, vá você. Quero que você fique com essa. Enquanto estiver fazendo isso, ficarei aqui, carregando coisas.

— Você está intencionalmente ignorando meu conselho, percebo — disse Tom.

— Não, não, eu o escutei e considerei totalmente, com seriedade. E então o rejeitei.

— Isso é o que eu ganho por tentar ser útil.

— Se você quer ser útil, tenho algumas coisas que você pode entregar para mim. Coisas pesadas.

— Eu prefiro não.

— Covarde.

— Droga, o fluxo de dados caiu de novo — disse Niamh. Elu olhava com raiva para um monitor no laboratório de física. O monitor responsável por despertar a sua ira estava em branco.

— Que fluxo de dados? — perguntei. Eu estava no laboratório de física recolhendo equipamentos para levar para o depósito. Os laboratórios da base Tanaka eram pequenos, e qualquer coisa que não estivesse diretamente sendo usada era levada para dar lugar ao que de fato estava em uso.

— Aquele do ninho da kaiju. — Niamh apontou para a tela.

— Bem, ele ia ficar fora do ar, não ia? — comentei. — Estão trocando os instrumentos por lá agora.

Era a terça-feira posterior à despedida do nosso último grupo de turistas, um dia depois que eles foram enviados de volta à Terra e também o dia em que a base Honda fecharia o portal dimensional para manutenção. A Terra Kaiju estava sozinha por duas semanas.

Niamh logo me esclareceu de meu equívoco.

— Não, não ia — explicou. — Ou não deveria, de qualquer modo. Os instrumentos individuais ficam fora do ar quando nós os desligamos, mas a alimentação é roteada pelo aeróstato, que também tem sua própria câmera e instrumentos. Mas *o aeróstato* não está sendo trocado, e é ele que está fora do ar.

— Isso acontece muito?

— Tem acontecido com mais frequência. Os aeróstatos são como qualquer outra máquina; são sensíveis e provavelmente deveriam ser trazidos para manutenção com mais frequência do que são.

Eu sorri.

— O que foi? — perguntou Niamh ao ver o sorriso.

— Estou ouvindo você reclamar dos aeróstatos como se já soubesse que eles existiam seis semanas atrás.

— Olha, cara, o tempo passa de um jeito estranho aqui.

— Tom estava me dizendo isso outro dia.

— Além do mais, não estou errade — continuou Niamh. — Estamos usando o mesmo aeróstato sobre Bella desde que ela sentou a bunda lá. Isso é muito tempo. Se perdermos o fluxo de dados do aeróstato, não poderemos obter os dados dos conjuntos de instrumentos.

— Você vai perder os dados?

— Não, todos eles gravam localmente se não puderem se conectar. Mas, em algum momento, a memória deles atingirá o limite e *aí* perderemos os dados. — Niamh estava de mau humor com isso. Tendo instalado os instrumentos anteriores, elu era proprietárie do fluxo de dados.

Eu concordei, balançando a cabeça.

— Faz quanto tempo que o fluxo está fora do ar?

— Foi agora mesmo — disse Niamh. — Eu estava assistindo ao fluxo de dados aéreo, esperando para verificar as conexões dos novos instrumentos.

O helicóptero tinha acabado de deixar todo mundo, e eles estavam jogando conversa fora. Então você entrou e me distraiu; quando olhei para trás, já estava fora do ar.

— Sinto muito.

— É bom sentir mesmo. — Elu contemplou a tela. — Geralmente cai por no máximo alguns segundos antes de voltar a aparecer. Dessa vez está demorando muito mais do que o normal. É irritante. Eu quero mais dados. Dados de um conjunto de instrumentos que não esteja manchado com muco de parasita.

— Vou passar pelo prédio da Administração — contei. — Você quer que eu diga a eles que o fluxo de dados do aeróstato parou? Eles têm uma conexão de rádio com o Tanaka Um. Provavelmente podem verificar se houver algo errado.

— Tenho certeza de que vai ficar tudo bem — disse Niamh. — E com isso quero dizer: óbvio, vá reclamar com a Administração, aí eles vão se irritar com você e não comigo.

— A caminho — eu disse.

Cheguei à Administração e encontrei Aparna e Kahurangi lá.

— O fluxo de dados do aeróstato parou — disse Aparna para mim.

— Eu sei. Niamh me pediu para vir reclamar disso.

Kahurangi apontou para o escritório de Brynn MacDonald.

— Há outro problema — disse ele. — Eles também não conseguem entrar em contato com o Tanaka Um.

Eu fiz uma careta.

— Há quanto tempo?

— Desde que viemos aqui para reclamar que o fluxo de dados do aeróstato está inoperante.

— Então não faz muito tempo.

— Não, mas é estranho ter os dados do aeróstato e um helicóptero fora de contato ao mesmo tempo — disse Kahurangi.

— Especialmente perto de um kaiju — acrescentou Aparna.

Meneei a cabeça. Eu não tinha feito essa conexão. Algo ou alguém podia ter incomodado Bella o suficiente para que ela despertasse de seu torpor reflexivo. Se isso acontecesse, poderia ser uma notícia muito ruim para o aeróstato, o helicóptero e todos na missão, incluindo os colegas da Equipe Azul de Kahurangi. Os de Niamh também.

E Tom Stevens, eu me lembrei.

MacDonald saiu de seu escritório, parecendo descontente. Ela estava prestes a dizer algo para Aparna e Kahurangi quando me viu e parou.

— Eu já sei sobre o fluxo de dados e o helicóptero — falei para ela.

— Então quero que vá ao aeródromo e fale com Martin Satie — disse ela. — Discretamente. O aeródromo tem seu próprio equipamento de rádio; talvez ele consiga chamar o Tanaka Um de lá.

— E se não conseguir? — perguntei.

— Um problema de cada vez — disse MacDonald. Ela se virou para Aparna e Kahurangi. — Preciso pedir que vocês não comentem com mais ninguém sobre isso ainda.

— Niamh Healy sabe que algo está acontecendo também — contei. — Acabei de falar com elu.

— Podemos falar com Niamh — disse Kahurangi.

— Não é algo que possamos manter abafado por muito tempo — alertou Aparna. — Não somos os únicos com acesso aos dados do aeróstato. Ion estará de volta ao laboratório em breve e vai procurar por esses dados.

— Não é com o aeróstato que estou incomodada — disse MacDonald. — Eles caem de vez em quando. É o Tanaka Um sem comunicação que me preocupa. — Ela olhou para mim. — Por que ainda está aqui? Xô!

Saí e fui para o aeródromo com tanta pressa que quase me esqueci de pegar um chapéu e luvas.

Martin Satie não pareceu surpreso em me ver.

— Você veio da Administração? — perguntou ele.

— Sim.

— Eles também não conseguiram falar com o Tanaka Um?

— Não. O fluxo de dados do aeróstato também está fora do ar.

— Há quanto tempo?

— Desde que o Tanaka Um está fora de contato.

— Alguma coisa nos dados antes de sair?

— Eu não vi. Estava conversando com Niamh, que os examinava antes de sair. Elu também não viu nada.

Satie assentiu.

— Certo. Bem, vamos, então.

— Quê?

— Temos um helicóptero sem contato e um aeróstato caído perto de um kaiju — disse Satie. — Precisamos de olhos. Você tem olhos.

— Você também tem olhos — argumentei. — Preciso dar um retorno.

— Certo. — Satie pegou seu telefone, ligou a tela e mandou uma mensagem de texto. — Pronto.

— O que foi isso? — perguntei.

— Acabei de mandar uma mensagem para a dra. MacDonald e disse a ela que estou saindo com você por um momento.

— E ela sabe o que isso significa?

Satie olhou para mim.

— A dra. MacDonald mandou você aqui em vez de enviar mensagens de texto. Ela quer manter isso em sigilo. E também quer respostas. Se digo a ela que estou levando você comigo, fica implícito que vou atrás de respostas. E se alguém espiar por cima do ombro quando ela receber a mensagem não vai saber que há um problema. Estou sempre saindo com alguém.

— Saquei — falei.

— Achei que você entenderia.

— O que você acha que aconteceu?

— Eu não tenho ideia, é por isso que vamos lá. Mas, se virmos aquela kaiju de asas abertas, eu sei exatamente o que fazer.

— E isso seria?

— Torcer para que ela não nos veja antes de darmos o fora de lá. Se ela estiver de pé e se movendo, é porque algo realmente a irritou. Se ela nos vir, vai nos derrubar sem pensar duas vezes.

— Diga-me o que você está vendo — disse Satie enquanto rondávamos o local.

Eis o que eu vi:

O Tanaka Um, destruído no chão, ainda fumegando e em chamas, próximo à margem do lago.

O chão perto do ninho da kaiju e do acidente repleto de criaturas da selva rastejando. Se alguém tivesse conseguido escapar da queda do helicóptero, essas criaturas já teriam devorado a pessoa.

Nossos amigos estavam mortos. Eu falei isso para Satie.

Ele assentiu.

— Agora — pediu ele. — Diga-me o que você não vê.

— Eu não vejo o aeróstato — falei.

— O que mais?

— Eu não vejo os ovos que Bella pôs.

— O que mais?

— Eu não vejo Bella.

Ela havia desaparecido. Seus ovos haviam desaparecido. Todos os seus parasitas e criaturas companheiras haviam desaparecido.

Tudo havia desaparecido.

— Isso não está certo.

— Não mesmo — concordou Satie. — Agora me diga por quê.

Eis o porquê: quando olhei para baixo, para onde Bella costumava estar, não parecia que Bella estivera ali e fora embora.

Quando olhei para baixo, para onde Bella costumava estar, era como se ela nunca tivesse estado ali.

21

— Então, para onde ela foi? — perguntou Brynn MacDonald.

Estávamos na sala de conferências do escritório da administração: Brynn, Jeneba Danso e Aparna, Niamh, Kahurangi, Martin Satie e eu. Satie e eu estávamos lá porque fizemos a viagem até o local e a reportamos. Meus amigos estavam lá porque eram os líderes dos dados do local e porque, no caso de Niamh e Kahurangi, após a aparente morte de suas contrapartes no acidente do Tanaka Um, estavam agora nominalmente encarregados de seus laboratórios.

Era correto dizer que ainda estávamos em choque, assim como todos os nossos colegas da base Tanaka. MacDonald e Danso informaram o restante do pessoal da base sobre o aparente acidente assim que Satie e eu voltamos; a essa altura os rumores já estavam correndo, mesmo com meus amigos mantendo a boca fechada. Não havia sentido em permitir que continuassem.

Todos estavam de luto. Em uma base tão pequena quanto a nossa, todo mundo conhecia todo mundo, e tínhamos acabado de perder cinco amigos. Aqueles que haviam restado e que estavam reunidos naquela sala de conferências pelo menos tinham algo a fazer para se manter ocupados.

— Não sabemos — respondeu Aparna à pergunta de MacDonald.

Ela fez com que seu laptop projetasse uma imagem no monitor de parede maior da sala de conferências; era um mapa dos kaiju "locais", que abrangia centenas de quilômetros dos arredores da Península de Labrador.

— Bella estava registrada e marcada, e, mesmo sem o aeróstato que parece ter caído no local, ainda estamos recebendo leituras dos demais que conhecemos. Temos um pequeno ponto cego onde a cobertura do aeróstato caído não é sobreposta pelos outros. Então é possível que ela esteja por lá. Mas, se está, Martin e Jamie deveriam poder vê-la.

— Não vimos nada — disse Satie, e eu assenti. Depois de inspecionarmos o local do ar, gravando durante o processo, fizemos uma ampla ronda na área na tentativa de localizar Bella. — Ela não está lá. E não há nada que indique seu paradeiro.

— Ela voa — observou Danso. — Ela não deixaria um rastro ou seguiria um caminho como outros kaiju fazem.

Aparna negou com a cabeça.

— Ela não teria deixado um rastro, mas teria aparecido em nosso mapa, qualquer que fosse a direção que tivesse seguido. Mesmo a sudoeste, onde temos o menor número de aeróstatos, ela teria aparecido nos sensores por pelo menos alguns minutos.

— O rastreador dela pode ter caído — disse Kahurangi. — Isso aconteceu com o kaiju que vimos quando estávamos vindo para a base pela primeira vez.

— Kevin — completei.

— Esse mesmo — concordou Kahurangi. Ele não sorriu ao dizer isso. Pela primeira vez, os nomes comuns dos kaiju não eram tão engraçados.

— Então você acha que ela levantou voo do ninho e seu rastreador caiu — disse Satie a Kahurangi.

— Não sei, mas parece possível. — Ele gesticulou para Aparna. — Ela disse que temos um ponto cego de rastreamento agora. Se caísse lá, isso explicaria muita coisa.

MacDonald olhou para Satie.

— Quanto tempo até que possamos trazer outro aeróstato para a área?

— Podemos designar o que está imediatamente a sudoeste a qualquer momento — disse ele. Como chefe dos aviadores e aeronaves da base Tanaka, ele também era responsável pelos aeróstatos sob o controle da base. — Mas eles se movem devagar. Levará mais de um dia para o mais próximo se mover.

— Precisamos de respostas mais rápido do que isso.

— Eu não posso fazê-los voar mais rápido do que é possível — disse Satie. — Mas enquanto isso, se você quiser, podemos designar a *Shobijin* para atuar como um aeróstato temporário. Não está servindo para mais nada no momento. Coloque instrumentos de aeróstato no dirigível e faça-o flutuar até que possamos colocar um de verdade no lugar.

MacDonald olhou para Danso, que assentiu.

— Vamos fazer isso, então — disse ela.

Aparna levantou a mão.

— Há outra questão.

— E o que seria, dra. Chowdhury?

— É possível que Bella esteja escondida em nosso ponto cego, ou talvez seu rastreador tenha caído nele — reconheceu Aparna —, mas isso não esclarece onde foram parar seus ovos. Eles sumiram. Todos eles.

— Outras criaturas os comeram depois que ela saiu — sugeriu Danso.

— Tenho certeza de que sim. Mas não tão *rápido*. — Aparna se virou para mim. — Você disse que não viu nem os ovos, nem a geleia-natal.

— Não — confirmei. Satie também assentiu. — Estávamos sobrevoando bem alto, então talvez não tenhamos visto tudo. Mas onde Bella deveria estar não havia nada. Nem Bella. Nem ovos.

— Bella não teria deixado seus ovos, exceto em caso de emergência ou ameaça iminente — disse Aparna a MacDonald e Danso. — Sabemos que esse é o comportamento básico de postura para sua espécie. Mas, se saísse de sua posição chocadeira, ela não iria, e nem poderia, levar os ovos consigo. — Ela apontou para a tela. — Bella está desaparecida, e isso é estranho. Mas seus ovos desapareceram completamente, o que é impossível.

Danso olhou para Niamh.

— A menos que…

— A menos que Bella tenha atravessado a barreira dimensional — disse Niamh, concluindo o pensamento de Danso.

— Isso é possível?

— Não *deveria* ser — disse Niamh, devagar. — Seu comportamento de aninhamento manteve a barreira dimensional fina, mas não o suficiente para fazê-la atravessar. E seu estado físico não mudou desde que ela começou a chocar. Nenhum dado que temos indica qualquer mudança. E, mesmo se houvesse uma mudança, ela está certa. — Niamh apontou para Aparna. — Os ovos ainda estariam lá. Não teriam ido com a mãe.

— Por que não? — questionou Kahurangi.

— Porque eles ainda não têm pequenos reatores nucleares próprios, basicamente — explicou Niamh.

— Mas os parasitas de Bella teriam ido com ela — disse MacDonald. — E eles não têm reatores nucleares biológicos.

— Se estivessem fisicamente nela no momento, com certeza — disse Niamh. — Eles são literalmente caronas. Mas os ovos que Bella colocou não ficam mais ligados à mãe. Não teriam ido com ela para o outro lado mais do que teriam ido com ela se a kaiju voasse para algum lugar deste lado.

— Então a questão não é "Onde está Bella?", e sim "Onde estão os ovos dela?" — disse MacDonald.

— Isso mesmo.

— Então, onde *estão* os ovos dela?

— Eu não faço ideia — confessou Niamh, então fez uma pausa para reconsiderar. — Não, isso não é verdade. Eu tenho uma ideia, mas não gosto muito dela.

— Diga.

— Você também não vai gostar.

— Qual é?

— Bella e seus ovos atravessaram a barreira dimensional.

— Você acabou de dizer que ela não poderia passar — disse Danso.

— *Ela* não pode — confirmou Niamh. — E seus ovos definitivamente não podem. Não por conta própria, na verdade.

— Fale logo, Healy — disse MacDonald.

— Não estou tentando fazer suspense, juro — disse Niamh. — Ainda estou tentando descobrir a lógica disso em minha mente. Mas, não importa o que aconteça, faz sentido que, se nenhuma condição deste lado da barreira dimensional mudou o suficiente para fazer Bella e seus ovos passarem, então algo *do outro lado* mudou. Só não tenho ideia do que tenha sido.

— Uma explosão nuclear poderia ter feito isso — disse Kahurangi.

— Cara, se tivermos bombas nucleares explodindo na zona rural do Canadá agora, estamos todos muito fodidos.

— Se não foi uma bomba nuclear, então foi o quê? — perguntei.

— Eu *não sei* — repetiu Niamh. — Atravessar a barreira dimensional requer que uma enorme quantidade de energia nuclear seja aplicada de uma só vez ou sustentada ao longo de um período. — Eles apontaram para o mapa que ainda estava no monitor de parede. — No local onde Bella está, ou *estava*, não há nada do outro lado. É só floresta. Não há cidades ou estradas. Ninguém. E definitivamente nada com poder nuclear para puxar Bella e seus ovos para o outro lado.

— Então não faz sentido que ela tenha ido parar no nosso mundo — disse MacDonald.

— Não — concordou Niamh. — Mas também é a única coisa que faz sentido para o que estamos vendo.

— A menos que estejamos deixando passar alguma coisa — disse Kahurangi. Ele apontou para o computador de Aparna. — Posso?

Aparna assentiu. Kahurangi acessou a pasta restrita da reunião em que estávamos, na qual Satie havia colocado nosso vídeo de voo. Kahurangi adiantou o vídeo até a parte em que a câmera do helicóptero ganhava uma visão desimpedida do solo e das criaturas que fervilhavam sobre ele.

— O que deveríamos estar vendo aqui, dr. Lautagata? — indagou Danso.

— Eu estava vendo esse vídeo mais cedo e algo nele me incomodou, mas eu não sabia dizer o quê — disse Kahurangi. — Só agora me ocorreu. Todas essas criaturas estão fervilhando ao redor, e nenhuma delas está atacando uma à outra.

— Certo, e daí?

— Corrija-me se eu estiver errado, mas pelo menos algumas dessas criaturas seriam presas de algumas dessas outras criaturas. — Ele olhou para Aparna. — Certo?

Com os olhos semicerrados, Aparna analisou a tela, tentando distinguir as diferentes espécies.

— Parece que sim.

Kahurangi assentiu e apontou para a tela de novo.

— Isso seria o nosso equivalente a jacarés ignorando bebês gazelas indefesas na beira da água. Isso não acontece a menos que os jacarés pensem que há algo muito melhor disponível. — Ele olhou para mim. — Você já atirou nelas com um lançador de cilindros. E você sabe como as criaturas reagem a um cilindro aberto. Ignoram todo o resto e vão atrás dele.

— Mais ou menos — falei. — No meu caso, foi bem "menos".

— Não é uma ciência exata — concordou Kahurangi. — Mas o princípio permanece.

— Você está dizendo que há algo feromonal acontecendo aqui? — perguntou MacDonald. — E, se houver, o que isso tem a ver com o que dre. Healy estava dizendo?

— Não é feromônio — disse Kahurangi. — Os feromônios são parte do que colocamos nos cilindros. A outra parte são os actinídeos. A fauna local enlouquece por eles. E, claro, é do urânio que eles mais gostam. — Ele pausou a tela. — Isso é o que eles fazem quando há muitas coisas ao redor, ou pelo menos quando pensam que há.

— Existe uma quantidade significativa de urânio nesse ponto do outro lado? — perguntou Niamh.

— Eu não sei, eu teria que checar no mapa — disse Kahurangi.

— E você se diz geólogo.

Kahurangi sorriu — e aquele foi, acho, o primeiro sorriso genuíno em toda a reunião.

— Esse foi o local de uma explosão nuclear apenas algumas semanas atrás — disse ele. — Então, ainda é altamente atraente para as criaturas locais. Essa é uma das razões pelas quais acreditamos que Bella escolheu este lugar para chocar: para que seus parasitas encontrassem comida suficiente para eles e para ela. Mas essa atividade sugere que mais alguma coisa tenha acontecido, algo que trouxe diretamente mais actinídeos para a área ou deu a impressão, ao menos temporária, de que havia mais actinídeos.

— E o que seria isso? — perguntou MacDonald.

— Não tenho certeza — disse Kahurangi. — Mas o que quer que tenha sido estou disposto a apostar que não foi natural. É algo que fizemos. Humanos. Talvez não uma explosão nuclear. — Ele acenou para Niamh. — Mas ainda envolvendo humanos, com certeza.

— Que *timing* curioso… — comentou Satie.

Eu entendi o que ele quis dizer e me virei para MacDonald e Danso.

— Há quanto tempo estamos sem comunicação com o outro lado? — perguntei.

— Quando a base Honda fecha o portal, geralmente dura algumas semanas — disse Danso.

— Isso pode ser encurtado?

— Não é como apertar um interruptor — disse ela. — Eles desmontam as coisas para manutenção. Já começaram a fazer isso. Mesmo que fosse uma emergência, ainda levaria vários dias para que colocassem tudo de volta em ordem e voltasse a funcionar.

— Esse tipo de emergência é uma emergência — comentou Niamh.

— Precisamos de mais do que temos agora para que eles acelerem as coisas — disse Danso.

Niamh estava incrédule.

— Uma porra de um kaiju do outro lado *não é o bastante*?

Danso apontou para Aparna.

— A dra. Chowdhury nos disse que temos pontos cegos. Precisamos ser capazes de ver esses pontos cegos primeiro. Esta é uma situação em que não queremos dar alarmes falsos.

— Espere um minuto — falei. — A Camp Century não é o único lugar onde as pessoas atravessam para este lado. Existem outros portais em outros continentes.

— Sim — disse MacDonald.

— Não podemos enviar uma mensagem para eles?

MacDonald balançou a cabeça.

— Nossas redes de aeróstatos não são tão extensas. Eles cobrem uma área local. E local, nesse caso, significa esse pedaço da América do Norte. Quando temos que enviar uma mensagem para a Europa, Ásia ou Austrália, geralmente o fazemos pela Camp Century, que a retransmite para o outro lado.

— Tem de haver algo mais que possamos fazer.

— Poderíamos usar a *Shobijin* — disse MacDonald. — Envie-a para a base da SPK na Europa. Mas não será mais rápido no longo prazo, e queremos usar a *Shobijin* aqui. Não importa o que aconteça, haverá um intervalo de pelo menos uma semana antes que possamos dizer ou enviar qualquer coisa para o outro lado.

— A essa altura, se Bella estiver lá, eles já a descobriram — disse Aparna. Ela tinha razão. Evidentemente, seria difícil perder um kaiju de vista.

— Ainda precisamos de respostas — disse Danso. — Para nós mesmos, no mínimo. Precisamos saber o que aconteceu com nosso pessoal. E precisamos saber, o melhor possível, o que aconteceu e por quê.

— Os instrumentos — falei. — Eles estão operando?

— Talvez — disse Niamh. — Depende. Os antigos estão ficando sem bateria e alguns foram estragados pela vida selvagem local, mas ainda funcionam. A menos que estivessem desligados quando a equipe da missão os trocou pelos novos. Os novos devem funcionar bem, mas precisam ser ligados. Além disso, os antigos podem ter se perdido caso estivessem no Tanaka Um quando... — Niamh parou, porque não havia maneira fácil de dizer o que viria a seguir. Elu levou um tempo até continuar. — Mas, de qualquer forma, não podemos obter os dados até que a *Shobijin* chegue lá para recebê-los e transmiti-los de volta para nós. *Se* eles estiverem transmitindo.

Olhei para Satie.

— Quanto tempo até a *Shobijin* estar pronta?

— Leva algumas horas para prepará-la, pelo menos.

Eu balancei a cabeça e me levantei.

— Bem, vamos, então.

Ele sorriu — e, novamente, era o primeiro sorriso que eu via em seu rosto naquele dia.

— Essa é a minha fala — disse ele, levantando-se.

— O que está acontecendo? — perguntou MacDonald.

— Precisamos de respostas — respondi, acenando para Danso. — E ainda restam algumas horas de luz. Então eu vou procurá-las.

— No local — disse MacDonald.

— Isso aí.

— Onde você sabe que tem um milhão de criaturas que ficarão felizes em nos devorar — disse Kahurangi.

— Isso aí. Quer vir?

— Querer? Não. Mas eu vou. Porque vai precisar de alguém para cuidar de você. Deixe-me passar no laboratório primeiro. Tenho trabalhado em algumas novas fórmulas de feromônios. Eu tenho algumas coisas que você pode querer experimentar.

— Você vai experimentá-los comigo?

— Não, eu preciso ser o controle.

Eu pisquei, sem acreditar.

— Cara, sério?

Kahurangi sorriu de novo e balançou a cabeça, rindo.

— Desculpe — disse ele. — Foi um dia ruim. Eu só precisava ver essa expressão no seu rosto agora.

— Essa é a novidade — falou Kahurangi enquanto nos aproximávamos do local. Ele se inclinou para a frente na parte traseira do compartimento de passageiros do Tanaka Dois e me entregou um frasco aplicador de algo que poderia ser protetor solar.

Eu peguei.

— O que é isso? — perguntei.

— Você não quer que seja uma surpresa?

— Eu realmente prefiro que não seja.

Kahurangi assentiu.

— Esses feromônios devem fazer qualquer coisa acreditar que você é um kaiju de verdade.

Fiz uma careta.

— Por que eu iria querer isso? Essas coisas têm parasitas. Grandes. Alguns deles quase tão grandes quanto eu.

— Verdade — disse Kahurangi. — Mas os de Bella estão todos com ela agora. A maioria deles, de qualquer maneira. E o resto das criaturas aqui vai pensar em você como uma montanha. Você será apenas parte do cenário. Vão te ignorar.

— E você tem certeza disso? — perguntei.

— Eu testei em um bando de caranguejos de árvore na base. Eles agiram como se eu nem estivesse lá.

— Sim, mas os caranguejos de árvore não vão te matar.

— Eles matariam, se pudessem — pontuou Kahurangi.

— E se houver algum parasita na área? — perguntei. — Você sabe, tipo, deixado para trás quando Bella foi sabe-se lá para onde?

— Acho que você vai confundi-los. Eles podem até se aproximar, mas, como você não é um kaiju, vão ignorá-lo e procurarão o kaiju real que, para eles, deveria estar em algum lugar.

— Você *acha*.

— Eu estava planejando testá-lo em campo em breve — disse Kahurangi. — Tive que me apressar um pouco aqui.

— Você não está me passando muita confiança.

— Bem, é por isso que eu também tenho isto... — Ele ergueu outra garrafa. — ...que é a coisa que você já conhece e ama. E também tenho isto. — Ele ergueu um lançador de cilindros.

— Vocês estão prontos? — perguntou Satie para mim.

Olhei para Kahurangi. Ele assentiu.

— Estamos.

— Não percam tempo — disse Satie. — Olhem rápido. Não importa o que encontrarem, tragam para o helicóptero, e aí voltaremos. A *Shobijin* estará aqui esta noite e pode assumir a coleta de dados. Seja lá o que aconteceu aqui, não quero dar a chance de se repetir.

— Seremos rápidos — prometi.

Satie assentiu, e nós descemos. Satie pairava quando Kahurangi e eu saímos, então pegamos nossos frascos de spray, armas e um único conjunto de instrumentos que conseguimos recuperar no bagageiro. Independentemente do que tivesse ocorrido com os outros, alguma coisa no chão iria nos explicar. Fiz um sinal de positivo para Satie e ele voou para cima, só o suficiente para evitar que fôssemos chicoteados pelo vento do rotor. Ele com certeza se certificaria de que teríamos uma fuga rápida, se precisássemos.

— Certo, fica firme — disse Kahurangi, e me borrifou com sua camuflagem de kaiju.

Eu engasguei com o fedor.

— Cruzes, isso é horrível — falei.

— Não iria funcionar se cheirasse a flores — disse ele, e continuou me borrifando da cabeça aos pés, da frente para trás. Quando terminou, ele me entregou o spray. — Agora em mim.

Eu também o borrifei com feromônio. Ele teve uma ânsia de vômito.

— Se isso não funcionar, pelo menos não teremos um gosto bom quando forem nos devorar — comentei, devolvendo o spray.

Ele o guardou.

— Para onde agora? — perguntou.

— Eu lembro onde Aparna instalou seus conjuntos de instrumentos — falei. — Vamos começar por ali.

Fui na direção de onde eu sabia que o primeiro dos conjuntos antigos estaria. Nós o encontramos apenas alguns minutos depois, junto de seu substituto.

— Me diz que não estou imaginando o que estou vendo — disse Kahurangi.

Eu balancei a cabeça em negativo.

— Você não está imaginando. — Ambos os conjuntos de instrumentos tinham sido esmagados e seu conteúdo, danificado. — Estão faltando os discos de armazenamento de dados — falei, depois de olhar mais de perto.

— Eles podem ter sido apenas espalhados — disse Kahurangi. — As coisas já devem ter sido mexidas a essa altura.

— Isso parece ter sido coisa das criaturas locais, na sua opinião? — perguntei.

— Não sei — admitiu ele. — Eu sei que esses instrumentos foram projetados para lidar com qualquer coisa que este planeta possa inventar, e o design vem sendo aprimorado há anos. Mas é possível que tenham sido pisoteados.

Na posição seguinte havia acontecido exatamente a mesma coisa com os dois conjuntos de instrumentos: destruídos e sem os discos de armazenamento de dados.

— Sim, tudo bem, isso definitivamente não é uma coincidência — disse Kahurangi.

— Vamos deixar o novo conjunto aqui — sugeri. Kahurangi assentiu e começou a arrumar a mochila enquanto eu observava.

Normalmente, a essa altura já teríamos atraído a atenção das criaturas locais, que ou estariam fugindo de nós graças à ação dos feromônios de predador, ou nos avaliando, apesar do cheiro. Dessa vez, exceto pelas picadas dos insetinhos que nunca deixavam de estar no rosto (e em outras áreas), não havia nada se esquivando de nós ou nos seguindo. Estávamos sozinhos.

— Macacos me mordam — falei, quando percebi. — Seu coquetel funciona, meu caro.

— Bem, até o momento, pelo menos — disse Kahurangi, enquanto lutava para instalar os aparelhos. — Essa, na verdade, é a segunda versão. A primeira versão fez uma bagunça.

— Como assim?

— Em vez de fazer as criaturas me ignorarem, só as deixava furiosas. Acho que ficava sinalizando que o kaiju estava sob ataque ou algo assim. Eu mal consegui voltar às escadas na primeira vez. Era como uma horda zumbi de caranguejos de árvore.

— Agradeço por não confundir os cilindros — falei.

— De nada — disse Kahurangi. — Só nunca me dê uma razão para borrifar você com aquilo.

Eu sorri e então olhei para o local onde Bella costumava ficar, bem a tempo de vislumbrar um grande clarão de... alguma coisa.

— Uau — soltei.

Kahurangi olhou para cima.

— O que foi?

— Não sei. — Eu me conectei, através do fone de ouvido, com Satie. — Você por acaso viu alguma coisa?

— Além de vocês dois se movendo devagar o suficiente para se tornarem lanches? Não.

— Fique de olho na área onde Bella estava — falei.

— O que estou procurando?

— Você saberá quando vir.

— Já estão terminando?

— Temos dois outros locais para olhar — avisei.

— Não perca tempo conversando comigo — disse Satie, e desligou.

— Certo — disse Kahurangi, voltando o olhar para a antiga posição de Bella. — O que estamos olhando?

— Pensei ter visto um clarão.

— É a luz do dia.

— Eu sei — falei. — É por isso que só pensei ter visto alguma coisa. Posso ter imaginado.

— Vamos ficar de olho enquanto caminhamos — disse Kahurangi.

— Você fica de olho nisso — falei. — Eu vou ficar de olho nas coisas que podem tentar nos comer. Só para o caso de sua nova leva de feromônios parar de funcionar.

O local seguinte tinha apenas um conjunto, o mais antigo. Que havia sido, sem surpresa, esmagado e quebrado.

— Onde está o outro? — perguntou Kahurangi.

Examinei a área e vi algo a vários metros de distância.

— Venha comigo — falei.

Caminhamos em direção à coisa. Era o conjunto de instrumentos mais recente. Como os outros, fora esmagado e danificado.

Diferente dos outros, porém, naquele havia uma bala alojada.

— Olá — falei, e mostrei o conjunto de instrumentos danificado para Kahurangi, que deu uma olhada e resumiu o que nós dois estávamos sentindo em uma única palavra.

— Merda.

— Você acha que Riddu Tagaq deixaria alguém vir aqui com algo que disparasse balas? — perguntei.

— Não. Espingarda? Sim. Fuzil? Não. Ela não tem muita fé em nossa capacidade de mirar.

— Isso significa que você estava certo — comentei. — Alguém atravessou para cá. Alguém veio e atirou nessa coisa.

Kahurangi assentiu.

— E provavelmente derrubou o aeróstato. E o Tanaka Um. Porra.

Ele desviou o olhar, enojado.

Virei-me e deixei cair o pacote de instrumentos quebrado. Ao fazê-lo, algo brilhou em minha visão periférica.

— Merda, acho que acabei de ver aquele clarão de que você estava falando — disse Kahurangi.

Eu me virei para olhar para ele. Ele estava olhando na direção oposta de onde eu tinha visto o brilho. Decidi ir até o local em que eu acreditava tê-lo visto.

— Aonde você está indo? — questionou Kahurangi.

— Certo, dessa vez *eu vi* alguma coisa — disse Satie, pelo fone de ouvido. — Que raios foi aquilo?

Ignorei os dois e me agachei perto de uma árvore caída. Havia um objeto ali, parcialmente obscurecido por musgo e algas. Eu o peguei.

Era um celular.

Um celular que parecia ter sido colocado ali intencionalmente, com a câmera focando o local onde Bella costumava estar.

— Olha só... — falei de novo, mais calmamente desta vez.

— Jamie? — indagou Kahurangi, vindo em minha direção. Eu me virei e mostrei o telefone para ele. — O que isso está fazendo aqui?

— Acho que foi deixado aqui de propósito — falei. Apertei o botão de ligar. Nada. Estava sem bateria. Abri um canal para o helicóptero. — Martin — chamei.

— Eu vi aquela coisa do clarão — repetiu Satie.

— Certo. — Assenti. — Uma pergunta não relacionada. Você tem um carregador de telefone no Tanaka Dois?

— Quê?

— Um carregador de celular.

— Você está planejando fazer uma ligação ou algo assim?

Olhei para a parte inferior do telefone.

— De preferência um carregador com entrada USB-C.

— O Tanaka Dois tem duas saídas USB, e eu tenho um desses cabos com várias pontas, incluindo uma USB-C. Por quê?

— Vamos terminar em cerca de dois minutos. Esteja pronto para nos buscar. — Desliguei e olhei para Kahurangi. — Já sei o que vamos encontrar na última área de instalação, mas temos que ter certeza.

— Tudo bem. — Ele assentiu.

Corremos para o local de instalação final, onde encontramos dois conjuntos de instrumentos quebrados. Nem paramos para olhar; apenas confirmamos que estavam amassados e destruídos e imediatamente voltamos ao local de pouso, onde Satie estava esperando por nós. Entramos no helicóptero e Satie decolou, subindo sem demora.

Ele indicou o console entre o seu assento e o do copiloto onde eu havia afivelado meu cinto e coloquei o fone de ouvido da cabine.

— O cabo e o carregador estão ali — disse ele, olhando para mim enquanto eu pegava o telefone e o conectava. — Por que você precisa carregar seu telefone com tanta urgência?

— O telefone não é meu — expliquei.

— De quem é isso?

Balancei a cabeça em negativo.

— Não sei. Mas aposto que, quem quer que seja o dono, foi esperto o bastante para gravar fosse lá o que estivesse acontecendo no local. E espero que tenha sido esperto o bastante para fazer outra coisa.

— O quê?

— Desativar a tela de bloqueio.

— Esse vídeo não é fácil de assistir ou escutar — avisei a todos na sala de conferências.

Um burburinho percorreu toda a sala. O grupo anterior havia se reunido e estava ciente de que eu encontrara algo, mas apenas Kahurangi e Satie tinham alguma ideia do que era. Abri meu laptop e transmiti para a parede de monitores e, em seguida, puxei o primeiro arquivo de vídeo. Na primeira imagem estática, Tom Stevens estava olhando para a câmera, que já havia posicionado. Um conjunto de instrumentos estava no chão ao lado dele.

Iniciei o vídeo.

— Acho que não tenho muito tempo — disse Tom, no vídeo. — Aterrissamos e começamos a instalar os conjuntos de instrumentos quando ouvimos um estrondo e vimos o aeróstato ser atingido por algo. Quase na mesma hora, o helicóptero também foi atingido. Então vimos o que pareciam ser soldados armados indo em direção a Bella. Eles nos viram e alguns começaram a atirar. Todos corremos. Eles estão nos caçando agora. Acho que vão nos matar. Não sei quem são ou de onde vieram. Coloquei este telefone apontando para Bella. Vou deixar gravando. Tomara que eles não encontrem. Espero que alguém da Tanaka encontre. Não sei mais o que dizer. Vou embora agora.

Com isso, ele pegou o conjunto de instrumentos, levantou-se e se afastou, resoluto, do telefone e da área coberta pela câmera.

Alguns segundos depois, outra pessoa entrou em cena, vestindo um traje camuflado e carregando alguma variação de um fuzil militar. O soldado gritou para Tom parar, depois saiu de cena, ainda gritando. Pausei o vídeo.

— Nessa parte, o som fica um pouco difícil de compreender , então vou ter que aumentar o volume — expliquei. Todos assentiram. Aumentei o volume e depois retomei o vídeo.

O ruído ambiente era muito mais alto, mas as vozes que vinham a seguir eram quase inaudíveis.

Primeiro veio a de Tom.

— Estou desarmado.

Ouviram-se alguns grunhidos meio incompreensíveis do soldado, seguidos da voz de Tom:

— Eu vim da base Tanaka. Quem é você e por que está aqui? De onde você veio?

Mais sons incompreensíveis.

— Estamos aqui para fazer ciência. O que você está fazendo aqui? — disse Tom.

— Ele está fazendo isso de propósito — disse Niamh.

— O quê? — perguntou MacDonald.

— Falar claramente. Enunciar. Está tentando garantir que suas palavras sejam gravadas.

MacDonald parecia pronta para responder quando Tom perguntou outra coisa:

— Como você conseguiu passar? Como soube que era para vir aqui?

Mais rosnados em resposta.

— Só estou tentando entender o que está acontecendo aqui — disse Tom. Houve mais murmúrios do soldado, como se ele estivesse conversando consigo mesmo, e depois murmúrios mais agressivos.

— Não tenho como desmontar o conjunto de instrumentos — disse Tom. — Nós os selamos na base e fazemos com que sejam difíceis de destruir para que possamos obter dados, não importa o que aconteça. Por que você quer que eu o desmonte?

Gritos e, desta vez, "foda-se" definitivamente faziam parte da conversa.

— Não estou tentando discutir com você — disse Tom. — Só estou dizendo o que consigo e o que não consigo fazer.

Mais resmungos.

— Tudo bem, vou colocar a mochila aqui e me afastar dela — disse Tom. Silêncio, e então o estrondo do fuzil sendo disparado.

— Eu disse que eles eram resistentes — disse Tom alguns segundos depois. Outro tiro. Após um momento: — Gostaria de voltar para meus companheiros de equipe agora. Eu sei que eles estão com medo. Eu estou. Você destruiu nossos dados e garantiu que não possamos falar com nossa base. Não podemos impedi-lo de fazer o que planeja fazer aqui. Não seremos um problema.

Resmungos e, alguns segundos depois, o soldado apareceu de volta no quadro, andando de costas para manter sua arma apontada para Tom, falando com urgência em um fone de ouvido.

— Olha só, que diabos você quer que eu faça com esse cara? — dizia ele, de forma inteligível agora que estava mais perto. — Falaram para a gente que não teria ninguém aqui. Falaram para a gente que só chegariam aqui depois que estivéssemos muito longe. Agora eu tenho que lidar com esse filho da puta, e outros do meu esquadrão estão cuidando dos amigos dele.

Ele ficou ali parado, ouvindo as instruções pelo fone.

— Bem, mas essa é a questão — respondeu o soldado para a pessoa com quem ele estava falando. — Já derrubamos o helicóptero. Não *precisamos* fazer nada com esses idiotas. Basta despi-los e mandá-los para a selva. Eles estarão mortos antes que qualquer um de seus amigos apareça. Para que desperdiçar as balas?

Outra pausa, e então um suspiro.

— Afe. Tudo bem — disse o soldado. — Mas vamos receber um adicional por isso. E eu quero ainda mais por ter derrubado o helicóptero.

Todos os olhos na sala se voltaram para Satie, que estava lá, com uma expressão sombria. Ele já tinha ouvido essa parte antes.

— Sim. Sim. Certo. Tudo bem — disse o soldado, e então saiu de cena novamente.

Alguns segundos depois, Tom disse:

— Você não precisa fazer isso.

Em seguida, houve outro tiro do fuzil. E outro.

A sala estava silenciosa, exceto por alguns soluços baixinhos. Todo mundo sabia o que tinha acabado de acontecer fora da tela.

Inesperadamente, o soldado voltou ao quadro, olhando em volta.

— O desgraçado está olhando para ver se foi pego — disse Niamh.

Antes que pudesse localizar o telefone, ele enfrentou outro problema: as criaturas da selva, atraídas pelo barulho e pela súbita liberação de sangue, estavam se aproximando. O soldado ergueu o fuzil, ameaçador, e saiu apressado pelo lado oposto do quadro da câmera. Em poucos segundos, criaturas caçando e perseguindo o soldado surgiram na tela.

— Gostaria de pensar que elas o pegaram e o comeram — disse Danso.

— Vocês não viram nenhum sinal de Tom quando chegaram lá? — perguntou MacDonald para mim e Kahurangi. Nós dois balançamos a cabeça.

— Não vimos nenhum vestígio, nem dos nossos, nem de nenhum dos invasores, sejam quem forem — respondi, pausando o vídeo. — O soldado estava certo. As criaturas levariam qualquer coisa que conseguissem para as árvores.

MacDonald assentiu, infeliz.

— Que merda eles estão fazendo? — perguntou Danso. — Por que diabos foram para lá?

— Eu tenho a resposta — falei.

Fechei o arquivo de vídeo que estávamos assistindo e abri outro.

— Há alguns vídeos entre o que acabamos de assistir e o que vou mostrar a vocês — falei. — O telefone corta automaticamente os vídeos em trechos de cerca de cinco minutos. É uma coisa de economia de memória. Isso é bom, porque foi por isso que não perdemos todo o vídeo quando a bateria acabou. — Eu abri o vídeo específico que estava procurando.

— O que estamos vendo? — perguntou MacDonald enquanto eu deixava o vídeo passar.

Apontei para vários objetos do tamanho de barris no campo de visão, dispostos a intervalos de vários metros um do outro.

— Estas coisas.

— O que são?

— Não sei. Mas acho que estão sendo usadas para criar um perímetro em torno de Bella e seus ovos.

— Tudo bem, mas por quê? — perguntou Danso.

— Por causa disso — respondi, apontando para o vídeo.

No vídeo, os barris de repente começaram a brilhar. Então veio um flash que sobrecarregou o sensor da câmera, e um estalo feito um relâmpago soou.

Quando o sensor voltou ao normal, Bella, seus ovos, os barris e todos os intrusos tinham sumido.

— Certo — disse Niamh, depois que o vídeo parou. — Como diabos eles fizeram isso?

23

Meu dia tinha sido longo, exaustivo e inexprimivelmente deprimente. Depois de mal tocar no meu jantar, decidi que precisava ir para a cama cedo para tentar dormir um pouco. Essa decisão resultou em algumas horas de insônia, repassando os eventos do dia na minha cabeça e olhando para o vaso de plantas que Sylvia Braithwhite me deixara.

— Isso não está funcionando — falei para a planta. A planta, ainda que com certeza sentisse pena de mim, não disse nada.

A porta do meu quarto se abriu, e Niamh apareceu.

— Ei.

— Se chama bater na porta — falei.

— Eu sei como se chama, só não fiz isso.

— Eu poderia estar dormindo.

— Ninguém está dormindo esta noite.

— Ou tocando uma.

— Definitivamente ninguém está fazendo isso esta noite.

— Nisso você tem razão.

— Precisamos de você na sala.

— O que foi?

— Precisamos da sua ajuda.

— Para quê?

— Se você sair da cama e for para a sala, você vai descobrir, não é?

Niamh saiu, mas deixou a porta aberta, então a luz da sala ainda iluminava o quarto. Depois de enrolar mais um minuto na cama, apenas para mostrar a Niamh que elu não mandava em mim, eu me levantei e fui para a sala, que meus colegas de casa tinham enchido de documentos e laptops.

— Deixe-me adivinhar, você precisa que eu carregue coisas para você — falei.

— Bem, você carrega coisas — disse Kahurangi. — Mas não é isso.

— Precisamos do seu conselho — disse Aparna.

— Não é bem um conselho. Precisamos que você nos ouça e nos diga que não estamos completamente fora da casinha — acrescentou Niamh.

— Tudo bem. — Eu me sentei à nossa mesa. — O que foi?

Aparna sentou-se também.

— Bella precisa voltar para este lado da fenda. De alguma forma. Esta noite, se possível.

— Por quê?

— Porque, se não, acho que ela vai explodir.

— Você quer dizer, explodir tipo uma bomba atômica.

— Isso.

— No *Canadá*.

— Isso.

— Há… *dificuldades* para trazê-la de volta — falei, depois de um momento.

— Para caralho — disse Niamh, sentando-se também. — Mas a gente pensou em alguma coisa. Mais ou menos.

Eu ergui a mão.

— Peraí — pedi para Niamh. Voltei a atenção para Aparna. — Explique essa história de "Bella vai explodir" para mim, por favor. Achei que ela estivesse bem.

— Ela *estava* bem — enfatizou a bióloga. — Aqui. Mas ela não está aqui. Ela está lá. E lá, na nossa Terra, as coisas são muito diferentes, contextualmente falando. A atmosfera não é tão espessa nem tão rica em oxigênio. E é muito, muito mais frio. Estamos no final de outubro em Labrador, no norte do Canadá. Está literalmente congelando lá.

— E isso afeta um kaiju.

Kahurangi inclinou a cabeça.

— Sim. Mas afeta ainda mais os parasitas.

— Já os está matando. — Aparna pegou seu laptop e abriu um arquivo para me mostrar, como se eu fosse ler aquilo tudo. — Especificamente, os parasitas que atuam como sistema de resfriamento e fluxo de ar. Esses parasitas são comuns em várias espécies de kaiju, então sabemos muito sobre eles. E uma das coisas que sabemos é que eles são extremamente suscetíveis ao frio. Quando a temperatura cai abaixo de dez graus Celsius, eles começam a morrer.

Olhei para Aparna sem expressão.

— Isso é tipo cinquenta graus Fahrenheit — converteu ela, mal reprimindo sua exasperação.

— Entendi.

— Não são apenas as temperaturas — disse Kahurangi. — Um kaiju e todos seus parasitas estão acostumados a uma atmosfera mais espessa e mais oxigenada. Ir à nossa Terra é, para eles, o equivalente a irmos a um lugar a seis mil metros de altitude e depois tentarmos correr uma maratona.

— Então, a falta de oxigênio também os está matando.

— Não diretamente, mas faz com que eles desempenhem suas funções com muito menos eficiência — explicou Niamh. — E isso afeta o kaiju. Afeta Bella.

— Bella é de uma espécie voadora — disse Aparna. — Os kaiju voadores têm sistemas de fluxo de ar ainda mais complexos. É parte de como eles voam. E esses sistemas de fluxo de ar estão intimamente ligados ao resfriamento de seus reatores internos. Prejudicar e matar os parasitas que controlam os sistemas de fluxo de ar...

— Bella vai fazer BUM — terminei.

Aparna assentiu.

— Correto.

— Esta noite.

— Em menos de 24 horas, com certeza.

— E como nós sabemos disso?

— É aqui que eu entro — disse Niamh. — Embora você tenha ajudado.

— Ajudei? — perguntei, surpreso.

— Só um pouco; não fique se achando por isso.

— Certo. Assim fica melhor.

Niamh sorriu.

— Quando você e Kahurangi estavam no local, ambos notaram aquele clarão. Martin Satie também. É o mesmo tipo de clarão que vimos anteriormente, só que agora é *muito mais* forte. Você o viu à luz do dia, e está acontecendo com mais frequência. Estamos obtendo dados daquele conjunto de instrumentos que você colocou de volta no chão; aliás, valeu por isso...

— De nada.

— ... e da *Shobijin* também. Esse clarão é a descarga gerada pelos processos do reator de Bella, combinada com a energia de qualquer merda que eles usaram para puxá-la para o lado humano da barreira.

— O clarão está ficando mais forte e mais frequente — disse Kahurangi. — Niamh acha que tem algo a ver com o reator de Bella, que está mais quente e mais sobrecarregado.

— Sim, isso — disse Niamh. — Tem outra coisa também. Logo antes do flash, a barreira dimensional entre os mundos afina. Esses flashes são tão fortes que a matemática sugere que, pouco antes de acontecerem, a barreira é quase inexistente.

— Quase — falei.

— *Ainda* está lá — enfatizou Niamh. — Mas aposto que é facilmente disruptível. Com um pouco mais de energia lá, alguém poderia passar.

— Ou ser enviado — falei, pensando em Bella.

— Viu? — disse Niamh para Kahurangi. — Eu falei que Jamie não era completamente idiota.

Olhei para Kahurangi.

— Você me chamou de *idiota*?

— Eu, não — protestou Kahurangi.

— O problema é que... — continuou Niamh, interrompendo a obviamente fraca defesa de Kahurangi da calúnia que proferiu contra mim — ... à medida que essas coisas ficam mais fortes e mais frequentes, elas indicam o superaquecimento do reator de Bella, e então, bem...

— Os clarões estão aparecendo ou ficando mais fortes aleatoriamente?

— Que boa pergunta — disse Niamh. — Mais uma vez, está superando as expectativas de Kahurangi.

Olhei para Kahurangi.

— Tudo mentira — sussurrou ele.

— Eles *não são* aleatórios — disse Niamh. — A força está aumentando à medida que o intervalo entre os clarões diminui. Eu estou registrando isso, e algo definitivamente vai acontecer daqui a dezesseis horas.

— O quê?

— Você ouviu Aparna.

Eu assenti.

— Como a questão do perímetro se encaixa em tudo isso?

Niamh parecia enojade.

— Ah, essa merda.

— Essa é a minha parte — disse Kahurangi. — Eu tenho uma teoria sobre isso.

— Ele tem uma *hipótese* — cuspiu Niamh. — Não é a mesma coisa.

— Você está apenas irritade por eu ter ampliado sua metáfora.

— Estou irritade porque é uma ideia de merda e porque, como físico, você é um ótimo geólogo.

— Crianças... — falei.

— Na verdade, um geólogo apenas aceitável — emendou Niamh.

Olhei para Kahurangi.

— E aí?

— Niamh descreveu o clarão como um tipo de descarga de eletricidade estática. — Kahurangi olhou para Niamh, desafiando que lhe contradissesse, o que elu não fez. — Não é exatamente como eletricidade estática, mas, tomando como uma metáfora, é uma boa maneira de pensar sobre isso. Eu assisti ao vídeo do perímetro ficando ativo e sugando Bella e seus ovos, e pensei em eletroímãs gerando uma corrente elétrica. Acho que algo assim está acontecendo aqui, mas, em vez de criar uma corrente, está derrubando a parede entre o nosso mundo e este, sem a necessidade de uma reação nuclear.

— Uma hipótese de merda — interveio Niamh.

— Só que se encaixa nos dados disponíveis — respondeu Kahurangi.

— Os dados disponíveis são dez segundos de vídeo.

— E o fato de que as criaturas estão infestando o local como se ele tivesse sido polvilhado com urânio.

— E o fato de que as evidências apontam para a barreira sendo afinada mais do que poderia ser apenas pelo reator de Bella — acrescentou Aparna.

— Estou entendendo tudo — disse Niamh. — Fique do lado dele. Por que não ficaria?

— O lado dele tem os dados a seu favor.

Niamh bufou.

— Você... não está mesmo zangade com Kahurangi, está? — perguntei.

— Óbvio que não, estou apenas chateade por ele ter apresentado uma hipótese razoável antes de mim. — Niamh estreitou os olhos para Kahurangi. — Porcaria de *químico*.

Kahurangi sorriu.

— Então, qual é o plano aqui? — perguntei. Acenei para Aparna. — Você está dizendo que Bella vai morrer se não a trouxermos de volta para cá, carregando consigo um pedaço do Canadá quando vier. — Olhei para Niamh. — Você está nos dando uma linha do tempo de menos de um dia antes que isso aconteça. — Apontei para Kahurangi. — E você está nos dizendo que a única maneira de recuperá-la é usar o mesmo perímetro que a levou para o outro lado, para começo de conversa.

Kahurangi ficou atônito.

— Eu não falei isso.

— Você com certeza *deu a entender* — argumentei. — Acho que a coisa não está ligada agora, embora o reator de Bella esteja mantendo a barreira fina. Mas ainda não é o suficiente. Para ela voltar, o perímetro precisa ser ativado novamente.

— Claro — disse Niamh. — Então, esse é um dos problemas. Depois, há todos os outros.

— Como o fato de não podermos chegar lá, para começar — disse Aparna.

— E que, se conseguirmos, vamos encontrar um comitê de boas-vindas — acrescentou Kahurangi.

— Você se refere às pessoas que roubaram Bella e mataram nossos amigos — falei.

— Sim, isso mesmo.

— Mesmo que pudéssemos atravessar, MacDonald e Danso não vão deixar — observou Aparna.

Eu concordei. Após a nossa última reunião, as duas haviam decidido enviar uma mensagem urgente à base Honda, informando sobre os eventos na Tanaka e solicitando que a remontagem do portal fosse prioridade. Ainda que a base Honda estivesse de acordo com isso, levaria dias até que algo acontecesse. Enquanto isso, MacDonald e Danso haviam proibido o acesso ao ninho de Bella, exceto para o pessoal da *Shobijin*, que deixaria a área quando o novo aeróstato fosse reposicionado.

— Perdemos mais pessoas hoje do que desde os anos 1960 — disse MacDonald. — Aqueles soldados foram treinados para matar e não tiveram escrúpulos em fazê-lo. Não podemos arriscar que eles apareçam de novo enquanto nosso pessoal estiver lá.

MacDonald e Danso estavam certas, é claro. Mesmo que alguém do nosso lado pudesse passar, aqueles assassinos estariam esperando quando chegasse. Essa tentativa seria não só uma tolice, mas um ato potencialmente suicida.

Por outro lado, se *ninguém* fizesse isso, Bella morreria, levando um bom pedaço do Canadá com ela. Um pedaço praticamente despovoado, claro.

A menos que ela *se movesse.*

— Bella pode voar por lá? — perguntei Aparna.

— Não *muito bem* — disse Aparna, após refletir por um momento.

— Então, sim.

— Ela não vai *querer* voar agora — disse Kahurangi. — Ela botou ovos.

— Ela não *quer* voar, mas *o fará* se for ameaçada ou sentir que está em perigo, certo? — perguntei. — Como, por exemplo, se sentir que está lentamente sufocando e superaquecendo porque os parasitas que mantêm o ar em movimento dentro dela estão morrendo de frio e falta de oxigênio.

— Não há muita coisa do outro lado aonde ela possa chegar, não é? — perguntou Aparna.

— A base Tanaka fica mais ou menos no mesmo lugar que Happy Valley--Goose Bay no Labrador. O local tem cerca de dez mil pessoas. Além disso, há uma base militar canadense lá. E ambos estão ao lado de um rio e de uma enseada oceânica.

Aparna assentiu.

— E Bella deve estar procurando por água.

— Procurando? — disse Niamh. — Ela está em cima de um lago agora.

— Não necessariamente, do outro lado — falei. — E, se ela estiver sofrendo em sua localização atual, vai procurar outro lugar para ficar. Como o único ponto iluminado em cem quilômetros, bem ao lado de um enorme corpo de água.

— Não vai ser bom para uma base militar canadense ser atacada por uma kaiju — admitiu Kahurangi.

— Que então vai *explodir* — completou Niamh. — Levando dez mil canadenses junto.

— É provável que ela se mova? — perguntei para Aparna.

— Não sei — disse ela. — Nós literalmente nunca vimos nada assim antes. Mas Kahurangi está certo. Ela não vai se mexer a menos que sinta absoluta necessidade. Então, se Bella se mover, provavelmente não teremos muito tempo antes que ela irrompa.

— E o que acontece se conseguirmos trazê-la de volta? Ela ainda vai irromper?

— Se ela voltar, seus parasitas vão parar de morrer e serão capazes de mover mais ar através dela, não importa o que aconteça — disse Aparna. — Se conseguirmos trazê-la de volta a tempo, ela sobreviverá. Não ficará feliz por um tempo, mas vai sobreviver. Acho.

— Isso importa? — perguntou Niamh. — Se ela vai viver?

— Bem, nós *somos* a Sociedade de Preservação dos Kaiju.

Todos eles me encararam por um momento.

— Bem o seu tipo jogar essa merda na nossa cara, Jamie — disse Niamh.

— Sinto muito — falei, embora não sentisse. — Então, concordamos que vamos fazer isso, certo? Trazer Bella de volta?

— Ainda existe o pequeno problema de não dar para atravessar — apontou Kahurangi.

— E de não conseguir chegar ao local, em primeiro lugar — continuou Aparna.

— Além disso, há os soldados que ficarão felizes em nos matar se atravessarmos — completou Niamh.

— É por isso que vocês me chamaram — falei. — Sabem o que tem que ser feito. Está tudo lá, em seus dados. Só precisavam que eu viesse aqui e dissesse em voz alta. Então, vou dizer: vocês têm razão. Não estão fora da casinha. Bella precisa voltar para este lado. E tem que ser esta noite. E, como ela não pode fazer isso sozinha, temos que ajudá-la. E essa missão tem que ser nossa, já que acho que nenhum de vocês quer pôr mais alguém em risco. Nem pedir permissão, porque ninguém vai dar. Certo?

Todos olharam um para o outro e, enfim, para mim.

— Quer dizer, eu não sei se estava realmente planejando morrer esta noite para proteger uma kaiju — disse Kahurangi. — Mas posso estar disposto a morrer para salvar uma kaiju e dez mil canadenses.

— Agora sabemos o que motiva você — falei. — Dez mil canadenses.

— Estou dentro — disse Aparna, simplesmente.

Eu concordei com a cabeça.

— Olha, não estou dizendo que não estou — disse Niamh. — Estou. Por que não? Mas esse momento feliz de união não muda o fato de que ainda não sabemos como atravessar ou como chegar ao maldito local.

— Vocês três se encarregam do primeiro problema — indiquei. — Tenho uma ideia para o segundo.

*   *   *

Martin Satie veio até a porta do chalé que dividia com outros membros de sua tripulação de aviação. Estava claro em seu rosto e na rapidez com que atendeu a porta que ele não estava dormindo.

— Eu estava esperando você — disse ele.

— Estava?

Ele assentiu.

— Estou dentro.

— Você... não faz ideia do que vou perguntar.

— Claro que faço — disse Satie. — Não sei as palavras exatas que você vai dizer. Mas conheço você. Conheço seus amigos. Eu sabia que não deixariam isso para lá. E não deixaram. Vocês precisam de uma carona. Então precisam de mim. Estou dentro.

— Não sei o que dizer.

— Você poderia pedir desculpas.

— Por que eu pediria desculpas? — perguntei.

— Achei que você chegaria antes — disse Satie. — Fiquei acordado esperando por você. Eu poderia ter tirado uma soneca.

24

— Pode dar uma olhada nisso? — pediu Aparna, através dos fones de ouvido, enquanto nos aproximávamos do local.

Todo o local estava tomado por um brilho fraco e dourado. Sua intensidade ia aumentando até vir o clarão que estávamos esperando. Em seguida, sumia, para voltar a crescer aos poucos de novo até o próximo clarão. A parte inferior da *Shobijin*, que pairava sobre o local, refletia o brilho em si mesma.

— Pelo visto não precisaríamos de lanternas, no final das contas — disse Kahurangi.

Havíamos levado lanternas nas mochilas, além de casacos, diferentes cilindros de feromônios, kits de primeiros socorros e suprimentos de emergência, barrinhas de proteína e garrafas de água, berrantes, bastões elétricos, lançadores de cilindros e espingardas. As armas de projéteis foram distribuídas entre nós de acordo com as respectivas habilidades. Fiquei com o lançador de cilindros, por conta da minha excelente reputação com ele.

— Vamos precisar — disse Niamh. — No mínimo, podemos bater em coisas com elas.

— Você parece estar nervose — comentou Kahurangi.

— É *claro* que estou nervose — retrucou Niamh. — Nosso plano é idiota.

— Você só está dizendo isso porque o plano é meu.

— Eu não estou dizendo isso *só* porque é o seu plano, mas por isso também.

Deixei os dois brigando e voltei minha atenção para Satie.

— Sua parte está clara? — perguntei, mais para me tranquilizar do que para lembrá-lo.

Vi que ele assentiu sob o brilho dos instrumentos.

— Espero até você passar, se conseguir. Se todos vocês passarem, volto para Tanaka. Se apenas alguns de vocês passarem, pego os demais e volto para Tanaka. Se nenhum de vocês passar, espero até que entrem em contato comigo, então os pego e voltamos para Tanaka. Se todos vocês passarem, aviso a MacDonald e Danso o que vão fazer. Se apenas alguns de vocês passarem, quem sobrar fará isso.

— Elas não vão ficar felizes com você — comentei.

— Elas já não estão felizes comigo — disse Satie. — Meu rádio com a base está desligado este tempo todo. Provavelmente estão me ligando desde que saímos. A equipe da *Shobijin* quase com certeza está à nossa procura.

— Lembre-se de dizer a eles para irem embora. Nós não queremos que estejam por perto se conseguirmos trazer Bella de volta. Podem assustá-la.

— Eu digo. Se vão me escutar é outra história.

— Sinto muito que você vá ter problemas.

— Você terá problemas maiores. Eu só estou te dando uma carona.

— Eu agradeço mesmo assim.

— Isso é o que a gente faz — disse Satie. — Ou o que deveríamos fazer. Perdi amigos assim como vocês. Trazer Bella de volta daqueles que a levaram embora e mataram nossos amigos é o que eles iriam querer que fizéssemos.

— Tenho certeza disso.

— Se quiser dar uns tiros em alguns deles também, eu não iria me importar.

Isso me fez sorrir.

— Você tem que falar com Kahurangi quanto a isso. Ele está com a espingarda.

— Se chegar a isso, não vou usar a espingarda — disse Kahurangi. Ele estava ouvindo porque os fones estavam em um canal aberto na área de passageiros do Tanaka Dois. — Eu tenho outra coisa pronta para nós.

— Ótimo — disse Satie. Estávamos quase sobrevoando o local agora.
— Vamos colocar vocês no chão.

Ele manobrou para descermos, tomando cuidado para desviar da *Shobijin* no caminho. Enquanto descíamos, olhei para o dirigível e pensei ter visto sua tripulação, acenando freneticamente para nós. Acenei de volta.

Uma vez no chão e com o helicóptero afastado, Kahurangi e eu pulverizamos primeiro Aparna e Niamh, e depois um ao outro, com o feromônio "sou um kaiju", aplicando-o generosamente em nós mesmos e em nossas mochilas.

— Caramba, essa merda *fede* — disse Niamh para Kahurangi.

— Não me culpe — disse ele. — Eu não faço a biologia dos kaiju, só a exploro.

— Faça alguma engenharia genética. Faça o kaiju cheirar bem. Toda esta versão da Terra fede a cachorro molhado.

— Sabe o que tem um cheiro bem gostoso? O feromônio que faz o kaiju e seus parasitas entrarem em modo assassino. Se sentir o cheiro de algo que lembre laranjas, saia correndo.

— Vou me lembrar disso.

— É bom mesmo. — Kahurangi guardou o spray na mochila, colocou-a nas costas e deu uma olhada ao redor. — Isso é incrível.

Ele estava certo. No chão, o "brilho" não era um único manto de luz, mas milhares, possivelmente milhões de minúsculas partículas de luz flutuando no ar, brilhando em lenta sincronia.

— Parecem vaga-lumes — disse Aparna.

— Não são vaga-lumes — corrigiu Niamh. — Olhem mais de perto.

Nós olhamos. Os pontos não eram pontos, mas anéis irregulares cujo tamanho e forma mudavam à medida que olhávamos. Eu me movi, e os anéis se moveram comigo.

Mencionei isso para Niamh, que assentiu.

— Eles não estão se movendo com você — disse elu.

— Eles são tridimensionais — falei.

— Eles são mais do que isso, mas isso é tudo que você pode ver.

— Pedante.

— É física — corrigiu Niamh, e apontou. — E eles ficam maiores perto de onde Bella está. Estava. Deveria estar.

Eu segui o caminho de seu dedo. Elu tinha razão. Aos poucos, os buracos brilhantes iam ocupando mais espaço, brilhando proporcionalmente de modo mais difuso à medida que aumentavam.

— Esses estão todos onde a barreira se afina — disse Kahurangi sobre os buracos.

Niamh assentiu e passou a mão por um deles, sem nenhum efeito.

— Mas não o suficiente.

— Ainda não — concordou Kahurangi.

Todos brilharam em um flash e se apagaram.

— *Agora* vamos precisar das lanternas — disse Aparna.

O brilho recomeçou, muito fraco dessa vez.

— Tudo bem — disse Niamh, sombriamente, para Kahurangi. — Onde você quer fazer o teste estúpido de sua hipótese estúpida?

Kahurangi apontou para onde Bella deveria estar.

— O efeito parece mais forte perto de onde Bella costumava estar. Vamos tentar lá.

Partimos em grupo. Ao nosso redor, as criaturas agiam como se não estivéssemos ali, exceto pelos insetos que estavam sempre tentando drenar cada gota do nosso sangue.

— Aqui parece bom — disse Kahurangi a certa altura. Estávamos em um ponto onde os buracos espectrais eram agora quase do tamanho do meu antebraço e praticamente imperceptíveis. — Eles não parecem estar ficando maiores do que isso. Alguma objeção quanto a tentar aqui?

Aparna e eu não tínhamos nenhuma.

— Eu tenho *várias* — disse Niamh.

— Vá em frente, ponha tudo para fora — disse Kahurangi, tirando a mochila das costas e abrindo-a para procurar alguma coisa.

— Em primeiro lugar, ou, mais precisamente, *de novo*, isso nem é uma hipótese, é um *palpite* — disse Niamh. — Baseado em nada além de uma sensação, que foi baseada em nada além de você ter tirado uma ideia das vozes da sua cabeça.

— É isso aí — concordou Kahurangi. Ele puxou uma bolsinha de lona de sua mochila.

— Segundo, isso não é ciência. O que estamos prestes a fazer não é um experimento, é tipo uma sessão espírita. É como a medicina homeopática, e eu me ressinto por ter que estar aqui e por ter concordado em dar seguimento a isso apenas porque todos sentimos que deveríamos fazer alguma coisa.

— Tudo bem — disse Kahurangi. Ele abriu o zíper da bolsa e enfiou a mão dentro dela.

— Terceiro, e por todas as razões mencionadas anteriormente, se isso funcionar, eu vou te odiar para todo o sempre.

— Anotado — disse Kahurangi. — Estenda a mão.

Niamh gemeu e fez o que foi dito. Kahurangi deixou quatro pequenos objetos cilíndricos caírem na mão de Niamh.

Pinos de combustível de urânio.

— Isso é tão estúpido — resmungou Niamh.

— Sabemos que a barreira se afina e desaparece por meio de reações nucleares — disse Kahurangi. Ele pescou outros quatro cilindros. — Nós também supomos que quem quer que tenha levado Bella encontrou uma maneira de energizar a barreira sem usar uma reação nuclear de verdade, mas usando material nuclear. — Ele acenou para mim. Estendi a mão. — Sabemos que a barreira no momento está mais fina do que deveria apenas pelo poder de Bella, o que significa que há algum efeito residual acontecendo. — Ele colocou os cilindros na minha mão, frios e cinzentos. — Portanto, não é irracional supor que algum combustível nuclear refinado possa ter um efeito pontual sobre a barreira. Talvez até o suficiente para nós avançarmos.

Niamh fez uma careta.

— Que ódio.

— Além disso, você não ofereceu nenhuma ideia melhor.

— Sim, que vergonha eu me limitar à *ciência de verdade*.

— Se não funcionar, pelo menos tentamos — disse Kahurangi. Ele pegou mais quatro cilindros e os ofereceu a Aparna.

— Prometa que minha mão não vai cair se eu pegar isso — pediu Aparna. Kahurangi sorriu.

— São pinos de combustível não utilizados. Se tivessem sido usados, poderiam matá-la. Do jeito que estão, é seguro segurá-los pelo tempo que vamos utilizá-los.

Aparna olhou para Niamh.

— Kahurangi é um pé no saco, mas nisso ele está certo — garantiu elu.

Aparna assentiu, estendeu a mão e pegou os pinos de combustível oferecidos. Então Kahurangi pescou os últimos quatro pinos, colocando-os brevemente no chão enquanto guardava a bolsa na mochila, fechava o zíper e a punha nas costas. Ele pegou de volta seus quatro pinos e se levantou.

— Preparados? — perguntou ele.

— Para o quê? — disse Niamh. — Para ficar por aí com pinos de combustível esperando para ver se nossas mãos deslizam para o nosso planeta natal?

— Basicamente, sim.

— Uuuunnnngh, isso é *péssimo*.

— Eu sei — disse Kahurangi.

— *Péssimo* mesmo. Sinto que eles vão rescindir meu doutorado por fazer isso.

— Não acredito que sou eu quem está dizendo isso para você — disse Aparna a Niamh. — Mas, uau, você com certeza está reclamando demais agora.

— Isso é o que pseudociência faz comigo! Agora você já sabe!

— Certo, tudo bem, chega — falei. — É uma ideia louca e talvez terrível, que provavelmente não vai funcionar, e, se não funcionar, voltaremos para a base e enfrentaremos nossas chefes que vão estar muito irritadas. Até lá, vamos torcer. Apenas torcer. Pode ser?

— Por mim, pode ser — disse Kahurangi.

Aparna assentiu de novo. Niamh revirou os olhos, mas assentiu também.

— Ótimo — falei, e fechei os pinos de combustível na palma da mão. — Soquinho, pessoal.

Kahurangi sorriu e se inclinou.

— Amo vocês, seus nerds de kaiju — disse Aparna, ao mesmo tempo parafraseando o filme *A escolha perfeita* e estendendo o punho. Gostei de ter captado a referência.

Niamh suspirou e se inclinou. Por um breve segundo, os punhos de todos nós se tocaram.

O mundo se iluminou feito uma queima de fogos de artifício.

— Ah, *qual é* — gritou Niamh, e então houve um estalo imenso, o som de uma sequoia sendo partida ao meio por um raio.

Aparna apontou para cima e moveu a boca como que dizendo: "Olhem".

Todos nós olhamos.

Um vasto e brilhante pilar de luz estava surgindo aparentemente do nada. No que parecia ser sua base, muito fracamente, podíamos ver o contorno do que teria sido a boca de Bella. Tudo ao redor dos buracos dimensionais estava brilhando e crescendo, e em seu centro podíamos ver outro mundo.

A barreira fora rompida. Havia uma passagem.

O vento começou a soprar quando o ar quente e denso da Terra Kaiju foi sugado para a atmosfera mais fria e fina da Terra humana. Ao se chocarem, as correntes de ar imediatamente se condensaram, formando uma nuvem de vapor.

Olhei ao redor perto de nós e a poucos metros vi um buraco vaporoso, grande o suficiente para passar. Comecei a correr.

— Vamos! — gritei, embora eu mal pudesse me ouvir. Esperava que os outros três estivessem atrás de mim, mas não tive tempo de verificar.

Eu estava quase no buraco quando as luzes se apagaram de repente. O buraco vaporoso diante de mim imediatamente começou a se fechar.

Pulei nele, fechando os olhos.

E então eu estava voando e caindo no chão, que era macio e cedeu, amortecendo minha queda.

Senti um chute na cabeça que veio de Niamh quando ele entrou, seguide imediatamente por Aparna e Kahurangi, nenhum dos quais, fico feliz em dizer, me chutou também.

— Desculpe — disse Niamh.

— Está tudo bem — assegurei a elu. Olhei para onde havíamos atravessado. O buraco se fora.

— Todos estão bem? — perguntei.

— Bem? — disse Kahurangi. — Eu estou me sentindo incrível. Nós passamos. Funcionou! — Ele abriu o punho para mostrar seus pinos de combustível.

— Não funcionou, *não* — disse Niamh. — Nós passamos por causa do arroto atômico de Bella que fez a barreira cair.

Kahurangi assentiu.

— E por causa dos pinos de combustível.

— O lugar por onde passamos estava a metros de distância de seus malditos pinos de combustível, seu cabeça-dura.

— Ainda vale.

Niamh ergueu a mão.

— Não vou mais discutir com você sobre isso.

— Ei — disse Aparna. — Olhem onde estamos.

Nós olhamos. Bem ao nosso lado estava Bella, com todas as suas centenas de metros. Ao longo de todo o seu corpo, coisas se contorciam e se moviam: eram seus parasitas e ecossistema pessoal. Havia uma brisa perceptível quando o corpo de Bella sugava o ar para dentro de si. Ao nosso redor havia uma espessa camada de algo borrachento. Geleia-natal.

— Nós caímos no meio da *geleca* — disse Niamh, olhando para baixo.

Eu me levantei. A geleia não grudara em mim, felizmente. Enfiei a mão no bolso e saquei meu telefone e, pela primeira vez desde que havíamos ido para a Terra Kaiju em setembro, desativei o modo avião para tentar encontrar um sinal.

Não encontrei nenhum.

Isso não era muito surpreendente; estávamos nas florestas de Labrador, e a população humana mais próxima ficava a cem quilômetros. As árvores não precisavam de sinal de celular. Era uma pena. Se alguma vez houve um momento adequado para a Real Polícia Montada do Canadá aparecer, era aquele.

Olhei a hora: 2h20.

— Está frio — disse Aparna. Ela pegou o casaco dentro da mochila. Todos fizemos o mesmo, além de recuperar, verificar e carregar nossas várias armas.

— Chegamos às 2h20 — compartilhei com ela.

Aparna assentiu, sabendo por que eu estava lhe dizendo a hora. Estávamos esperando para ver qual era o intervalo entre as ventilações de Bella.

— Alguém mais se sentindo meio tonto? — perguntou Kahurangi.

— Você se acostumou com a atmosfera do outro lado — disse Aparna. — Apenas respire.

— Certo, entendi.

Olhei em volta. Bella estava iluminada pela lua, que estava quase cheia e a oeste. Estávamos muito perto para conseguir ver qualquer outra coisa, mas dava para escutar ruídos fracos à distância.

— Acho que caímos do outro lado de Bella — falei. — Longe de quem a levou, quer dizer.

— Isso foi um pouco de sorte — disse Niamh. — Teria sido inconveniente aparecer na frente das pessoas que estamos tentando surpreender.

— Então, como vamos fazer? — disse Aparna. — Chegar ao perímetro e ativá-lo para levar Bella de volta?

Todos nós olhamos para Kahurangi.

— Por que estão olhando para mim? — questionou ele.

— Foi você quem nos trouxe aqui — falei.

— Não foi ele — retrucou Niamh.

Kahurangi ergueu as mãos.

— Eu estava meio concentrado em nos trazer aqui — defendeu-se, e apontou para mim. — Pensei que Jamie fosse responsável pela segunda parte do plano.

Eu ia responder, mas minha resposta foi interrompida pela chegada de alguém, que deu a volta ao redor de Bella e se pôs na nossa frente, carregando algum tipo de equipamento. A pessoa andou vários passos na nossa direção antes de erguer o rosto e perceber que havia quatro pessoas diante de si.

Nós todos nos encaramos por uns bons dez segundos.

— Certo — falou o homem, enfim. — Quem *diabos* são vocês?

25

— Deixe-me mostrar minhas credenciais — disse Niamh, se aproximando do homem e, no instante seguinte, eletrocutando-o com o cassetete.

Ele enrijeceu, gorgolejou de surpresa e caiu no chão da floresta, inconsciente.

Nós ficamos olhando para elu, em choque. Niamh percebeu.

— *Que foi?*

— Você tem um problema de raiva — disse Kahurangi, depois de um instante.

— Se eu tivesse um problema de raiva, ele estaria morto.

— Tem certeza de que ele *não está* morto? — perguntou Aparna.

— Consigo ouvi-lo choramingar quando respira — disse Niamh.

Olhamos um pouco mais.

Niamh suspirou, ergueu o rosto para os céus com uma expressão de "Jesus, dai-me forças" e voltou o olhar para o resto de nós.

— O que querem que eu diga? Esse idiota poderia ter nos entregado. Nós não cruzamos uma maldita *barreira dimensional* para sermos pegos pelo primeiro abobado que nos visse. Eu o derrubei. Isso precisava ser feito. E, francamente, fico chateade que vocês estejam me aporrinhando por causa disso.

— Não é isso — refutei. — É só que agora temos um cara inconsciente com quem nos preocupar.

— O que quer dizer com isso?

— Quero dizer que, se o deixarmos aqui, os parasitas de Bella vão transformá-lo em presunto.

Niamh deu de ombros.

— Ele que se foda.

— Niamh! — disse Aparna.

— Não é como se ele não fosse fazer isso *conosco*.

— Foi isso o que quis dizer com problemas de raiva — disse Kahurangi.

— Talvez eu esteja lidando com alguma irritação residual por seu plano ter funcionado — admitiu Niamh. — Funcionado mais ou menos, de todo modo. Mas não estou *sem razão* quanto a esse idiota.

— Talvez não esteja — concordei. — Mas talvez devêssemos tentar ser pessoas melhores do que um capanga sem rosto de uma organização do mal.

Niamh suspirou de novo.

— *Tá bom* — aquiesceu elu. — Mas olha só. Não podemos fazer isso toda vez que nos depararmos com um desses idiotas. Vamos passar a noite toda carregando corpos. Bella vai irromper antes de terminarmos.

— Vamos lidar com esse cara agora e damos um jeito nos demais quando eles aparecerem — sugeri.

— Querer decidir as coisas quando elas aparecerem é o nosso *problema* — disse Niamh.

— Nós realmente deveríamos ter um plano melhor para quando chegássemos — concordou Aparna.

— De repente comecei a sentir que estão colocando a culpa em mim — falei.

— Sim, um pouco — disse Kahurangi.

— Certo — reconheci. — Por ora, vamos arrastar esse cara em direção às árvores. Coloquem-no lá e borrifem feromônio "sou um kaiju" nele. Assim o deixarão em paz.

— Boa ideia — concordou Niamh. — E assim, quando ele acordar, ele vai feder a merda.

— Se tiverem um plano melhor, podem falar — incentivei.

— Eu não tenho nenhum, então vamos com esse.

— Vocês dois cuidam disso — disse Kahurangi. — Preciso da ajuda de Aparna com uma coisa.

— Que coisa? — perguntou Niamh.

— Preparar um plano-reserva. Aí não teremos que arrastar o corpo de todos até as árvores.

— Certo. — Niamh virou-se para mim. — Você quer pegar pelos braços ou pelas pernas?

— Escolha você.

Niamh pegou as pernas. Eu fiquei com os braços do cara. Eu carrego coisas.

— O que está fazendo? — perguntou Niamh depois de jogá-lo nas árvores e borrifar feromônios nele. — Você está *saqueando* esse pobre coitado?

— Não vou *saqueá-lo* — falei, enquanto vasculhava seus bolsos.

— Tanto faz, lembre-se de que fico com a metade.

Achei o telefone do cara.

— Lá vamos nós — falei. Liguei o aparelho, mas precisava de uma impressão digital. Peguei a mão dele e consegui. Ele murmurou enquanto eu fazia isso. Acariciei sua bochecha. Ele sorriu sonolento e voltou para onde seu cérebro estava no momento.

— Achei que não tivesse sinal de celular aqui — disse Niamh.

— Não tem — falei, e mostrei a tela do telefone. — Mas tem Wi-Fi. Este lugarzinho estranho tem sua própria intranet.

— Você vai enviar um e-mail?

— Não — falei. Eu pesquisei os aplicativos em busca de algum que armazenasse arquivos compartilhados. Encontrei e abri. — Estou procurando planos secretos. E acho que acabei de encontrar alguns.

Niamh deu uma olhada.

— Isso será útil até o momento em que você desligar este telefone e perder a impressão digital dele.

Entreguei-lhe o telefone.

— Segure isso. — Procurei meu celular no bolso. — Não vou enviar um e-mail. O que *eu vou* fazer, por outro lado, é transferir esses arquivos por proximidade.

— Olha só, nerds de computadores… — disse Niamh, com um tom não muito admirado.

— Eu já trabalhei em uma startup de tecnologia, sabia? — falei. — Aprendi algumas coisas.

— Então faça esse negócio ir mais rápido — pediu elu. — Ou vou ter que dar outra porrada nesse pobre coitado.

Quando os arquivos foram transferidos, desliguei o telefone do cara e o arremessei longe floresta adentro.

— Vamos — falei para Niamh. — Precisamos nos mexer. Quem quer que seja esse cara, alguém deve sentir falta dele em breve. Não vamos querer estar aqui quando vierem procurá-lo.

Começamos a andar e encontramos Kahurangi e Aparna vindo em nossa direção.

— Ouvimos vozes — disse Aparna. — Acho que estão procurando pelo seu amigo.

Olhei para Bella e vi fachos de lanternas girando ao redor.

— Certo — falei. Começamos a nos afastar do capanga inconsciente e das luzes de seus amigos.

Nós nos agachamos a algumas centenas de metros de distância, e todos os outros ficaram de tocaia enquanto eu examinava os arquivos que havia baixado.

— Aqui — falei. — É um documento de prós e contras sobre esse perímetro. Eles chamam isso de *portal transdimensional*.

— Cara, não acredito que eles copiaram *Doom Eternal* para isso — comentou Kahurangi.

— Receio que sim.

— Violação de direitos autorais, com certeza.

— Não acho que eles vão tentar vender isso — falei, continuando a ler. — Parece que o portal requer uma quantidade absurda de energia para funcionar, então precisa ser preparado antes de ser ativado. Essas coisas que parecem barris são capacitores. Uma vez que haja energia suficiente no sistema, ela pode ser descarregada nesses componentes no topo do barril, o que reduz a barreira entre os mundos até que ela desapareça.

— Como, exatamente? — perguntou Niamh.

— Não diz. Não é um esquema nem nada. Só descreve seu funcionamento o suficiente para que algum idiota não se mate trabalhando nisso. — Virei a tela para que eles pudessem ver. — Tipo, "não chegue perto dos capacitores, eles não são seguros e podem descarregar acidentalmente cem mil volts em você".

— Isso… é bom saber — disse Aparna.

— Sério, parece um design muito ruim — falei.

— Se os capacitores estão carregados, então algo os está carregando — disse Kahurangi. — Há um gerador aqui em algum lugar. E provavelmente é lá que está o interruptor para descarregá-los.

— Temos que encontrar isso, descarregar os capacitores no perímetro, e mandar Bella para casa — disse Aparna.

Eu assenti e rolei o documento até encontrar uma ilustração simples.

— O gerador deve ficar para lá — falei. — Estou supondo, já que não vimos na hora, que vai estar do outro lado de Bella, junto com todo o restante do acampamento que eles tenham montado.

— Então, vamos desligar esse gerador — disse Niamh.

— Provavelmente está protegido.

— Por que estaria protegido? Você realmente acha que esses idiotas estão esperando visitas?

— Talvez não estivessem, mas aí um deles desapareceu porque alguém, que não direi quem, o eletrocutou — lembrei.

— Entendo seu ponto de vista, ainda que eu defenda a necessidade de ter agido como agi — disse Niamh. — Mas o fato é que, o que quer que estejamos pensando em fazer, precisamos fazer rápido.

— Com isso eu concordo.

— E se apenas contarmos a eles? — sugeriu Aparna.

— O quê?

— Eu sei que estamos supondo que essas pessoas são más…

— Elas *são* más — lembrou Kahurangi. — Elas mataram nossos amigos.

— Eu sei disso — reconheceu Aparna. — Não me esqueci de nada. Mas também não acredito que imaginassem que Bella causaria uma explosão nuclear aqui. Acho que não entendem o perigo que ela representa para este lugar e para eles mesmos, ainda que não se importem com outras pessoas. Eu acho possível que, se contarmos a verdade, essas pessoas concordem em mandá-la de volta.

— Você *realmente* acredita nisso? — perguntou Niamh.

— Não sei se acredito — admitiu Aparna. — Mas achei que pelo menos um de nós deveria dizer isso em voz alta antes de fazer qualquer outra coisa. Devemos pelo menos estar dispostos a considerar que essas pessoas, mesmo que sejam más, sejam seres racionais.

— Admiro o seu otimismo — falei.

— Sim, eu admiro isso, e também acho que eles vão nos matar na primeira chance que tiverem — disse Niamh. — Então, não, vamos apenas para o gerador.

Kahurangi assentiu.

— Estou com Niamh nisso.

— Tudo bem — disse Aparna. — Valia a pena falar.

Seguimos nosso caminho pela floresta, nos movendo no sentido anti-horário em relação ao corpo de Bella. O acampamento surgiu em certo momento, uma base de luzes e uma coleção de contêineres que haviam sido reaproveitados para quaisquer atividades que a tripulação estivesse realizando. Pelo menos uma dúzia de pessoas estava ao ar livre, coletando material da geleia-natal e da própria Bella. Outras estavam espremidas entre os contêineres. Um deles não era um contêiner, e sim um pequeno trailer. Eu suspeitava que o responsável pelo comando da operação estivesse lá.

Kahurangi apontou.

— Acho que o gerador deve estar lá.

Segui sua mão até um contêiner um pouco afastado do restante. As portas estavam fechadas e um cabo grosso saía dele, estendendo-se por vários metros até uma grande caixa aberta, que se conectava ao primeiro dos barris do perímetro.

Nenhum outro cabo saía do contêiner; o que quer que estivesse alimentando o resto do acampamento estava em outro lugar. Tudo apontava para que aquele fosse, de fato, o gerador que estávamos procurando.

— Alguém está vendo guardas ou alguém mais perto de lá? — perguntei.

Eu não via nenhum, mas não custava nada ter a confirmação de outras pessoas. Ninguém viu nada; a pessoa mais próxima estava a dezenas de metros dali e cada vez mais distante.

Permanecemos em nosso caminho, ainda seguindo a trilha das árvores, até que estávamos exatamente atrás do contêiner do gerador, com Bella se elevando à frente.

— Estamos prontos? — perguntei.

— Vamos todos juntos? — disse Aparna.

Niamh olhou para ela.

— Você quer ficar para trás?

— Na verdade, não.

— Vamos todos juntos. — Comecei a contagem: — Um.

Bella se mexeu, monstruosamente, levantou a cabeça e berrou.

— Dois — sussurrei, sem entender nada.

Um raio disparou dela de novo, numa linha quase vertical, seguido por um estalo reverberante. O feixe era abruptamente cortado algumas dezenas de metros acima de sua cabeça enquanto perfurava a Terra Kaiju, abrindo um buraco no céu.

Ao nosso redor, o mundo começou a brilhar. O efeito do portal, tão pronunciado do outro lado, era quase imperceptível ali, exceto quando Bella liberava muita energia nuclear de uma só vez. A própria Bella ficou encharcada de neblina quando o ar úmido e quente da Terra Kaiju atravessou os gigantescos buracos dimensionais ao redor dela e colidiu com o ar gelado e denso da nossa Terra.

Ela parecia, naquele momento, um kaiju que só se vê nos filmes. Grande. Furiosa. Aterrorizante.

Primitiva.

Bella parou de gritar, e o feixe de luz se apagou. O mundo parou de brilhar, e todos os buracos desapareceram. Tive a presença de espírito de verificar meu *smartwatch* para registrar o intervalo entre as erupções de Bella.

— Três — terminei, declarando as horas. Todos os outros correram.

Não foi o que eu quis dizer, pensei, e corri para alcançá-los.

A porta do contêiner do gerador estava entreaberta e luzes brilhavam vindas de lá. Entramos e, quando estávamos todos lá, fechei a porta o mais silenciosamente possível.

Havia uma linha de luz atravessando o topo das paredes do contêiner. Um aparelho longo e de aparência moderna estava ali dentro, com um painel de instrumentos lendo dados e um laptop conectado a ele por meio de um cabo USB-C.

— Esse é o gerador? — perguntou Aparna.

— Acho que sim — assenti, olhando para o painel de instrumentos, que mostrava a quantidade de energia elétrica e outros indicadores.

— Não parece um gerador. Parece um iPhone crescido.

— Não cheira como um gerador também — comentou Niamh.

— É verdade — concordou Kahurangi. — Já trabalhei perto de geradores a diesel em campo. Esse é bem diferente. Dá para conversar perto desse aqui, para começar.

— Está produzindo energia — falei. — Pelo menos é o que diz o painel.

— O painel diz alguma coisa sobre descarregar os capacitores? — perguntou Niamh.

— Não. — Olhei para o laptop. — Mas talvez isso diga.

O laptop tinha uma janela que mostrava uma imagem dos capacitores, encadeados. Havia várias dúzias deles; movendo o cursor do computador sobre cada um dos ícones, observava-se quão perto da capacidade máxima sua carga estava. Estavam todos em 95% ou acima.

No canto inferior direito da janela havia um grande botão vermelho com as palavras *Descarregar Capacitor* nele.

— Bem, isso vem a calhar — falei, mostrando o botão para os outros.

— O que está esperando? — perguntou Niamh. — Aperta o botão.

— Me dê um segundo para ter certeza de que não estou deixando passar nada — falei.

— Parece bastante claro.

— Olha, quer *você* apertar o botão?

— Se você não vai fazer isso nesta década, talvez.

Apertei o botão *Descarregar Capacitores*.

Uma janela de diálogo apareceu: *Confirmar descarga*.

— Ah, pelo amor de Deus — falei, e confirmei. Nada aconteceu.

— E aí? — indagou Kahurangi.

Dei de ombros.

— Não foi.

— Você apertou o botão?

— Eu apertei o botão — falei. — E confirmei com a janela de diálogo.

— Bem, que merda.

Houve uma batida à porta do contêiner. Todos nós pulamos, e então olhamos para a porta.

Houve outra batida.

— Pensando em retrospecto, talvez um de nós devesse ter ficado de vigia — disse Aparna.

Houve outra batida, e então alguém disse:

— É a última batida antes do gás lacrimogêneo.

— Estamos indo — respondi. Todos olharam para mim. — O que foi? Vocês querem tomar gás lacrimogêneo?

— Poderíamos sair pelo outro lado do contêiner — disse Kahurangi.

— Nós temos o outro lado do contêiner coberto — disse a voz do lado de fora.

— Pare de falar as coisas em *voz alta* — sibilou Niamh para Kahurangi.

— Sério, saiam agora, antes que tenhamos que atirar em todos vocês — disse a voz.

— Nós somos muito ruins nisso — comentou Aparna.

Nenhum de nós tinha como discordar. Saímos dos contêineres, com as mãos para cima. Cinco homens com fuzis militares estavam nos esperando.

Eles rapidamente nos privaram de nossas armas e mochilas e nos puseram de joelhos, com as mãos atrás da nuca.

— Qual de vocês eletrocutou o Dave? — perguntou aquele diretamente à nossa frente.

— Fui eu — disse Niamh.

— Aquilo foi maldade. Ele é novo. Pouco mais que um estagiário.

— Desculpe, para mim vocês todos se parecem com quem matou meus amigos.

O homem sorriu.

— Eu estaria matando vocês também, mas nos mandaram não fazer isso, por enquanto.

— Quem mandou? — perguntei.

— Eu — soou uma voz atrás de nós. Eu me virei.

Era Rob Sanders, porque é claro que sim.

26

— Só para vocês ficarem sabendo, o plano aqui é amarrar vocês e dar de comer aos parasitas da kaiju — disse Sanders para nós. Nossas mochilas e armas estavam dispostas diante dele; um de seus capangas havia encontrado uma cadeira dobrável, e ele estava sentado nela. Então aquele capanga e os outros voltaram a apontar armas para nós. — Obviamente, agora não podemos deixar vocês *vivos*. Mas, se responderem às minhas perguntas, podemos optar por uma morte indolor, em vez de deixar os parasitas comerem vocês ainda conscientes.

— Você praticou esse discurso? — disse Niamh. — Parece que praticou. Muito. Diante de um espelho.

— Niamh Healy — disse Sanders. — Eu me lembro de você sendo rude na última vez que nos encontramos. Não me surpreende que tenha se mantido no personagem. E não, isso foi tudo espontâneo. E verdadeiro também. Então, primeira pergunta: como conseguiram atravessar?

— Pinos de combustível — falei.

— Como é que é?

— Pinos de combustível de urânio — repeti. — Você pode encontrar o meu na minha mochila.

Sanders franziu a testa e começou a vascular a mochila. Encontrou um par.

— Você está de sacanagem com a minha cara — disse ele, olhando para os minúsculos cilindros cinza.

— Pergunte ao dr. Lautagata — completei.

— Achei que haveria algum tipo de campo que seria ativado por actinídeos purificados — disse Kahurangi. — Trouxemos alguns e conseguimos encontrar.

— E como isso funcionou, exatamente?

— Nós os seguramos em um círculo de bruxas — disse Niamh.

Sanders olhou para mim buscando confirmação. Dei de ombros.

— Ficamos todos juntos, levantamos as mãos com os pinos de combustível e conseguimos passar.

Eu não senti necessidade de dizer a ele que o buraco pelo qual passamos estava a alguns metros de distância de nós e que foi ativado quando Bella liberou energia nuclear pela garganta. Me pareceu uma informação desnecessária.

Sanders olhou para Aparna.

— Você é a única aqui que não lembro de ser metida a engraçadinha — disse ele. — Isso está correto?

Aparna assentiu.

— Foi como Jamie disse.

— E seus chefes concordaram com isso?

— Nós não pedimos permissão — contei.

— Posso entender por quê — disse Sanders. — Parece *superimprovisado*.

— Estávamos desesperados para atravessar — explicou Aparna.

Sanders olhou para Aparna.

— E por quê?

— Porque precisamos que mande Bella de volta. Ela é um perigo para vocês e para ela mesma.

Sanders sorriu.

— Ah, você quer dizer por causa dos arrotos nucleares.

Aparna franziu a testa com essa colocação.

— Sim.

— Sabemos tudo sobre eles. Não estamos preocupados com isso.

— Você não está *preocupado* com um kaiju liberando energia nuclear em cima de você? — perguntou Kahurangi, incrédulo.

— Estamos contando com isso — disse Sanders. — Cara, acabamos de trazer um kaiju para este lado do mundo. Você sabe quanto isso é *ilegal*? Ao se tornar nuclear, ela apagará todas as evidências do que estivemos fazendo aqui, incluindo a si mesma. Não restará nada além de uma cratera.

— E incêndios-relâmpagos e chuva ácida — completou Kahurangi.

Sanders abanou a mão com desdém para essa colocação.

— Ninguém frequenta parques nacionais, de qualquer maneira.

— Bella pode se mover — argumentou Aparna. — Se estiver confusa ou com muita dor, ela pode sair daqui. Se isso acontecer e ela chegar em Goose Bay, milhares de pessoas podem morrer.

Sanders abriu um grande sorriso.

— O que é ainda *melhor*. Tem uma base militar canadense lá. Um ataque nuclear às forças armadas do Canadá? Em Labrador? Merda, isso vai deixar todo mundo confuso para cacete. Eles passarão meses tentando descobrir quem fez isso e por quê. Imagino que acabarão se decidindo pela China; afinal, por que não? Um ataque nuclear na América do Norte, durante uma pandemia, logo antes da eleição nos Estados Unidos... Logo antes *desta* eleição nos Estados Unidos. Isso vai ser *incrível*. Lei marcial para os EUA, para começar. Em seguida, as bolsas vão despencar. Tenho vendas de ativos a descoberto à espera.

— A lei marcial e a crise econômica são uma boa oportunidade para você — falei, com sarcasmo.

— Não se irrite porque eu tenho *um plano*, Jamie — disse Sanders. — É mais do que você tinha, claramente. Você pensou mesmo que poderia mandar Bella de volta só apertando um botão no meu laptop?

— Talvez — respondi, percebendo quão ridículo isso soava agora.

Sanders enfiou a mão no bolso da camisa e tirou de lá um objeto minúsculo pendurado em uma corrente.

— Chave de segurança via USB, meus caros. Os capacitores não descarregam sem que isso esteja fisicamente conectado ao laptop. Tipo, qual é, isso é segurança básica para um CEO.

— Por que você ainda mantém seu perímetro ligado, então? — perguntou Niamh.

— Perímetro? — Sanders parecia confuso.

— Com licença, seu *portal transdimensional* — cuspiu Niamh, enojade.

— É um bom nome — disse Sanders. — Eu mesmo pensei nisso.

— Cara, é da porra do *Doom* — disse Kahurangi.

— Você tem um histórico de roubar termos de clássicos de ficção científica — comentei.

— Não faço ideia do que vocês dois estão falando — disse Sanders. — Quanto à sua pergunta, Healy, ele ainda está ativo porque é à prova de falhas. Se Bella se tornasse indisciplinada antes que tivéssemos uma indicação de que ela se tornaria nuclear, poderíamos mandá-la de volta. Não precisamos disso agora. Na verdade, quando eu terminar aqui, vou desligá-lo. E manter Bella aqui para sempre.

— Como isso funciona, afinal? — pressionou Niamh. Aquela sessão deveria servir para extrair respostas de nós, mas Sanders era um merdinha egocêntrico e gostava de falar. Claramente, o plano que todos decidimos seguir sem sequer discutir com antecedência era mantê-lo em um monólogo.

— Você está gostando? — perguntou Sanders para Niamh.

— Quero *entender*.

Sanders olhou casualmente para o relógio.

— Não ajudará muito vocês, considerando o tempo que vocês ainda têm.

— Quero saber como pensou nisso, como desenhou e como se preparou para isso... — Niamh fez um gesto com a cabeça para se referir àquele local. — ... em apenas algumas semanas. E por "você" entenda quaisquer cientistas que possa ter contratado, porque é claro que você mesmo não tem capacidade para isso.

— Ui — disse Sanders. — Eu tenho um diploma de engenharia.

— Você tem um diploma de bacharel de uma faculdade que sua família financiava — refutei. — Sua família provavelmente doou o prédio e eles deixaram você passar.

Sanders semicerrou os olhos.

— Eu poderia alimentar os parasitas com todos vocês, se quisesse.

— Então você não conseguiria respostas para suas perguntas — disse Aparna.

— Eu já não estou conseguindo nenhuma resposta agora! — disse Sanders. — Suponho que tenham me incentivado a ficar falando na tentativa de permanecerem vivos por mais tempo. Sim, eu conheço a estratégia dos monólogos. Eu vi *Os Incríveis*.

— O portal transdimensional — lembrou Niamh. — Monologue sobre isso, por favor.

— Obviamente, já o tínhamos antes.

— Desde quando?

— Desde a década de 1960, se quer saber. — Sanders virou-se para mim. — Lembra-se daquele drama todo na base Tanaka? Quando sua chefe tentou me passar um sermão sobre o envolvimento da minha família na destruição da versão antiga da Tanaka? Ela estava mais correta do que sabia. Aquele kaiju não estava apenas perto da base. Nós o atraímos para lá.

— Então vocês já mataram pessoas da SPK antes — falei.

— Não sabíamos que o kaiju tinha um reator malformado — disse Sanders. — Não podemos ser culpados por *isso*.

— Não, apenas por colocar o kaiju em um lugar onde ele poderia matar dezenas de pessoas.

— Se preferir assim — disse Sanders, admitindo a culpa porque parecia não se importar muito com isso. — Estávamos tentando colocá-lo em uma versão anterior do portal, que, assim como esse, foi alimentado com os GTRs da nossa empresa. — Sanders apontou o polegar para o recipiente do gerador. — Esse é um protótipo de GTR de polônio-210. Gera uma quantidade absurda de energia muito rapidamente. Perfeito para ser usado em casos como este. O combustível não dura muito, no entanto.

— Você já tentou isso antes? — perguntou Aparna.

— Não funcionou — disse Sanders. — Conseguíamos fazer um rasgo na parede dimensional, mas não era significativo o bastante para trazer nada. Precisávamos de mais desbaste residual e nunca o obtivemos. Até agora. Aquele primeiro kaiju se tornando nuclear e afinando a barreira? Depois Bella sentada na beira da cratera mantendo-a fina com seu reator? — Sanders fez um gesto de "beijo de chef" com a mão. — Perfeito. Minha família está esperando por esse momento há literalmente gerações. — Ele acenou ao redor. — Nós preparamos isto aqui há anos. Atualizamos os componentes de tempos em tempos, obviamente. Mas estamos prontos.

— Sim, tudo bem, mas *para quê?* — indagou Kahurangi. — De que serve para você trazer uma kaiju? Você não pode controlá-la. Não pode aproveitar a energia dela. Ela não vai sobreviver aqui mais do que alguns dias. Qual é o objetivo?

Sanders sorriu.

— Dr. Lautagata, pensei que, de todas as pessoas, você entenderia.

— Mas não entendo.

— Então deixe-me ajudar. Qual é a sua mochila? — Kahurangi apontou. Sanders vasculhou e pegou um borrifador. — O que é isso?

— Feromônios de kaiju.

— Que você usa para manter os parasitas afastados.

— Principalmente.

Sanders acenou para nós quatro.

— É por isso que, no momento, vocês quatro fedem feito shorts de ginástica fermentados.

— Sim.

— Então você está menos interessado no kaiju do que no que pode *obter* do kaiju — disse Sanders. Ele cheirou o bico do frasco de spray, fez uma careta para ele, colocou-o no chão e continuou a vasculhar a mochila de Kahurangi. — Para você, o kaiju não é um kaiju. É um monte de compostos, cheiros e feromônios com os quais você pode mexer para conseguir o que deseja. — Ele puxou o que parecia ser um controle remoto da mochila; intrigado com isso, colocou-o de lado. — Sou do mesmo jeito. Só que meu interesse não recai sobre cheiros e feromônios.

— Você quer o reator — disse Aparna, de repente.

Sanders sorriu para ela.

— A dra. Chowdhury é claramente a mais inteligente de vocês quatro. Sim. Minha família está no ramo de geração de energia nuclear e derivados de energia nuclear desde o fim da Segunda Guerra Mundial. Imagine a vantagem competitiva que poderíamos ter se, em vez de *construir* reatores nucleares viáveis, pudéssemos apenas *cultivá-los*. Seguro. Eficaz. Orgânico. O vento e a energia solar só nos levarão até certo ponto, vocês sabem. Eu não me importo com o kaiju, de um modo ou de outro. Só quero saber como seu corpo produz o reator.

Ele olhou para mim.

— Embora *você* já devesse ter entendido isso a essa altura. Você me pegou tentando contrabandear informações genéticas de kaiju.

— Eu não sabia que era esse o plano B — falei.

— Fico feliz que não tenha entendido — disse Sanders. — Mas isso suscita uma questão: como você descobriu que estávamos aqui? Quando meu pessoal entrou, a primeira coisa que fizeram foi derrubar o aeróstato.

— E o helicóptero — acrescentei.

— Não estávamos esperando o helicóptero — admitiu Sanders. — Ou sua equipe. Achamos que tirar o aeróstato e os pacotes de instrumentos seriam suficientes. Mesmo com o helicóptero caído, ainda assim você deveria ter pensado que era Bella atacando, não nós. O que aconteceu?

— Você foi desleixado — disse Niamh.

— Evidentemente, mas o que estou perguntando é: como?

— Você se lembra de Tom Stevens? — perguntei.

— O cara que disse que estudamos em Dartmouth juntos.

— É, esse. Seu pessoal o matou.

— Essa vai ser uma nota estranha na revista dos ex-alunos, mas continue.

— Antes disso, ele escondeu uma câmera. Nós vimos seu pessoal. Vimos seu perímetro.

— Portal transdimensional — corrigiu Sanders.

Eu ignorei isso.

— E sabíamos que não era um acidente ou o resultado de um ataque kaiju. Nós sabemos. Nosso pessoal sabe. E, assim que o portal da base Honda voltar a funcionar, as pessoas deste lado também saberão.

Sanders olhou para um dos homens que estavam com as armas apontadas para nós, aquele que havia perguntado qual de nós dera um choque em Dave.

— Você disse que o local estava limpo.

— Pensei que estivesse — respondeu o homem. Agora que eu sabia, a voz combinava com a lembrança que eu tinha do vídeo de Tom.

— Bem, obviamente não estava — retrucou Sanders. — Isso complica as coisas.

— Não há nada que ligue isso ao senhor ou à sua empresa — disse o homem. — Não temos nenhuma marca de identificação nas roupas. O portal não tem marcas. Eles não têm como saber.

— Exceto que você já fez isso antes — comentei. — Sua empresa, quer dizer. Mais cedo ou mais tarde, a SPK vai descobrir.

— Não vai, *não* — disse Sanders, quase distraidamente. — Eles nunca foram informados do que estávamos fazendo. Isso era entre nós e o Departamento de Energia.

— Então *eles* vão saber — argumentei.

Sanders sorriu para mim.

— Você sabe quem está no comando dos Estados Unidos no momento, certo? Você acha que eles vão *se importar*? Especialmente se eu lhes der uma desculpa para declarar lei marcial e anular a eleição? Cara, vou ganhar a Medalha Presidencial da Liberdade por essa merda.

Cerrei meus dentes.

— Odeio que esteja certo quanto a isso.

— Sei que estou — disse Sanders, apaziguador. — Mas acho que não vou precisar chegar tão longe. Com provas ou não, podemos garantir que não nos descubram. — Ele se voltou para Aparna. — Passamos as últimas horas extraindo material genético dos ovos de Bella. E nós mesmos pegamos alguns dos ovos para criar em ambiente controlado. Seremos capazes de observar os jovens kaiju à medida que eles se desenvolvem.

— Mas isso não vai te ajudar — disse Aparna.

— Eu sei disso — falou Sanders. — Sei disso porque você me contou como os parasitas são necessários para estimular o desenvolvimento deles, e sei disso por causa da própria pesquisa de nossa empresa. Mais uma razão para trazer Bella. Também estamos coletando seus parasitas, tanto material genético quanto indivíduos.

— E eles não comeram nenhum de vocês? — perguntou Niamh.

— Alguns tentaram, mas o ar frio e mais rarefeito os torna menos ativos — explicou Sanders. — A maioria está se agarrando a Bella para se manter aquecida.

— O que torna sua ameaça de nos fazer de ração de parasita menos aterrorizante.

— Bem, vamos colocar vocês direto na boca deles, isso vai ajudar. — Sanders consultou o relógio de novo. — E em breve, porque faltam só algumas horas para Bella irromper, pela nossa estimativa.

— Os canadenses já devem saber que vocês estão aqui agora — comentou Kahurangi.

— Claro que sim, eles nos deram licenças — disse Sanders. — Eles acham que estamos fazendo radiointerferometria aqui. Dissemos a eles há uma semana que hoje à noite poderiam ver uma luz intensa vindo daqui como parte de nosso trabalho, então estão esperando por isso.

— E uma porra de uma kaiju gigantesca? — perguntou Niamh.

— Temos permissão para construir estruturas, desde que não alteremos permanentemente o local. Bella é uma estrutura, até onde eles sabem.

— Ninguém vai engolir essa — disse Aparna.

— Eles não engoliriam se estivéssemos fazendo isso no meio de Montreal. Mas estamos a cem quilômetros da cidade mais próxima, em Labrador, no meio de uma pandemia. Não estamos nem no meio de rotas de voo. Eu não acho que você entenda quão incrivelmente perfeito este local é para isso.

— Você está planejando alterar permanentemente o local, no entanto — comentei. — Uma explosão nuclear fará isso.

— Bem, isso é verdade — admitiu Sanders. — Mas eles vão pensar que nós fomos pelos ares junto com eles. E, na verdade, um helicóptero de carga está vindo para levar nosso contêiner de laboratório, a mim e a minha equipe. Ele estará aqui em breve. Vocês chegaram bem quando estávamos encerrando as operações. — Sanders deu um tapa nas coxas e se levantou. — Então, vamos colocar um ponto-final nas coisas, certo?

— Você não quer fazer mais perguntas? — perguntei.

— Na verdade não, não quero — disse Sanders. — Será que eu quero? Já sei como vocês atravessaram, sei que ninguém sabe que estão aqui e sei que ninguém sabe que eu ou a empresa da minha família está por trás disso. Vocês todos vão morrer e ser vaporizados. O que mais eu preciso saber?

— *Nós* temos mais perguntas — interveio Aparna.

— Tenho certeza de que sim, mas não é assim que a banda toca. Contudo, espero que tenham apreciado meu monólogo.

— Nós apreciamos — disse Kahurangi. — E a sede da SPK também.

Sanders fez uma pausa.

— Como é que é?

Kahurangi indicou o aparelho que parecia um controle remoto no chão.

— Esse negócio estava gravando o tempo todo e enviando tudo o que você disse para um dispositivo que escondi em Bella. Está sendo armazenado lá por enquanto. É um "dispositivo do homem morto". Se eu não pressionar este botão… — Ele indicou um botão vermelho no controle remoto. — … pelo menos uma vez a cada hora, ele envia tudo.

— É uma ameaça fofinha em uma área onde não há sinal de celular — disse Sanders.

— Você tem uma rede Wi-Fi — lembrei.

— É local — disse ele. — E como você sabe disso?

— Porque usei o telefone de Dave para baixar seus arquivos compartilhados e subi esses arquivos para esse mesmo dispositivo.

— Que não tem conexão — emendou Sanders. — Vocês estão blefando.

— Ah, pelo amor de Deus — disse Niamh. — O nome é *satélites*, seu idiota. Seu amiguinho Elon acabou de colocar alguns milhares deles em órbita.

— Nós não somos amigos — corrigiu Sanders, parecendo na defensiva.

— Na verdade, este funciona com os satélites Iridium — explicou Kahurangi. — São antigos e lentos, mas confiáveis. E receberão tudo em...
— Ele consultou o relógio. — ... cinco minutos.

Sanders se abaixou e pegou o controle remoto.

— Este botão? — perguntou, apontando para o disco vermelho no controle remoto. Então o pressionou. — Péssimo monólogo — disse para Kahurangi. — Você só deve revelar seu segredo *depois* que for tarde demais.

Kahurangi sorriu.

— Você não acha que isso funciona sem a minha digital, acha?

Sanders franziu a testa e olhou para o controle remoto.

— Quê?

— Digo, isso é uma questão de segurança básica, sabia?

Sanders entregou o controle remoto para ele.

— Aperte — ordenou.

— Ou o quê? — questionou Niamh. — Você vai matá-lo? Amigo, você já jogou *essa* carta.

Sanders virou-se para elu.

— Que tal eu te dar um tiro no estômago, para que ele possa ouvir você gritar de agonia até que aperte o botão?

— Uau, *essa* foi pesada — disse Niamh. — Além disso, vá se foder.

— Faça como quiser. — Sanders olhou para seu capanga principal. — Você poderia, por favor?

— Ei, ei — disse Kahurangi. — Sem tiro no estômago de ninguém. Me dê o controle remoto.

Ele estendeu a mão. Sanders colocou o controle remoto nela. Kahurangi olhou para todos nós.

— Então, acho que é isso.

— Acho que sim — respondi.

— Só quero dizer que, não importa o que aconteça, estou feliz por ter conhecido cada um de vocês — disse Kahurangi. Ele olhou para Sanders. — Não *você* — esclareceu. — *Você* pode morrer queimado. Mas você, Jamie. Você, Aparna. Você, Niamh. Estou feliz por nossa amizade.

— Estou feliz por ter conhecido você também — disse Aparna.

— Eu também — concordei.

— Eu não planejava partir com tanto chororô — disse Niamh. — Mas sim. Você é tudo de bom.

Elu olhou para Sanders e acrescentou:

— E, de novo, você não. Você é péssimo.

— Simplesmente o pior — concordou Aparna.

— O pior monstro da história — reiterei.

— Ainda posso te dar um tiro no estômago — disse Sanders. — Tipo, em *todos* vocês.

— Ah, certo — disse Kahurangi. Ele apertou o botão e depois jogou o controle remoto de volta para Sanders. — A propósito, eu menti.

— Você o quê?

— Ele mentiu — repeti.

— Eu também.

— *Todos nós* mentimos — disse Aparna.

— Não sobre gostarmos uns dos outros — explicou Niamh para Sanders. — Nós gostamos. E não sobre você ser um imbecil. Essa parte é verdade.

— Eu menti sobre o que esse controle remoto faz — disse Kahurangi.

— Primeiro, ele não grava nada. É só um controle remoto.

— Segundo, ele não controla uma caixa que envia dados para um satélite — continuou Aparna.

— Não. Eu menti sobre isso também — concordou Kahurangi.

— Terceiro, não é um "dispositivo do homem morto" — completei. — Ao pressionar o botão, você o ativou.

— Ativei o quê? — perguntou Sanders.

Da direção de Bella, vieram gritos.

— Você disse que os parasitas são lentos aqui, que estão se agarrando a Bella — disse Kahurangi. — Eu plantei uma bomba de feromônios que deve acordá-los imediatamente.

Ao nosso redor, um leve aroma de laranjas e frutas cítricas surgiu por entre o cheiro de pinheiros e terra.

— O que quer dizer com acordá-los? — perguntou Sanders.

— Eu lhe disse uma vez que os feromônios não são uma linguagem perfeita — disse Kahurangi. — E é verdade. Este feromônio, porém, é o mais próximo possível de gritar. E o que ele grita é: "Estamos sendo atacados, mate tudo que se mover". Você acabou de acioná-lo. E *nós* apenas demos tempo para eles chegarem até aqui.

— Merda — disse o pau-mandado de Sanders.

Virei a cabeça para ver uma enxurrada de parasitas se afastando de Bella, e pelo menos alguns deles estavam galopando na nossa direção.

Olhei para Sanders, que acompanhava, boquiaberto, a chegada deles.

Pulei, o agarrei e puxei a chave USB de seu pescoço.

Então me virei para meus amigos.

— Corram.

27

Nós nos espalhamos enquanto os parasitas atacavam todos ao nosso redor.

Os homens que estavam apontando armas para nós haviam esquecido que existíamos. Não éramos as criaturas alienígenas assustadoras correndo na direção deles; éramos apenas pessoas, desarmadas, e não faríamos nada contra eles. Os homens se viraram e começaram a disparar seus fuzis na direção dos parasitas.

Acontece que Riddu Tagaq estava certo. É difícil atingir um parasita veloz com uma bala pequena.

Dois dos homens caíram quase imediatamente, gritando e lutando. Os outros fizeram o mesmo que nós e correram.

Olhando para trás, vi Rob Sanders se encolher, depois olhar ao redor.

O que ele está procurando?, eu me perguntei.

Ele me viu. Saiu atrás de mim, parando apenas para pegar a espingarda que Kahurangi trouxera consigo.

Ah, certo, estou com a chave dele, pensei.

Então comecei a correr de novo em direção a Bella — rumo ao local de que todos ao meu redor estavam fugindo.

Enquanto eu corria, parasitas galopavam ao meu redor sem me incomodar; o feromônio "sou um kaiju" ainda me cobria e, eu esperava, também os meus amigos.

Ao meu redor, vi o pessoal de Sanders correndo, esquivando-se e gritando enquanto a enxurrada de parasitas os caçava. Com a visão periférica, vi um parasita saltar sobre um humano, derrubando-o no chão; de pronto, vários outros foram para cima do homem também. Parei de prestar atenção no que aconteceu com ele depois disso.

Olhei para Bella, que escolhera aquele momento para fazer algo que eu não esperava.

Ela se *moveu*.

Seu corpo, que não havia se mexido para nada, exceto para soltar berros nucleares, estremeceu e se sacudiu. Os parasitas que ainda não haviam descido dela voaram em ondas, sua casa perturbada pelo movimento.

Kahurangi havia nos explicado isso antes.

— Aparna e eu plantamos as bombas de feromônio onde Bella inspira — dissera ele, enquanto caminhávamos em direção ao gerador. — Os feromônios vão ser sugados direto para ela e se espalharão por todas as partes de seu corpo. Os parasitas vão reagir primeiro, mas em algum momento ela também sentirá.

— E então acontece o quê? — Foi o que eu perguntara.

— Fique fora do caminho dela — respondera ele.

Corri ainda mais rápido na direção dela.

Senti o tiro me acertar antes de ouvir o estalo da espingarda, salpicando minhas costas e minha cabeça.

Sanders estava longe demais para que o tiro me causasse algum dano real, mas aquilo doeu feito o inferno e estragou o ritmo da minha corrida. Eu tropecei e caí no chão, dando a Sanders tempo hábil para diminuir a distância entre nós.

— Devolva a minha cha...

Foi o máximo que ele conseguiu dizer antes de começar a cuspir o torrão de terra que joguei bem na cara dele. Havia uma pequena pedra por perto; a peguei e arremessei nele. Ele xingou ao ser atingido no queixo, levando a mão até a pequena ferida.

— Sério? — soltou ele, incrédulo. Não ouvi mais qualquer coisa que ele pudesse ter dito depois, porque havia começado a correr de novo.

Enquanto corria, percebi que algo acontecera com o meu tornozelo esquerdo quando caí. Estava quente e dolorido e piorava a cada passo.

Olhei para cima e percebi que Bella agora estava bem na minha frente, sem mais nada entre nós. Percebi outra coisa também.

Ela olhava diretamente para mim.

Aqueles grandes olhos sobrenaturais brilhantes se reviraram e agora se voltavam com toda a atenção para onde eu estava.

Congelei, porque imagino que é isso que acontece quando se é uma presa.

— Tenho mais uma bala, Jamie — disse Sanders, ainda em meu encalço. — Não me faça usá-la.

Olhei de volta para ele.

— Tenho novidades, Rob. Você é o menor dos meus problemas agora.

Eu apontei. Ele seguiu minha mão e viu Bella encarando a nós dois.

— Ah, *merda*.

Estendi meu braço em advertência.

— Não corra.

— Por que diabos *não*?

— Não vai adiantar de nada, de qualquer modo — respondi.

Olhamos ambos para cima, paralisados, na direção de Bella.

E ela decidiu que queria dar uma olhada melhor em nós dois.

Não sei ao certo como descrever a geometria envolvida no movimento de uma criatura de mais de cem metros de altura abaixando a cabeça para perto do nosso nível. Mas aconteceu. A cabeça de Bella era do tamanho de uma mansão suburbana, e seus olhos apenas vasculharam ao redor até conseguir nos encontrar. Dentro e ao redor da cabeça, coisas se moviam; eram parasitas que ainda não haviam sido desalojados ou que tinham se deslocado para atacar.

— Ah, merda — disse Sanders.

— *Para de falar* — ordenei.

Os olhos de Bella se dividiram entre nós dois, encarando-nos profundamente.

Enquanto Bella nos contemplava, senti o calor de suas entranhas irradiando em minha direção, impelido para fora de seu corpo através da rede que os parasitas haviam criado para ela. Era quase insuportável — semelhante a ficar parado diante de uma fornalha prestes a superaquecer.

Havia algo mais também. Algo na maneira como Bella se comportava enquanto nos avaliava. Ela parecia…

Exausta. Cansada. Fora de lugar.

Triste.

Talvez eu estivesse imaginando coisas porque sabia que ela tinha sido levada contra a vontade para um lugar ao qual não pertencia. Era possível que meu cérebro estivesse alimentando uma falácia patética apenas para manter a esperança de que aquela criatura monstruosa com a cabeça do tamanho de uma casa não fosse me comer ou pisar em mim. Por outro lado, talvez eu estivesse, simplesmente, apenas tendo um surto psicótico. Algumas ou todas essas coisas poderiam ser verdade naquele momento.

Mas nada alterava o fato de que, naquele momento, tudo o que eu mais queria na vida era fazer um carinho em Bella e lhe dizer que tudo ficaria bem.

— Tadinha — sussurrei para ela.

— Cacete, você está de brincadeira comigo? — disse Sanders atrás de mim. Ele claramente tinha me escutado.

Eu me virei para ele.

— Cala a boca, Rob — mandei. — Você trouxe essa coisa para cá. Você a trouxe para um lugar onde a única coisa que ela pode fazer é morrer. Você *quer* que ela morra. E para quê? Para ter um processo bioindustrial que você e sua empresa familiar possam monopolizar.

— O mundo precisa de energia bionuclear ilimitada...

— Cara, nem finja que está fazendo isso *pelo mundo* — interrompi. — Você não dá a mínima para o mundo. O nosso ou o dela. — Apontei para Bella. — Tom Stevens me disse uma vez que parte do trabalho da SPK era manter os kaiju a salvo dos humanos. Nós brincamos sobre quem seriam os verdadeiros monstros. Mas acontece que, no final, não é uma piada, certo?

Sanders olhou com nervosismo para Bella, que ainda estava nos examinando, e então de volta para mim.

— Me dê a chave, Jamie, e eu a envio de volta — disse ele. — Tenho tudo o que quero ou preciso dela. Me entregue o pen-drive e eu ligo o portal. Ela pode voltar. Você pode voltar. *Todos* vocês podem voltar.

— E a parte em que você ia nos oferecer como refeição para os parasitas? — perguntei.

— Eu posso mudar essa parte do acordo.

— Ou a parte em que você estava disparando uma espingarda em mim.

— Erros foram cometidos.

— E você simplesmente nos deixaria continuar vivendo, sabendo o que sabemos, sabendo que *nos perguntariam* sobre o que sabemos.

— Acho que posso motivar vocês quatro o suficiente para contarem uma história que seria mutuamente benéfica.

— É aqui que você nos oferece dinheiro — falei.

— Não apenas dinheiro — disse Sanders. — Mas dinheiro *faz* parte do acordo.

Eu sorri.

— É tentador — falei. — Até eu lembrar que, neste exato momento, você só está fazendo uma "aposta dos Duke" consigo mesmo, apostando que eu seria idiota o suficiente para aceitar sua oferta.

Sanders sorriu de volta.

— Você lembrou.

— Eu lembrei.

— Você lembra que eu ainda tenho uma espingarda?

Uma rajada de ar superquente emanou de Bella, derrubando a nós dois. A cabeça de Bella desapareceu, subindo, subindo, subindo para o céu.

Sanders se levantou e apontou a espingarda para mim.

— Jamie Gray — disse ele. — Vamos acabar logo com isso.

Bella gritou; um raio disparou dela e tons de dourado tingiram o mundo.

Olhei para cima e vi um buraco dimensional se abrir atrás de Sanders. Uma névoa se formou ao redor dele, obscurecendo sua visão.

Eu rolei para longe quando ele puxou o gatilho; a munição estava comprimida demais para me atingir.

Quando rolei e me virei, vi algo correr em direção ao meu rosto.

Um parasita.

Meu feromônio acabou, pensei.

A fera saltou por cima de mim, acertando Sanders no peito.

Ele gritou de surpresa e terror quando o parasita o encurralou. Eu os perdi de vista no nevoeiro.

Em algum lugar do outro lado da neblina, Sanders parou de gritar e começou a berrar.

Eu me levantei, testando a firmeza do meu tornozelo, e olhei para cima assim que Bella parou de irradiar. O buraco ao redor do raio começou a se fechar e algo passou por ele, irrompendo o nevoeiro.

Um helicóptero. O Tanaka Dois.

— *Martin Satie*, caralho! — exclamei, e comecei a pular e acenar para ele.

Bella viu o Tanaka Dois e golpeou o ar na direção dele. Satie desviou e abriu distância entre o helicóptero e Bella.

Bella se levantou, lentamente atingindo sua altura total.

Ela se esticou.

E então começou a *andar*. Na minha direção.

Decidi que poderia me preocupar com meu tornozelo dolorido mais tarde. Corri na perpendicular o mais longe possível da direção que Bella parecia estar seguindo.

Seu primeiro passo a levou para fora do perímetro dos capacitores.

Seu segundo passo esmagou a maioria dos contêineres que o pessoal de Sanders estava usando como laboratórios.

Com o terceiro passo, um barulho que lembrava motores a jato começou a vir de Bella.

Bella bateu suas asas enormes tentando encontrar forças no ar rarefeito do nosso planeta.

Depois de um momento, ela conseguiu. Bella estava voando.

Olhei de volta para o chão e vi três pessoas correndo em minha direção: Aparna, Niamh e Kahurangi.

— Você está bem? — perguntou Kahurangi, me alcançando primeiro.

— Machuquei o tornozelo, mas estou bem — respondi.

Aparna e Niamh chegaram até nós. Mostrei a eles a chave USB de Sanders.

— Nós podemos ativar o perímetro agora — falei.

— Maravilha, mas há um pequeno problema — disse Niamh. — Nossa passarinha fugiu da gaiola.

— Quanto mais tempo ela estiver fora, mais difícil será mandá-la de volta — disse Aparna.

— Tenho uma ideia — indiquei, me virando para Aparna. — Quanto tempo durou o intervalo de Bella desta vez?

— Pouco mais do que vinte minutos — disse ela.

— Como o voo dela afetará o intervalo?

— Ela está se esforçando muito para voar, gastando muita energia. Vai ser muito mais curto.

— Mais curto, quanto?

— Não sei.

— Chuta.

— Dez minutos, no máximo.

Niamh olhou para cima.

— Aquele é a porra do Tanaka Dois?

Satie estava descendo até onde estávamos.

Entreguei a chave USB para Kahurangi.

— Você e Niamh, vão até o gerador e fiquem prontos.

Ele pegou a chave.

— Prontos para quê? — gritou ele conforme o barulho do Tanaka Dois se avolumava ao nosso redor.

— Para mandar Bella de volta! — gritei de volta. — Nós vamos buscá-la para vocês.

Kahurangi sorriu.

— Você pirou, e eu te amo.

Ele agarrou Niamh, mostrou-lhe a chave e apontou para o gerador. Eles partiram.

Satie pairou baixo o suficiente para Aparna e eu entrarmos no helicóptero. Aparna se acomodou na área de passageiros, e eu, no assento do copiloto.

— Pensei que tínhamos concordado que você iria voltar — falei para Satie, assim que afivelei o cinto e conectei o fone de ouvido.

— Decidi que podia esperar até arranjar problemas — disse Satie. — Então notei que, quando a nossa Bella arrota, ela cria um grande buraco. Queria ver qual era o tamanho do buraco. E descobri.

— Você sabe o que estamos fazendo agora, certo?

— Achei que você nunca perguntaria — disse Satie.

— Ainda não perguntei.

— Claro que sim, você apenas se expressou mal. Agora, vamos perseguir nossa dama. Dra. Chowdhury, temos cerca de dez minutos, estou certo?

— Menos do que isso agora — disse Aparna.

Satie nos levou balançando violentamente pela aurora, perseguindo Bella.

— Ela não é muito rápida — observou Satie quando nos aproximamos dela, seguindo na direção noroeste. Ela estava no caminho que tínhamos imaginado: em direção a Goose Bay.

— O ar aqui não está lhe dando muito apoio — explicou Aparna. — Ela está compensando isso com seus sistemas de fluxo de ar, mas eles provavelmente estão falhando também. É incrível que ela sequer possa voar.

— Você está dizendo que ela pode cair do ar a qualquer segundo? — perguntei para Aparna.

— Não me surpreenderia.

— Isso não é bom — disse Satie. — Não será capaz de caminhar de volta para onde precisamos dela.

— O que você vai fazer?

— Deixe-me tentar ser educado primeiro — disse Satie. Ele voou na frente de Bella e, uma vez que abriu distância suficiente, virou e pairou no caminho dela.

— Fazer o "jogo do covarde" é educado? — perguntou Aparna, alarmada.

— Temos que equilibrar educação e rapidez — explicou Satie.

Bella voou diretamente para o Tanaka Dois, desviando no último momento para evitá-lo. Fomos atingidos pela turbulência de suas asas e sistemas de fluxo de ar. Satie nos equilibrou e voltou a seguir Bella, que havia retomado sua direção noroeste.

— Isso é o que se ganha sendo legal — reclamou ele.

— Você não vai fazer o que eu acho que vai fazer — falei.

— Não sei o que você acha que vou fazer, mas, sim, provavelmente.

Olhei de volta para Aparna.

— Você está com o cinto afivelado, certo?

— Achei que estivesse, mas agora já não sei — respondeu Aparna.

Eu assenti.

— É assim que deve ser. — Olhei para Satie. — Tudo bem, vamos lá.

Sob a luz dos instrumentos, pude ver Satie sorrir. Ele fez o Tanaka Dois subir em altitude, e então começou uma descida rápida em direção à cabeça de Bella.

— Ah, eu não estou gostando disso. Não estou gostando nada disso — declarou Aparna.

— Éééé — concordei. Eu estava me esforçando muito para não me mijar.

O Tanaka Dois desceu com força na cabeça de Bella, raspando os esquis de pouso no topo. Em um ponto, parecia que um dos esquis tinha se prendido, que iríamos ser jogados para a frente e morrer. Então, o que quer que tivesse se prendido se soltou. Bella gritou de dor.

— Isso chamou a atenção dela — falei.

— Não o bastante — disse Satie, lançando o Tanaka Dois diretamente na cara da kaiju; o rotor de cauda ficou a centímetros de fazer contato.

Pelo berreiro, dava para ver que isso estava enfurecendo Bella. Olhei para o monitor para obter a visão traseira.

— *Dentes* — avisei, em tom de urgência.

— Já percebi — disse Satie. Então subitamente arremetemos, de um modo muito pouco seguro.

Bella nos seguiu, determinada a nos fazer pagar por irritá-la.

— Ela não está mais voando devagar — comentei, enquanto a observava se aproximar de nós, com o que eu esperava que não fosse pânico completo na voz.

— Quanto tempo mais, dra. Chowdhury? — perguntou Satie.

— Ela está pronta — disse Aparna. — Eu diria que a qualquer momento agora.

As luzes fracas do local destruído já estavam visíveis.

— É melhor que seus amigos estejam prontos — disse Satie para mim.

— Eles vão estar — prometi. — Vamos torcer para que possamos cronometrar essa coisa.

— Ahn, pessoal — disse Aparna. — Olhem o monitor.

Eu olhei. Bella estava se aproximando de nós, com a boca aberta, urrando. Dentro dela, havia um brilho emergente.

— Acho que estamos sem tempo — comentei.

— Estamos quase lá — disse Satie.

— "Quase" não vai funcionar agora — assegurei a ele.

Nós avistamos as árvores do local enquanto Bella gritava e soltava seu jorro, que passou por cima do Tanaka Dois.

Satie mergulhou e voou, aparentemente, centímetros acima do solo. Ao nosso redor, o mundo ficou dourado. Atrás de nós, o mundo estava escuro no monitor, enquanto a explosão de Bella rasgava o chão, lançando terra e solo na direção do céu.

— Esperem — disse Satie.

Ele girou apenas o bastante para que o bafo de Bella evitasse o perímetro do capacitor. Uma ampla e brilhante parede de luz surgiu na lateral do Tanaka Dois. Era linda — e próxima o suficiente para que eu quase pudesse alcançá-la e tocá-la. Eu morreria se fizesse isso.

Passamos pelo outro lado do perímetro e o feixe se apagou. Na nossa frente, árvores enormes se aproximavam incrivelmente rápido. Aparna e eu gritamos. Satie parou bem na hora e pairou sobre a copa das árvores. Ele virou o Tanaka Dois.

Bella e seus ovos haviam desaparecido.

E não apenas isso.

Era como se nunca tivessem estado lá.

Olhei para o lugar onde Bella não estava mais.

— Funcionou — falei. — Conseguimos.

— Olha — disse Aparna, apontando. Kahurangi e Niamh estavam correndo em direção ao perímetro, sem jeito, com as mochilas a tiracolo.

— Bem a tempo — falei para eles assim que entraram no Tanaka Dois, afivelaram o cinto e conectaram os fones de ouvido.

— Você não falou que estava vindo por cima da porra das copas das árvores — disse Niamh. — Mal tive tempo de sinalizar para Kahurangi. Quase erramos.

— É, mas não erraram.

— Como vocês conseguiram que ela os seguisse? — perguntou Kahurangi.

— Nós a enfurecemos — respondeu Aparna.

Kahurangi assentiu.

— Parece que funcionou.

— Vamos torcer para que os kaiju não tenham boa memória — disse Satie. — Caso contrário, a vida para o Tanaka Dois será muito desconfortável quando voltarmos.

— Você acha que ela está segura? — perguntei para Aparna. — Bella, quer dizer. Não havia muito tempo entre seus intervalos.

— Não sei — disse Aparna. — Acho que sim. Mas não sei. O que sei é que ela tem uma chance de sobreviver, agora que está de volta ao lugar a que pertence. Aqui ela não tinha nenhuma.

— Fizemos nosso trabalho — disse Kahurangi. — Nós preservamos um kaiju.

— Talvez — emendou Aparna.

— Acho que *talvez* vá ter que servir dessa vez.

— O que aconteceu com aquele idiota do Sanders? — perguntou Niamh para mim.

— A mesma coisa que aconteceu com todo o resto do pessoal aqui — respondi. — Só que do outro lado da barreira.

Aterrissamos na base das Forças Canadenses em Goose Bay às cinco da manhã, com o Tanaka Dois já na reserva da reserva. Como éramos uma visita totalmente não programada e surgimos do nada, sem itinerário, fomos recebidos por um impressionante contingente de militares canadenses.

— Que beleza — comentou Niamh, observando a disposição da base.
— Como são as prisões militares canadenses? Um amigo mandou perguntar.

— Você não vai para a prisão — disse Satie.

— O que vamos dizer a eles? — perguntou Aparna.

Satie a encarou.

— *Você* não vai dizer nada a eles. Nenhum de vocês vai dizer nada. Deixem comigo.

— Com prazer — disse Kahurangi. — Mas por que eles iriam te ouvir?

— Por que eu sou quem sou — respondeu Satie.

— É importante para eles que você seja um piloto?

— Ele também tem doutorado — falei.

— Eles não vão se importar com nada disso — disse Satie. — Mas vão se importar que eu seja um coronel da Real Força Aérea Canadense.

— E o que isso significa para eles? — perguntei.

— Entre outras coisas, significa que sou superior ao comandante da base aqui.

— Olha ele — disse Niamh, com admiração. — Andando disfarçado todo esse tempo.

— Disfarçado, não — corrigiu Satie. — Adido oficial do Canadá para a spk. Você pode perguntar a MacDonald e a Danso quando voltar.

— Então por que você pilota o Tanaka Dois? — perguntei.

— Eu piloto o Tanaka Dois porque ser um adido é *chato* — disse Satie.
— Isso é muito mais divertido. Agora, todos vocês, fiquem aqui e calem a boca. Me deixem resolver as coisas.

Ele desceu do helicóptero e foi falar com o soldado encarregado. Enfiou a mão no bolso e sacou sua carteira, retirando dela um cartão.

Mostrou-o ao soldado.

O soldado saudou Satie.

Assim como o restante deles.

28

Não tivemos que ir para uma prisão militar canadense. Nem para prisão alguma, por sinal.

Também não voltamos para a base Tanaka imediatamente.

Primeiro porque não dava — o portão da base Honda ainda estava inoperante e ficaria inativo pelo tempo completo da manutenção. Satie — coronel Satie, devo dizer — havia retransmitido a informação para a tripulação da *Shobijin*, que a encaminhou de volta à base, embora tivessem esperado que ele atravessasse a barreira no Tanaka Dois antes que o fizessem. Assim que ele atravessou, a *Shobijin* deu o fora daquela área.

Isso foi bom porque, assim que voltou, Bella incendiou a maior parte da selva ao redor. Durante uma semana, não ficou claro se ela seria capaz de restaurar sua função interna e seu contingente de parasitas. Então ela se acomodou, pôs uma última ninhada de ovos e ficou chocando por várias semanas.

Ela sobreviveu. Nós, de fato, tínhamos preservado um kaiju.

A segunda razão pela qual não voltamos imediatamente foi porque a SPK teve que investigar o incidente e fomos as principais testemunhas. Depois que saímos da base canadense de Goose Bay, passamos duas semanas em um hotel em St. John's, fazendo reuniões via Zoom com os mandachuvas da SPK e várias outras partes interessadas, para explicar o que

Rob Sanders havia feito, por que e como isso se relacionava com a Tensorial, a empresa da família, e seus antecessores. Nisso tivemos apoio de Dave Berg, também conhecido como Dave-pouco-mais-que-um-estagiário, que sobrevivera em grande parte por estar inconsciente e pulverizado com feromônios kaiju. Considerando tudo isso, ele perdoou Niamh pelo choque elétrico.

As novas informações sobre a destruição da primeira base Tanaka, ao que parece, não foram uma surpresa completa para o pessoal da SPK. Sempre houvera a suspeita de que a família Sanders não tinha sido inteiramente honesta. A informação, no entanto, pareceu surpreender o representante do Departamento de Energia dos EUA. É possível que o representante tivesse outras preocupações em mente. A eleição dos Estados Unidos havia ocorrido sem uma explosão nuclear desonesta para atrapalhar, e esse sujeito provavelmente perderia o emprego em alguns meses. Ele parecia disposto a deixar a SPK lidar com a questão como quisesse.

A SPK lidou com isso fazendo o que faz: fingindo que o evento não existia oficialmente.

A missão de trazer Bella de volta manteve sua história oficial de ser um grupo de cientistas tentando um novo método de radiointerferometria.

Que deu terrivelmente errado.

E explodiu.

Como às vezes acontece com os projetos de radiointerferometria.

— Não acontece, não — protestara Niamh, pois elu era astrofísique. Mas foi voto vencido.

Quanto ao bilionário da tecnologia Rob Sanders, que teria financiado aquele projeto por sua paixão pela ciência e pelo conhecimento, presumiu-se que tivesse sido morto na explosão e que seu corpo houvesse sido vítima de predadores da região, possivelmente lobos-do-labrador, antes que pudesse ser resgatado.

— Lobos-do-labrador? — perguntara Kahurangi. — Isso existe?

— Ah, sim — assegurara Aparna.

Embora a Tensorial não pudesse ser oficialmente responsabilizada pelas atividades de Sanders ou pelas atividades da empresa envolvendo a SPK ao longo dos anos, na mudança do governo dos EUA, em janeiro, o Departamento de Justiça anunciou que a Tensorial e seus CEOs, tanto anteriores quanto atuais, e todos os membros da família Sanders estavam sendo investigados por um padrão de fraudes de décadas envolvendo os departamentos de Energia e Defesa, entre outros. Seria um processo longo e desconfortável para a empresa.

Bem, que bom.

Enquanto estávamos fora, a base Tanaka realizou os serviços fúnebres para aqueles que havia perdido com o sequestro de Bella por Sanders. A história oficial dada à família e aos sobreviventes estava perto o suficiente da verdade: enquanto faziam pesquisas sobre os animais que tinham a tarefa de proteger, eles foram emboscados por caçadores e mortos. Os benefícios para sobreviventes da SPK sempre foram generosos; e as condolências pela sua perda, sinceras.

Ficamos sabendo que todos na base Tanaka prenderam o fôlego até descobrirem se Aparna, Kahurangi, Niamh, Martin Satie e eu tínhamos sobrevivido. Quando confirmaram que sim, comemoraram coletivamente e juraram nos matar por deixá-los preocupados.

Ninguém nos matou quando voltamos. Em vez disso, declararam um feriado. Um dia inteiro de festas e comilança e bebidas e karaokê.

Depois, voltamos ao trabalho. Aparna para o laboratório de biologia, Kahurangi para o de química, Niamh para o de física e Satie para... Bem, em curto prazo, para não muita coisa, porque levar um helicóptero inteiro de volta à Terra Kaiju era uma odisseia; mas logo voltou a voar.

Eu voltei a carregar coisas.

MacDonald me ofereceu o emprego de Tom temporariamente, com o objetivo de torná-lo permanente. Eu recusei. Não me sentia bem em ocupar seu lugar e, além do mais, eu já tinha forçado Val a fazer sozinha o trabalho de duas pessoas por várias semanas. De qualquer forma, eu também gostava do meu trabalho. Carregar coisas era surpreendentemente bom para o meu cérebro.

Então continuei fazendo isso, sem novos dramas, pelo resto do circuito.

O que, francamente, parecia estranho. Depois de um começo tão dramático para o nosso circuito, todo o resto depois que voltamos para a base Tanaka parecia um anticlímax.

— Fico esperando algo mais acontecer — disse Niamh, e todos concordamos.

Mas nada mais aconteceu. Até o fatídico dia de março em que vestimos camisas havaianas, com bebidas nas mãos, para dar as boas-vindas à Equipe Azul, que estava de volta à base Tanaka, e para eles se despedirem de nós.

Como era o costume, deixei um presente de boas-vindas para o membro da Equipe Azul que fosse ocupar o meu quarto, acompanhado de um bilhete.

Caro alguém,

Se é sua primeira vez aqui, seja bem-vindo. Se for mais do que sua primeira vez aqui, bem-vindo de volta. Quando cheguei há seis meses e uma eternidade atrás, ganhei de presente uma planta. Estou lhe dando o mesmo presente. Está maior do que quando a recebi e ganhou um vaso novo e maior. Você pode precisar replantá-la novamente antes de dá-la como presente.

Esta planta me foi presenteada por alguém que estava deixando este mundo para trás para sempre. Ela disse que era hora de voltar para o mundo real. Eu entendo o que ela quis dizer — este mundo é tão estranho! Mas acho que é tão real quanto o outro. Esta planta é real. As pessoas aqui são reais. Os laços e amizades que fazemos aqui também são reais. É irreal quão real este mundo é e pode ser.

Esta planta é sua, mas eu voltarei. E, quando eu voltar, espero conhecer você, fazer uma refeição com você, cantar karaokê com você, conversar sobre plantas e, talvez, fazer amizade com você. Mal posso esperar para conhecê-lo.

Até lá, seja gentil com nossa planta.

Jamie Gray

Aparna, Kahurangi, Niamh e eu nos despedimos na estação de trem, que não estava tão deserta quanto na nossa partida. As vacinas tinham começado a ser aplicadas, e as pessoas, talvez com otimismo demais, começaram a viajar novamente. Aparna estava indo para Los Angeles, encontrar sua família lá. Kahurangi ia para a Nova Zelândia e Niamh, para a Irlanda, onde enfrentariam algumas semanas de isolamento antes de reencontrar seus amigos e familiares.

— Mal posso esperar — disse Niamh. — Duas semanas dormindo, comendo delivery e gritando com as notícias.

Todos nos abraçamos e prometemos manter contato pelo canal de Discord da Equipe Ouro da SPK.

A última pessoa da SPK que vi antes de partir foi Brynn MacDonald, que acenou para mim e me disse para ficar de olho em um novo assistente para ela.

— Não dá para substituir Tom — disse ela. — Mas ainda preciso de alguém para fazer esse trabalho.

Eu prometi que ficaria de olho.

Então voltei para casa, para o meu terrível apartamento em East Village, que na verdade não era tão terrível quanto eu me lembrava, com Brent e Laertes.

— Nós sentimos sua falta — disse Brent.

— Eu gostei do silêncio — gritou Laertes, da outra sala, onde jogava videogame.

— Você sequer saiu desse quarto desde que eu parti? — gritei de volta.

— Chama-se *quarentena*, Jamie; talvez você devesse ler sobre o assunto.

— Ele saiu do quarto — assegurou Brent para mim.

— Faço cocô de vez em quando — disse Laertes.

— Eu senti falta disso — comentei, e estava falando sério.

Brent sorriu.

— Então, bem — disse ele. — Nós pedimos comida tailandesa, e ela vai chegar aqui em breve. E, enquanto isso, posso te atualizar sobre os últimos seis meses.

— Eu realmente quero saber? — perguntei. Brent moveu a mão feito uma gangorra.

Houve uma batida na porta.

— Isso foi rápido — disse Brent, e começou a se levantar.

Acenei para que ele ficasse sentado.

— Eu pego — falei. — Tenho dinheiro para a gorjeta.

— Não precisa esfregar a pobreza na nossa cara! — gritou Laertes.

— Também te amo — respondi, coloquei minha máscara e fui atender a porta.

— Um *pad thai*, sopa *tom kha gai* e, ai meu Deus, Jamie Gray — disse a entregadora que estava na porta.

Olhei com mais atenção.

— Qanisha Williams? — perguntei.

— Ah, meu Deus, Jamie — disse Qanisha. Ela largou a comida e estendeu a mão para mim, então se lembrou de que ainda eram tempos do vírus e recuou. — Eu sinto muito. Março do ano passado. Quando te demitiram. Eu não falei nada. Eu deveria ter avisado você. Mas não avisei. Eu estava com medo. Sinto muito.

— Está tudo bem. Eu sei o que aconteceu. Sei o que Rob Sanders fez. Aquela aposta de um dólar que ele fez você aceitar.

— Ele me fez pagar aquele dólar, inclusive — disse Qanisha. — Acredita?

— Acredito — garanti.

— Você ficou sabendo? Do Rob?

— Fiquei.

— Acham que ele foi devorado por *lobos* — disse Qanisha. — Não é esquisito?

— Poderia ter sido mais — sugeri.

— Não imagino como.

— Como vão as coisas, Qanisha? — perguntei.

— Bem, você sabe… — Ela gesticulou para cima e para baixo. — *É assim* que eu estou indo. Depois que Rob vendeu a füdmüd, os novos donos demitiram todo mundo. Eles não queriam nem a empresa nem o pessoal, queriam só a lista de usuários. E então, a pandemia, e não tinha trabalho nenhum, e era isso o que tinha.

— Eu entendo — falei. — Já passei por isso.

Qanisha sorriu, mas então pareceu sofrida.

— Não sei como, mas isso parece meio justiça cármica, certo? Eu estava com tanto medo de perder meu emprego que deixei Rob fazer aquela sacanagem com você e com aquele pessoal todo. Mas acabei perdendo meu trabalho mesmo assim, e aqui estou eu. — Ela apontou para a comida. — Entregando seu *pad thai*.

— Não é justiça cármica — falei. — São apenas pessoas ruins e azar. Poderia ter acontecido com qualquer um.

— Sim, bem, dessa vez aconteceu comigo. — Qanisha sorriu de novo. — Enfim. Bom te ver, Jamie.

Ela se virou.

— Espere um pouco — falei, pegando minha carteira.

— Ah, nada de gorjeta — disse Qanisha. — Não posso aceitar gorjeta. Não de você. Não depois do que fiz.

— Não é gorjeta — falei, e entreguei a ela um cartão de visitas. Ela o pegou e olhou para o cartão com ar de desconfiança. — O que é isso?

— A organização para a qual eu trabalho está com uma vaga aberta — expliquei. — Acho que você seria perfeita para o cargo.

NOTA DO AUTOR E AGRADECIMENTOS

Comecei 2020 com o plano de escrever um livro no início de março, depois que voltasse de férias com amigos. Este livro que você está lendo agora foi escrito em fevereiro e março de 2021.

Então, o que aconteceu com aquele livro que eu ia escrever em março de 2020?

Bem, talvez não sem surpresa, o que aconteceu foi 2020.

Provavelmente não preciso lembrá-lo do que houve em 2020, mas caso você tenha bloqueado totalmente essas memórias: pandemia e protestos e incêndios e eleições e corrupção e isolamento e horror o tempo todo. Além disso, passei os meses de novembro e dezembro doente e tinha certeza de que era covid, mas todos os testes disseram que não era. Seja lá o que tenha sido, transformou meu cérebro em pudim, a ponto de eu não conseguir formar um pensamento mais complexo do que "eu gosto de queijo" por cerca de um mês.

Durante esse tempo todo eu deveria estar escrevendo aquele livro, um livro que era para ser sombrio, pesado, complexo e melancólico — em outras palavras, *não* o melhor livro para se escrever quando o mundo está desmoronando ao seu redor.

Porém eu *escrevi* aquele livro: dezenas de milhares de palavras que faziam sentido no nível da frase e do parágrafo, mas não se saíam particularmente bem como capítulos e certamente não como uma história completa. Era um livro que exigia foco, e o foco, ao que parece, foi difícil para mim em 2020.

Mas então 2021 aconteceu! Novo ano! Novo começo! Ambições novinhas em folha! Depois da minha doença no final do ano, minha cabeça finalmente ficou clara o suficiente para conectar as coisas de novo. Comecei a escrever outra vez em 4 de janeiro; escrevi algumas centenas de palavras para dar uma acelerada, algumas mais em 5 de janeiro, e então aconteceu o 6 de janeiro e, bem, insurreições são mesmo coisas que roubam nosso foco. Eu não sabia disso antes! Eu *não precisava* saber disso antes. Mas agora sei. Isso foi janeiro, em termos de escrita.

Finalmente, duas semanas após a posse de um novo presidente, e com o antigo atirado com segurança na Flórida para gritar com as nuvens, tentei outra vez. Escrevi 3.400 palavras em um dia, *boas* palavras, palavras que realmente faziam sentido como frases e parte de uma estrutura maior e abrangente de romance. Estava bom. Eu me sentia bem. Eu estava no caminho com aquele livro. Fechei meu arquivo de trabalho e estava ansioso para começar de novo no dia seguinte.

No dia seguinte, voltei ao meu computador e não consegui encontrar as páginas que havia escrito no dia anterior.

Pela primeira vez em anos, meu computador comeu meu trabalho. Em um mundo de processadores de texto de salvamento automático e documentos enviados automaticamente para a nuvem, eu achava que era basicamente impossível perder um arquivo, em especial um que eu salvei, eu mesmo, *duas malditas vezes*, antes de fechar o documento.

Mas ali estava eu, e 3.400 palavras — palavras boas, palavras de que eu gostava — simplesmente haviam desaparecido.

E foi nesse momento que tive o que se pode chamar de epifania: cansei de escrever aquele livro.

Não foram aquelas 3.400 palavras, em si. Eu poderia substituir essas palavras em um dia e seguir em frente. Era todo o resto sobre aquele livro em especial e sobre minha luta para escrevê-lo no que foi, em escala global, o pior ano que já vivi na vida. Era o livro errado no ano errado, e naquele momento eu o odiava, e odiava como ele fizera eu me sentir boa parte do ano, enquanto tentava juntar as peças em um mundo onde tudo estava se despedaçando, e senti que tinha que ser testemunha de tudo isso.

Eu precisava parar de escrever aquele livro.

O que era um problema porque aquele livro já estava contratado e era para, ahhhhhnn, tipo, ontem. E também porque, ao longo dos anos, eu desenvolvi uma reputação de ser bastante confiável — se você me desse um prazo, eu o cumpriria. Poderia entregar o manuscrito às sete da manhã na última manhã possível para que a produção fosse entregue a tempo, mas, ainda assim, estaria lá.

Desta vez eu não estava apenas perdendo o prazo; eu o estava estourando por completo. O livro que eu estava escrevendo estava *no cronograma*. A arte da capa já estava sendo preparada. O marketing já estava elaborando um plano para ele. E ali estava eu dizendo: "Não, parei, tchau".

Esse foi, digamos, um momento de crise existencial profissional.

Quem era eu como escritor, se não confiável?

Naquele momento, tive dois pensamentos. O primeiro foi o conceito da falácia do custo irrecuperável, em que as pessoas continuam fazendo as coisas mesmo quando deveriam parar, porque já investiram tanto tempo e esforço nessas coisas que não querem que tudo "seja desperdiçado". A segunda foi uma citação do designer de videogames Shigeru Miyamoto, em referência a jogos, mas aplicável a muitos campos, inclusive à escrita: "Um jogo atrasado em algum momento pode ser bom. Um jogo ruim é ruim para sempre". O que significava, para mim, que às vezes é melhor parar, reavaliar e corrigir, do que continuar avançando por medo (e prazos). "Confiável" não é uma desculpa para "ruim".

Então enviei um e-mail ao meu editor, Patrick Nielsen Hayden, explicando por que não podia mais escrever aquele livro. Foi provavelmente o e-mail profissional mais difícil que enviei (até hoje, pelo menos). Cabe a Patrick contar seu lado dessa troca de e-mails, mas posso dizer que ele foi solidário e compreensivo. Aquele 2020 foi o ano, pessoal. O livro foi retirado do cronograma, e nós descobriríamos o que faríamos a partir dali.

Assim, eu não precisava mais fazer aquele livro. Toda a energia mental — e angústia — que estava ligada a ele durante a maior parte de um ano foi súbita e finalmente varrida da mesa.

Eu senti… alívio! E felicidade.

Foi quando meu cérebro disse: "Ah, ei, não estamos mais pensando naquela coisa velha? Porque eu tenho essa outra coisa com que eu vinha brincando quando você não estava olhando E AQUI ESTÁ A COISA TODA okbeijostchau".

Então o enredo e o conceito de *A Sociedade de Preservação dos Kaiju* me vieram à cabeça, tudo de uma vez.

E assim, literalmente um dia depois de enviar ao meu editor um e-mail que em resumo dizia: "Não posso escrever esse livro, estou cheio de angústia e dor, não sei o que vai ser da minha carreira", mandei outro e-mail dizendo: "Ah, ei, não importa, eu tenho essa nova ideia, é muito legal e vou te entregar em março".

Escritores. Digo, sério.

Como escritor, sinto-me grato a *este* livro, porque escrevê-lo foi restaurador. *SPK* não é, e digo isso sem *absolutamente* nenhum desdém, uma sinfonia melancólica de romance. É uma música pop. É para ser leve e cativante, com três minutos de riffs e refrões para você cantar junto, e então termina e segue seu dia, se tudo der certo, com um sorriso no rosto. Eu me diverti escrevendo, e eu *precisava* me divertir escrevendo. Todos nós precisamos de uma música pop de vez em quando, principalmente depois de um período de escuridão.

"E aquele outro livro?", você me pergunta. "Você vai voltar a ele?" Sabe de uma coisa? Talvez sim. A *ideia* dele é boa e, no futuro, se meu cérebro estiver no lugar certo e o mundo estiver no lugar certo, talvez eu volte a ele. Ele merecia toda a minha atenção, que não pude lhe dar. Quando eu puder, talvez tente novamente. Eu manterei vocês avisados.

Enquanto isso, você tem este livro: o livro certo na hora certa para mim. Ele me fez lembrar que gosto de escrever livros e compartilhá-los com todos vocês. Só por isso fico feliz que ele exista e que esteja em suas mãos.

Tendo isso como preâmbulo, é hora dos agradecimentos:

Primeiro, e pelas razões mais óbvias, obrigado a Patrick, meu editor, sem o qual este livro literalmente não existiria. Um bom editor não olha apenas para as palavras; ele também olha para o autor. Eu aprecio que Patrick me veja, me entenda e tenha me encorajado de maneiras que eu precisava ser encorajado para me colocar de volta nos trilhos.

Obrigado também a toda a equipe da Tor que ajudou com este livro: Molly McGhee, Rachel Bass, os preparadores Sara e Chris com o ScriptAcuity Studio, Peter Lutjen, Heather Saunders e Jeff LaSala.

Quero mandar um alô extra para Alexis Saarela, minha assessora de imprensa na Tor, não por este livro (embora eu tenha certeza de que ela vai se sair muito bem com ele), mas porque o meu último livro com a Tor, *The Last Emperox*, saiu assim que a pandemia começou e todas as minhas datas de turnê foram canceladas porque o mundo inteiro fechou. No espaço do que pareceram dias, Alexis e o restante do pessoal de relações públicas da Tor reformularam toda a turnê para ser on-line. Foi um grande esforço e funcionou — o público dos eventos foi ótimo, e o livro se tornou um best-seller. Quero ter certeza de que ela e todas as pessoas do departamento de relações públicas da Tor saibam que aprecio o trabalho que fizeram por mim e por todos os outros autores da Tor em um momento muito difícil.

Agradeço também a Steve Feldberg e sua equipe da Audible pelo trabalho que fazem nas versões em áudio dos meus livros. No Reino Unido, muito respeito e agradecimento a Bella Pagan e Georgia Summers, e toda a equipe da Tor UK.

E, claro, obrigado aos meus agentes Ethan Ellenberg, Bibi Lewis e Ezra Ellenberg, que me vendem nos EUA e no exterior. Obrigado também a Matthew Sugarman e Joel Gotler por seu trabalho com o lado de cinema e TV das coisas.

Durante 2020, achei difícil escrever pelos motivos que já elenquei acima e, em dezembro, pensei que talvez, se eu fizesse coisas criativas paralelas, poderia reiniciar meus motores. Então escrevi uma ideia para uma música com tema natalino, chamada "Another Christmas", e liguei para meu amigo, o músico Matthew Ryan, para ver se ele poderia estar interessado em colaborar comigo nisso. Ele estava. A música resultante realmente melhorou meu ânimo em uma época sombria e me lembrou de que, de fato, eu ainda conseguia fazer coisas. Agradeço a ele, e sempre apreciarei nossa música.

E, como sempre, obrigado à minha família — minha filha, Athena, que está se tornando uma escritora fantástica por si só, e minha esposa, Kristine. Krissy teve que me ver lutando para tentar escrever aquele livro anterior em 2020, e sei que foi difícil para ela ficar olhando enquanto eu não conseguia fazer isso muito bem, porque estava preocupada comigo e porque sabe que isso em geral é uma coisa que consigo fazer bem. Nunca é bom ver seu cônjuge tendo dificuldades com o trabalho.

Mas, apesar de tudo, ela foi ótima e solidária, porque é uma ótima esposa e também a melhor pessoa que conheço. Quando deixei o outro livro de lado e comecei a escrever SPK, ela estava me dando força e lendo os capítulos conforme eu escrevia e sempre pedindo o próximo, que eu ficava feliz em entregar a ela. Eu já disse antes que ela é a razão pela qual vocês têm livros meus. É ainda mais o caso com este. Eu realmente devo tudo a ela.

Mais uma vez: obrigado a *você*. Estou feliz que esteja me lendo.

Por fim, uma curiosidade: terminei de escrever este livro no dia em que os eventos do livro chegam ao fim. Não planejei isso. Mas é legal que tenha acontecido.

—John Scalzi
20 de março de 2021

TIPOGRAFIA: Caslon - texto
Poleno - entretítulos
PAPEL: Ivory Slim 65 g/m² - miolo
Cartão Supremo 250 g/m² - capa

IMPRESSÃO: Rettec Artes Gráficas e Editora
Setembro/2024

1ª EDIÇÃO: Agosto/2024
[1 reimpressão]